MARIANA, GUADIANA

AQUILES CORONADO

NOVELA

Mariana, Guadiana

Aquiles Coronado

Galaxia ✳ Literaria

Galaxia ✳ Literaria

ÍNDICE

NOVELA

Mariana, Guadiana

Aquiles Coronado

Galaxia ✳ Literaria

Para el Guadiana de la vida real

I

CALLADA Y TRANQUILA CIUDAD COLONIAL

Honestamente no iba a escribir nada para no darle más vueltas a mi destino. Mientras más pronto pase todo, mejor. Ya vi la escena una y otra vez en mi mente y ya me resigné. Lo único que me queda antes de irme es dejar la verdad en alguna parte. Mi verdad.

Mi primera verdad es que soy Mariana Mendoza Vázquez. Nací el 8 de julio del 2000 en Guadiana, una ciudad que se fundó también un 8 de julio, pero de mil quinientos y tantos. Se fundó porque los españoles creían que en un cerro había plata cuando en realidad había hierro. Y digo que había porque ya se lo acabaron. Según la maestra de historia de la secundaria, una guadianense de hueso colorado como Dios manda, Guadiana llegó a ser la gran cosa: un territorio inmenso que llegaba hasta por allá por Estados Unidos. Hoy en día Guadiana ya es más chiquito, pero todavía resalta en el mapa de México. Es un buen pedazo, tantito hecho para la izquierda y arribita. Una curvita del lado izquierdo que cierra poquito hacia el centro, se vuelve a abrir del lado derecho y cierra por los costados. Si se le ve con poquita imaginación es el corazón de México.

En fin. Guadiana es… Guadiana. Es un lugar único, aunque no destaque por muchas cosas. Sí hace calor, pero no como Mexicali. Sí es seco, pero no tanto como Sonora. Sí es húmedo, pero no tanto como Chiapas. ¿Entonces qué es? Quién sabe, pero es especial. Y vaya que si lo dice alguien a quien le ha ido tan mal en este lugar es porque algo tiene. Tiene un cielo precioso, eso sí. Ahí donde lo ven, Guadiana es la tierra del cine. Han ido y vuelto actores y directores de todo el mundo a hacer sus películas, siempre y cuando la trama sea de vaqueros, o más recientemente, de narcos en pueblos fantasmas. Entre todas las gentes que se han enamorado de este lugar está un Premio Nobel de Literatura, que le vio tanto chiste a este pueblo que le escribió una canción. Hay que decir que la canción también es como de vaqueros y pistolas y serpientes y bandidos como todo lo que se trata de Guadiana, pero lo que importa es que a ese señor no le pasó de noche venir a este rancho. Y a casi nadie le pasa de noche.

Como decía, Guadiana es hermoso. En el centro histórico hay edificios impresionantes como de estilo afrancesado, como casi todo lo que se construyó cuando Francia era lo máximo. Hay callejoncitos muy lindos como los del Barrio del Calvario, con casas chiquitas y calles angostas que se ramifican en andadores igual de bonitos. Imitando a las grandes ciudades, también hay corredores peatonales y parques urbanos que se llenan de vida de vez en cuando y están llenos de árboles aromáticos, de vendedores ambulantes gritones, de fuentes danzantes desincronizadas, de bustos de personajes que nadie conoce y de esculturas modernas a las que ni leyéndoles la descripción se les puede encontrar la forma. Pero no hay que irse con la finta, porque no todo Guadiana es digno de una película ambientada hace más de cien años. El querido Guadiana también tiene sus pasos a desnivel y sus bulevares de ocho carriles con un inútil e inexplicable límite de velocidad de cuarenta kilómetros por hora.

Pero ninguna de las cosas que he relacionado con mi hogar es lo que hace famoso a mi Guadiana ante el exterior. Ese honor lo tiene un animalito: el alacrán. A donde vaya una le van a preguntar si hay muchos alacranes en Guadiana. Sí, hombre, sí hay muchos. Es más: hay tantos, que dicen que para contar por primera vez a los guadianenses hace muchos años, la autoridad censal le pagó una monedita a la gente por llevar un alacrán a la mesa de registro. Entonces de una tirada se contó a la gente y se recogieron muchos alacranes. Si ingeniosos sí somos, la verdad. Hay talento, nomás falta apoyarlo, como dicen. Y a propósito del alacrán, a la gente de por aquí le gusta usar una metáfora bien desgastada para justificar su comportamiento individualista y mamón. Que porque resulta que alguien en alguna parte en algún momento de la vida, hizo un experimento con alacranes y los metió en un recipiente. Pues dizque cuando uno iba a salir del contenedor, los demás lo jalaban para que no se escapara y que según esto así también somos los guadianenses. Hágame usted el favor. Para acabar pronto, sí hay muchos alacranes y ya. Especialmente en mi barrio de Analco, que es el más antiguo de todo Guadiana. Como es de esperarse, mi casita va de acuerdo con un barrio antiguo, pero no tan antiguo como los quinientos años que supuestamente tiene el vecindario. De aquel lugar original no ha de quedar casi nada. Según esto, aquí había un manantial hermoso, pero hoy en día siempre se nos va el agua en la casa. "Pero para cobrar sí son buenos los cabrones", dice mi papá. Luego, aquello nació como un asentamiento indígena y creo que no había ni cincuenta de ellos al inicio. Hoy en día los indígenas solo deambulan por el barrio, pero no son dueños y probablemente ni saben que lo fueron. Más bien, al estar tirados en el piso con sus chambritas multicolores y sus canastitos para recibir monedas de la caridad, *los indios*, como les dice mi abuela Licha, son involuntarios elementos que decoran las fotos del muy *instagrameable* templo de Analco. No está por demás decir que el templo quedó iluminado de muy buen gusto según mi abuela, quien, por cierto, es experta en evaluar minuciosamente los adornos públicos desde que tengo memoria: empezando por las *naquísimas* luces de neón que le pusieron al quiosco de la plaza hace unos años, hasta el enjarre de la Catedral y sin perdonar la crítica a las borlas tricolores que van de poste a poste en la avenida principal durante las fiestas patrias.

Volviendo a mi casita, es una vivienda no muy grande y de un solo piso, como la mayoría de los hogares del barrio. Antes de abrir la puerta blanca, decorada por las huellas de lodo de mi perra Valentina, se ve una hilera de casitas pintadas como el arcoíris. Los Moreno moran la morada; los Casas viven en la azul; los Mendoza, o sea nosotros, vivimos en la verde; los Lazalde en la amarilla; los Reyna, en la anaranjada y los Coronel, en la colorada. La calle, como cualquier vía del México clasemediero tirándole a barriobajero, tiene baches por todas partes. La banqueta, como cualquier acera del México clasemediero tirándole a barriobajero, está levantada por las raíces de los árboles y tiene dibujadas las patitas de algún perro o gato que hizo la travesura cuando el material seguía fresco.

Nuestra casa, al igual que todas las aledañas, comienza con un zaguán que huele diferente según la temporada, pero siempre huele a algo y ese algo es algo rico. En primavera resaltan los rosales de las macetas del fondo; en verano huele a las ochocientas variedades en las que mi mamá prepara las manzanas que los alumnos foráneos le traen a mi papá desde sus pueblos, esperando aprobar cálculo uno o física dos; en el verano tardío, casi llegando al otoño, se percibe mi olor favorito en el recibidor cuando hace de las suyas el *huele de noche* que lo habita; en otoño, huele a la cajeta que hace mi mamá con los membrillos que los alumnos foráneos le traen a mi papá desde sus pueblos, esperando aprobar cálculo uno o física dos; y finalmente en invierno huele al ponche que hace mi mamá con las guayabas que los alumnos foráneos le traen a mi papá desde sus pueblos, esperando aprobar cálculo uno o física dos. El caso, además de que mi papá es un profesor universitario estricto, es que mi casa huele a hogar. Todo el año.

En el primer cuarto que se desprende del zaguán a mano derecha, sin contar una pequeña sala que hay con algunos libros y sillas justo detrás de la puerta principal, se puede encontrar al espécimen endémico de este lugar: mi hermano menor Gabriel, acompañado de su amigo Isaac. Gabriel nació el 30 de junio del 2002, el mismo día en que Brasil ganó su quinta Copa del Mundo, por lo que mi papá se vio tentado a llamarlo Ronaldo, Cafú o Roberto Carlos, pero mi mamá no lo permitió. Don Jesús se tuvo que resignar con el nombre de Gabriel, en honor a uno de sus mejores amigos. Y qué bueno, porque a Gabriel no le gusta nada el futbol, de hecho, no le gusta nada que le guste a mi hermano mayor Santiago o a mi papá. Su rollo es más artístico. Le gusta la música, la pintura, el dibujo, la literatura, la poesía y todo lo que enriquece al cerebro sin tener que usar los bíceps, los tríceps o los cuádriceps. No por ello Gabriel está fuera de forma, o bueno, quizá sí porque está por debajo de su peso. Gabriel es bastante listo y talentoso, pero le tocó la desgracia de ser parte de esa generación a la que le llegó la mayoría de edad en plena pandemia. Eso significa que no ha podido ir por su credencial para votar, que al mismo tiempo sirve para ir por su licencia de manejo y por el pasaporte que le permitiría cumplir su sueño de irse a Canadá como un adulto con todas las de la ley. Esto también significa que Gabriel debería haber empezado el primer semestre de la carrera, pero convenció a mis papás de que no tenía caso inscribirse para estudiar diseño industrial en línea, porque se le hace ridículo enseñar una maqueta por videoconferencia, si no se podrían apreciar las dimensiones ni percibir las texturas. Tiene sentido su argumento cuando nada en este año lo ha tenido.

Más adelante en el pasillo, pero del lado izquierdo, está el cuarto de Santiago. La habitación está desocupada desde que él se fue a estudiar a la Ciudad de México, pero no por eso está vacía, ya que mi mamá la ha convertido en una mezcla extraña entre gimnasio, taller de costura y bodega. Eso sí, cuando el señor anticipa su llegada, el cuarto se transforma de nuevo para recibir al rey de la casa. Que conste que no es envidia, pero es muy notorio. Santiago es todo lo que fue mi papá y un poco más: ingeniero industrial, alto, medio bien parecido, carismático, bueno para los deportes, educado y un largo etcétera de virtudes. Siempre lo he admirado, pero también siempre hemos competido, aunque no lo hemos hecho desde un piso parejo. Luego hablaré de eso. O no. No sé. Lo único que sí me cala es que él sí haya estudiado fuera que porque él se sabe cuidar muy bien y que si no tenemos dinero para mantenernos fuera de la ciudad a los tres y que si la escuela de Derecho de aquí es muy buena y no hay necesidad de irse y por último, mi favorita: que si a la hija de los Graciano, que vivían allá por el Calvario, se las mataron en un baile cuando estudiaba fuera, lo cual ocurrió como en 1953.

Luego sigue mi cuarto del lado derecho enseguida de la cueva de Gabriel. La puerta tiene el mismo letrero que pusieron para recibirme en casa cuando nací. MARIANA, se lee en mayúsculas con letras de color rosa, hechas de manta y rellenas de pellón suavecito. En este cuarto tengo lo esencial, y quizá un poco menos, porque para mí la tele es indispensable, pero a mis veinte años no se me permite tener una en mi cuarto. No me vaya a desvelar viéndola entre semana, ¿eh? Obviamente desde que tenemos celular ese argumento se cayó por completo, porque igual nos desvelamos haciendo absolutamente nada. Pero está bien, que al cabo que ya me voy de aquí. Terminan mi cuartito una cama individual a prueba de la compañía de chavos y de la organización de pijamadas, un escritorio y una lámpara para estudiar, un closet, una mesita de noche y un zapatero tubular que me hizo Santiago en el taller de herrería en la prepa.

No sé por qué sigo describiendo mi casita, pero como ya empecé, voy a terminar diciendo que en una de las habitaciones del fondo duermen mis papás: el ingeniero Jesús Mendoza y la doctora Ma. Guadalupe Vázquez. Mi papá, ingeniero industrial, trabajó muchos años en una de las maquilas que le hacen los pantalones de mezclilla a la marca más famosa del mundo. El detalle es que los jeans salen de esa maquila sin la etiqueta roja que los caracteriza. Este trabajo tuvo sus ventajas, porque a mi papá le daban un descuento muy atractivo en la mercancía que quisiera, entonces yo iba a medirme los pantalones ya terminados a las tiendas departamentales para ver qué modelos y tallas me gustaban, se los apuntaba a mi papá y él me los traía. A mí lo de la etiqueta me valía madre, a diferencia de Santiago. Dudo que alguien se haya fijado que mis pantalones no tenían la pestañita roja en la nalga derecha (o izquierda, quién sabe en cuál va). La cosa terminó hace como dos años cuando la maquiladora se fue del país para instalarse en Honduras y así reducir no sé qué tanto por ciento de los costos de producción y de mano de obra. Mi papá perdió la chamba, pero se colocó rápido en el Tecnológico de Guadiana como profesor. La verdad es que sólo quiere cotizar en el seguro social los últimos tres años que le quedan para jubilarse. Después de eso, "ahí se ven", dice cada fin de semestre.

Mi mamá, Ma. Guadalupe Vázquez, se llama así como se lee: Ma. Eme. A. Punto. La pobre de mi madre es una víctima de la falta de vocación de la persona que trabajaba en el registro civil y que, al dictarle mis abuelos "María Guadalupe" como el nombre de su hija, decidió abreviarlo. Espero que el segundo y fracción que se ahorró en abreviar un nombre de cinco letras haya sido invertido en algo de provecho. La buena noticia es que todos le llaman Lupita y nadie le dice "eme a punto". Mi mamá es médico general, graduada con honores y ganadora de la medalla al mérito académico. Hoy en día trabaja una jornada relativamente soportable, pues está en el área de consultas del hospital general por seis horas diarias. Seis horas en las que no come, no se levanta al baño, no voltea a ver su teléfono ni platica con nadie, pero seis horas al fin. Esto a diferencia de los diez años que tuvo que pasar yendo y viniendo todos los días a municipios cercanos y lejanos del estado. Tres veces le pusieron una pistola en la frente exigiendo atención inmediata, solo para descubrir que los pacientes muy machos, botudos y echados para adelante, no tenían más que una gripe común. Afortunadamente sus días en el salvaje oeste terminaron, aunque sus días en la pandemia apenas han comenzado y no sabemos cuándo vayan a terminar. Mi mamá va al hospital disfrazada de pies a cabeza como si fuera a Chernóbil, pero de todos modos hay peligro. Nunca habíamos vivido esto antes, así que no sé cuándo vaya a terminar. No sé cuánto se tarde la ciencia en hacer una vacuna. Lo bueno es que yo ya no estaré por aquí para averiguarlo.

A lo mejor a nadie le importa la historia de amor de mis papás, pero como a mí me gusta contarla y este es mi relato, la voy a contar. Pues resulta ser el típico cliché de la doncella que tenía un montón de pretendientes, pero que al final no se decidió por el más guapo, ni por aquel que hoy en día tiene mucho dinero y de repente en las reuniones de la prepa todavía le hace ojitos, el muy coqueto. Esto no me lo inventé. Lo escuché en una plática entre mis tías y mi mamá en medio de la enorme y densa nube de humo que se formaba por encima de la mesa cuando ellas se reunían en los tiempos en los que no era mal visto fumar dentro de las casas. Creo que fue la primera plática que pude descifrar de su enigmática codificación, mejor conocida como el idioma de la efe. O sea que lo dijeron más o menos así: *efel fufulafanofo efestefe defe Dofomífinguefez mefe efestafabafa efechafandofo ofojifitofos*. O sea que el papá de Sebastián estaba coqueteándole a mi mamá. Qué asco. Pero bueno, el caso es que mi papá trabajaba en la tortillería de mi abuelo, y en casa de mi mamá, en la que ahora solo viven mis abuelos, pedían un montón de tortillas para alimentar a la marimba de siete hijos que tuvieron, como se usaba en esos tiempos. Pues el repartidor estrella del negocio (o sea el único) era mi papá. De acuerdo con mi abuela Licha, mi papá se presentaba con mucha galantería, que según la Wikipedia es un gesto amable de origen cortesano, expresado generalmente por parte de un hombre hacia una mujer. Pues aquel jovenazo iba con mucha de esa cosa. Al parecer, cada vez que iba mi papá a casa de los Vázquez, o sea diario, mi abuela le echaba flores a su gusto por el trabajo, porque lo hacía bien y de buenas, además de rápido. Dicen que ya de plano mejor hacían el pedido a la tortillería unos minutos antes de sentarse a comer, porque si hablaban a la tortillería "Don Miguel" (mi tatarabuelo), ya tenían las tortillas listas en la puerta a los cinco minutos y se les enfriaban para el momento de comer.

Naturalmente, la admiración hacia mi papá no se quedó en la abuela. Era imperioso quedarse a aquel caballero para una de sus cinco hijas, de preferencia, para la que era más o menos de la misma edad: mi mamá. Así pasó el tiempo y la insistencia continuaba. Ándale, Lupita, mira al hijo de don Pedro, que mira cómo creció, que mira qué fuerte, que mira qué trabajador. Pero mi mamá andaba en otras ondas. Ay no mamá, está más guapo fulano. Pues sí, pero es un inútil, si nomás le extiende la mano al papá ricachón. ¿Y a mí qué me importa, Licha? Abro paréntesis para señalar que lo de llamarla Licha sigue siendo una fórmula infalible para hacerla encabronar. No me importa, Licha, si yo voy a ser doctora y voy a ganar buen dinero. No necesito andarle viendo nomás lo trabajador a los muchachos. Además, si me caso con los que sí me gustan, vas a mejorar la raza, como siempre has dicho. Porque no sé si no lo has notado, pero Chuy nada tiene de güerito y nos has suplicado a tus cinco hijas que de preferencia no te demos nietos prietitos. Prietitos en diminutivo, porque "prietos" ha de ser más ofensivo y prietitos suena más bonito y menos racista. Lo curioso es que el otro día vi en la tele que en Guadiana la población que se reconoce a sí misma como negra es de cero punto cero por ciento. Quien nos viera, ¿eh? Ya ni Noruega.

El tiempo pasó y nada que mis papás se hacían mis papás, pero Gabriel, el amigo de mi papá, lo convenció de ir a la disco un sábado cualquiera. Dice mi tío Gabriel que mi papá fue a regañadientes y todo el tiempo, desde que se subió a la pick up roja que tenía mi tío hasta que se bajó en la disco, estuvo renegando. Que a qué carajos vamos a la disco con puros *popis*, que nosotros ni bailamos, que mejor deberíamos ir al Bar Bel Air para que nos den botana, que la música de ahí sí me gusta, que no sé qué tanto. Pues dice mi mamá que coincidieron a la hora de pagar el *cover*, mismo que tomó por sorpresa al tacaño de mi padre, quien volteó a ver a mi tío Gabriel y le reprochó que además tenía que pagar por entrar. El peor día de su vida. Mi mamá estaba detrás de ellos y no contuvo la risa. ¿Ya ves, cabrón? Estamos haciendo el ridículo por tus cosas de ranchero amargado, le reclamó mi tío Gabriel a mi papá y éste se sonrojó. Y luego con la más bonita de Guadiana, remató Gabriel. No se preocupe, ya nos conocemos, dijo mi mamá. Según el relato que he escuchado un millón de veces en mi corta vida, mi papá levantó la mirada y lo negó. Si yo la hubiera visto antes, no hubiera venido con sus amigas. Hubiera venido conmigo. ¿Qué tal? Las amigas de mi mamá le dieron esos empujoncitos sonsos que nos damos entre mujeres como diciendo "ándale, pues vas". Mi mamá dio los pasitos para atrás que los empujoncitos le habían obligado a dar hacia adelante e insistió: tú eres Chuy, el hijo de don Pedro. Ibas todos los días a mi casa. Pues seguramente usted nunca salió, porque si la hubiera visto antes, no le hubiera cobrado las tortillas. *Oi* nomás. Me da pena ajena escuchar las frases de ligue de mi padre, pero las recuerda con tanto orgullo, que ninguno de sus tres hijos nos hemos atrevido a burlarnos. ¿Le puedo invitar algo, Lupita? ¿Y cómo sabes mi nombre? ¿Ves que sí te acuerdas de mí? No, nada de eso. Escuché cómo le decían sus amigas ahorita que estábamos en la fila para entrar. El resto es historia.

Pero bueno, hay que hacer un alto aquí, porque de todo lo que vine a aclarar a este documento de Word que a lo mejor nunca nadie lee, me interesa mucho el no quedar como la delincuente que parece que soy. Antes de la marcha yo era otra. Mi cara estuvo toda la vida en el cuadro de honor del colegio de monjas al que hemos asistido al menos por tres generaciones de Vázquez. Que quede claro que en los tiempos de mi abue y de mi mamá solo fueron las niñas, porque aquello era solo para mujeres. Ya cuando la cosa se le puso difícil a las monjitas en cuanto a los dineros, decidieron subirse a la modernidad y aceptar hombres entre sus aulas. Qué atrevidotas, ¿verdad? Pero bueno, el caso es que los tres hijos estudiamos en ese colegio muy a pesar de mi papá. Dice mi mamá que desde que se casaron nunca se habían peleado, hasta el momento en el que hubo que decidir a dónde mandar a las crías a instruirse. Mi papá está convencido de que, si no se tiene que pagar por algo, no se debe pagar. Si existen escuelas públicas, no hay ninguna razón para ir a dejar dinero en un colegio. Si uno tiene manitas para lavar su carro, ¿qué chingados va a andar pagando uno para que se lo laven todo mal y no como a uno le gusta? "Es que en los autolavados nunca limpian detrás de los pedales". Pues claro que no, si al único cliente en el mundo que le interesa que estén limpios los pedales es a mi papá.

El ingeniero Chuy también es enemigo de que las familias no ricas como la nuestra tengan empleadas domésticas. Dice que qué son esas chingaderas. Que si nos creemos como los que viven allá por el club campestre o por Las Lomas. Hay que agarrar la escobita y a chingarle. Aclaro que su discurso es muy vigoroso y elocuente, pero mi mamá le recuerda que se dedica a la medicina y que, si quiere, ella puede volverse pa' su casita a limpiarla y a tenerla impecable para el esposito y los hijitos. Obviamente ese es el jaque mate, porque mi papá sabe que necesitamos el ingreso de mi mamá. Además, nadie nunca tendría el atrevimiento de correr a Mireyita después de los treinta años que tiene trabajando con nuestra familia. Eso sí, muy leales a Mireyita, pero pregúntenme si en tres décadas se le ha reconocido un solo derecho laboral. Pura madre. La mujer cree que el aguinaldo es una bolsa de dulces y que la prima vacacional es la que viene de Chicago para Navidad.

Pero bueno, como decía, estuvimos en el colegio de monjitas porque, como el ciento ochenta por ciento de los guadianenses, los Mendoza Vázquez somos católicos. El colegio es lo que se pueden imaginar: una casona del centro de la ciudad, con patios amplios y salones viejos. De vez en cuando se organiza una kermés para no perder a la feligresía, aunque siempre está una de las monjitas supervisando al DJ. En cuanto escucha que si el perreo y que si las gatas y que si mover el culo, adiós. Y hablando de santidades escolares, el uniforme era toda pulcritud: una playera blanca, tipo polo, con el escudo del colegio bordado en el pecho, acompañada de una falda hecha de una tela horrenda con elementos de amarillo, azul, blanco, rojo y negro, combinados en un patrón sin sentido con rombos, cuadrados y rectángulos. En los pasillos, al formarse para entrar a los salones y prácticamente en cualquier momento, el personal del colegio te podía revisar si la falda estaba dentro de los márgenes reglamentarios, a saber: menos de tres dedos por encima de la rodilla, medidos al hincarse. Siempre se me hizo mucho más incorrecto y mucho menos cristiano que los adultos te anduvieran poniendo de rodillas para tocarte las piernas, que traer una falda medio corta, pero bueno.

Ya me acordé por qué traje lo del colegio a colación. Es que lo tengo que usar para presentarles a mis amigas. Desde primero de primaria hemos sido inseparables. Somos como de la familia. Primero conocí a Camila Reyna, que era una de las tres Camilas del salón. Aunque no nos hubiéramos conocido en el colegio, seguramente nos hubiéramos hecho amigas porque somos vecinas y porque nuestros papás han sido amigos desde antes de que naciéramos sus hijos. Somos tan cercanos, que los papás de Camila son padrinos de bautismo de Santiago, cosa que hizo encabronar a los mil hermanos de mi papá y a los dos mil de mi mamá. Luego conocimos a Renata Magaña, que era una de las siete Renatas de la generación. Yo no me quedo atrás, porque Marianas, había otras cuatro. Camila siempre ha sido chiquita. Ahora que tenemos veinte, no mide ni el metro y medio y no ha de pesar más de cuarenta y cinco kilos. Por eso es que las acusaciones en su contra son tan ridículas hasta por sentido común. Camila es muy blanca, tiene la nariz finita, las cejas bien marcadas como está de moda, la vocecita dulce y no habla mucho con otras personas. La menor de los Reyna es la imagen que los papás tienen de una chica tranquila, o sea, que no toma ni fuma a diferencia de las otras dos. Usa muy poco maquillaje porque sabe que no hace falta. No dice groserías y tiene un montón de pegue, pero rechaza casi a todos, aunque por desgracia no rechazó al único que debió haber evitado desde el inicio: Sebastián Domínguez. Dice el adagio machista que las mujeres inteligentes se enamoran como pendejas. Lo odio, pero a lo mejor tiene algo de cierto.

Renata es casi todo lo opuesto a Camila. Es morena, como de uno setenta, tiene una melena que en la sombra es café, pero con el sol se hace rojiza, habla ronco y medio fresa. Vive con su papá en una casota que diseñó él mismo, gracias a los jugosos contratos que obtiene de todos los gobiernos. Hasta el año pasado su mamá también vivía con ellos, pero al parecer la señora tenía un noviecito más joven que conoció en las clases de golf y el arquitecto le pidió el divorcio, a pesar de que todos sabíamos que él hacía lo mismo con una chavita de nuestra edad que conoció en las clases de tenis. Renata fuma como chacuaco y toma como cosaco, es gritona, ruidosa y se carcajea todo el tiempo de una forma tan escandalosa que contagia.

Como dije, hemos sido amigas desde siempre, pero al terminar la prepa cada una tomó su camino. Su servidora, por más irónico que parezca, decidió ser abogada. En mi defensa, lo hice cuando no pensaba que fuera a necesitar de mis propios servicios y cuando era una joven con ilusiones. Además, me metí a Derecho porque de verdad quería andar en los tribunales y traer casos y liberar a los oprimidos y la chingada.

En cambio, la mayoría de quienes se meten a Derecho terminan haciendo política de una u otra manera. Para eso, yo diría que se fueran a estudiar Ciencia Política, pero no, se quedan en Derecho sabiendo que en este lugar de todos modos ni hay justicia. Luego, tampoco es como que una tenga la gran baraja de posibilidades para decidir sus estudios, porque luego hay que pensar de qué va a trabajar, y ahí mucha gente se desanima. Aquí en Guadiana no existen los miles de empresas, ni los salariazos, ni los rascacielos, ni los centros comerciales lujosos, ni nada por el estilo. Lo que sí hay en Guadiana, y mucho, es gobierno. Bueno, mejor dicho, hay bastantes espacios en el sector público, porque así que una diga que hay mucho gobierno, pues tampoco. A falta de todo lo que acabo de decir, el gobierno es el lugar en el que se pueden ganar treinta, sesenta, noventa, cien mil pesos y más, trabajando una jornada de ocho horas o menos, con aguinaldos de treinta o cuarenta días y sin necesitar siquiera una licenciatura. Algo ha de tener de cierta la sabiduría popular cuando dice que vivir fuera del presupuesto es vivir en el error.

No tendría por qué mentir aquí. Ya pasó todo y no gano nada poniendo una Mariana que no es. Pero la Mariana que yo hubiera querido que viviera es una chingonería: hubiera trabajado en un despacho propio, eso sí, pequeño: ubicado en el centro de la ciudad, cerca de las dependencias a las que tiene que ir cualquier litigante y rodeado de fonditas que me mantuvieran alejada de la cocina, porque la odio. Según mi abuela Licha, las mujeres de hoy en día, o sea las *millennials,* ya no queremos cocinar porque nos han hecho egoístas y hemos dejado de disfrutar la noble tarea de entregar nuestras vidas al marido y a los hijos. Pues sí, ¿no? También me prometí a mí misma que cuando tuviera mi despachito, contrataría a las mejores estudiantes de Derecho para que hicieran sus prácticas profesionales conmigo. La idea era pagarles un salario modesto, pero digno, y que rompiera con la tradición de hacer que las practicantes solo saquen copias o vayan a la tiendita. Al mismo tiempo, quería darles a las futuras abogadas un espacio seguro en el que pudieran desempeñarse sin ser acosadas por el *lic* y sus compañeros, o bien, donde pudieran expresar sus ideas y hablar claro sin que se les juzgue de ser unas perras. También me imaginaba haciendo labor social como abogada. Por cada caso que me hiciera ganar dinero, tomaría otro sin interés alguno, más que el de ayudar a cualquier familia indefensa, porque de las cosas que siempre supe dentro de mi ingenuidad es que la justicia es igual que las serpientes: solo muerden a los descalzos. Eso me lo enseñó Elvia.

Pero bueno. Hay que reconocer que la vocación no llegó sola tampoco. Resulta que en la prepa nos dividieron por áreas según las carreras que queríamos estudiar. Claro está que, si te preguntan eso a los quince años, todavía dirás que quieres ser astronauta o veterinaria. A aquellas alturas aún se persiguen sueños futbolísticos que no van a ninguna parte, como los de Santiago, que lo más cerca que ha estado de su amado Cruz Azul fue cuando mi papá lo llevó a la Plaza de Toros en la Ciudad de México y el estadio quedaba enfrente. Pero bueno, el caso es que Camila y yo teníamos idea de qué queríamos estudiar o mínimo sabíamos qué era lo que ni de chiste hubiéramos estudiado. Por eso no nos inscribimos en la optativa de ciencias de la salud: en la primera oportunidad que nos hubieran puesto a destripar a los conejos en el laboratorio, el corazón de pollo de Camila hubiera raptado y liberado a todos los orejudos condenados al bisturí. Renata, en cambio, siempre supo que quería seguir los pasos de su padre: el afamado arquitecto Pepe Magaña, lo cual a nadie le pareció extraño, dado que la única hija de los Magaña creció entre planos, proyectos y concursos públicos a sobre cerrado que siempre se resuelven de la manera esperada. A propósito, un día Renata nos pidió a Camila y a mí que la acompañáramos a la dependencia de obras públicas del gobierno, donde nos encontramos a su papá en la sala de la coordinación de adquisiciones, pero ambos fingieron demencia y ni se saludaron. Cada uno traía su sobrecito y se sentó en lados opuestos de una larga mesa de aserrín compactado, rodeada de sillas ejecutivas cuyos respaldos no se detienen solos por el uso brusco que se les ha dado con los años. Estoy segura que las cosas del gobierno durarían más si la gente las tratara como propias. En fin. Ese día esperamos pacientemente a que iniciara la sesión. Al filo de las cinco de la tarde en aquel viernes, cuando ya se empezaban a antojar las micheladas de Don Félix, apareció Manolo, un primo de Renata que trabaja con su papá e hizo lo mismo que ellos: se sentó lo más alejado posible de sus parientes con su sobrecito cerrado entre las manos y dirigió la mirada hacia la ventana que daba al parque durante los cinco minutos que estuvimos ahí. Supongo que lo hizo para evitarse la pena de no saludarnos. Una señorita muy guapa se asomó por la puerta y llamó con dulce voz a los tres concursantes, que casualmente comparten el mismo apellido y son idénticos entre sí (como todos los Magaña). Camila y yo nos quedamos afuera y ellos salieron al poco tiempo. Adivinen quién ganó la pavimentación de varias calles. Exacto: los Magaña. Cabe resaltar que la constructora del papá de Renata remodeló también esa avenida y ese parque, diseñó el museo infantil que está por ahí, enjarró la Catedral, construyó un polémico túnel peatonal dentro de un paso a desnivel, trazó una ciclovía que nunca pudo ser y casi creo que hasta confecciona los uniformes gratuitos que le da el gobierno al alumnado de las escuelas públicas. Como dije, vivir fuera del presupuesto es vivir en el error. No me voy a enganchar con esta situación para no parecer envidiosa, porque Renata no tiene la culpa de contar con todas las ventajas que Guadiana puede ofrecerle a su familia. La cosa es que ella siempre supo que quería estudiar arquitectura y que, a pesar de poder irse a estudiar prácticamente a donde quisiera, acordó con su papá el quedarse en el Tecnológico de Guadiana para que pudiera empezar de lleno a trabajar en su despacho-constructora-fábrica de uniformes-consultoría de movilidad sustentable. Obviamente la vacante ofertada para mi amiga ya era como socia y no como simuladora de concursos.

Camila no tuvo la decisión tan clara, porque no es muy buena para la escuela a pesar de que es inteligente. Creo que se debe en parte a que toda la vida solo le han ensalzado la belleza exterior. Que qué bonita niña, que si las pequitas, que mire qué bien portadita, que mire cómo va creciendo, que si ya está *acuerpadita*, que si ya es una señorita, que si cada día está más guapa, que si me gusta para mis hijos, que si ya es toda una mujer. Todos los halagos que ha recibido en su vida han sido sobre su físico y nadie nunca la ha considerado como algo más, al grado que se lo ha creído y ha perdido toda la confianza en el resto de sus capacidades que no están relacionadas con su cuerpo. Su mamá, la señora Leti Flores, no fue a la universidad y siempre ha sido ama de casa. Nunca se ha pronunciado en contra de la vida que lleva, al contrario, no pierde la oportunidad para externar su satisfacción. Cuando mi mamá le platica las cosas que le pasan en el hospital, la señora Leti se persigna y le dice "ay no comadre, no sé cómo aguantas. Yo aquí, mira, gracias a Dios, no veo nada de eso". No critico esta manera de vivir la vida para una mujer y menos cuando la hace verdaderamente feliz como a mi tía Leti (es tía de cariño, pero no como los regios que les dicen tíos hasta a sus suegros). El problema es que Camila agarró solo partes de ese discurso y se quedó en medio: no quiso salir del todo a ser la gran profesionista y a comerse el mundo, pero tampoco quiso quedarse a vivir la vida hogareña como su mamá. Pues en ese *impasse*, mi amiga decidió meterse a estudiar contaduría. Genial. Una profesión en la que puede ser eficiente, productiva y destacada, sin tener que abrirse espacios de poder, simular licitaciones, lidiar con la burocracia, estar en desacuerdo con las personas, cuidarse las espaldas, andar en las obras, abrir animales, ver sangre y todas las cosas que hubiera odiado hacer si se hubiera dedicado a otra profesión. Como Camila y yo estudiamos en la UPEG, nos hemos visto mucho más, y como a veces tenemos los mismos horarios, también vamos y venimos juntas. La que se quedó sola en el Tecnológico fue Renata. Lo bueno es que no se le dificulta hacer amigos.

Eso me lleva a la gran UPEG, que por mí no diría la gran cosa, pero es fundamental en mi historia. La Universidad Pérez del Estado de Guadiana es todo un pilar institucional que ha ofrecido educación de calidad a miles y miles de guadianenses desde hace muchísimos años. Bla bla bla. Por su bien, me voy a saltar todo lo que no tenga que ver con lo que quiero decir, entonces nomás voy a tomar una pequeña gran partecita de la universidad, que son las famosas sociedades de alumnos, porque aquí es donde empieza todo el desmadre. Me ha dicho Santiago que, en su universidad, las sociedades de alumnos son una vacilada. Dice que hay sociedades de alumnos de todo y por todo, pero nadie sabe para qué existen. Por ejemplo, Santiago ostenta el honorable y rimbombante título de Tesorero de la Sociedad Guadianense de Estudiantes de Ingeniería Industrial, pero dice que nunca ha visto un solo peso ni se ha reunido con sus colegas de la planilla, de hecho, a la secretaria general ni la conoce. Ella dice que también es guadianense, pero de un municipio que se llama Santiago Papasquiaro y ahí sí ni de dónde conocerse. Pero aquí en la UPEG el poder estudiantil es otra cosa. Mi mamá cuenta que cuando ella estudiaba medicina les tenía pavor a los estudiantes de Derecho, porque se la pasaban tomando afuera de las facultades y muchas veces estaban armados y salían de pleito. A veces, los peristas (o sea los de la Universidad Pérez) iban a visitar a los tecnológicos en un tono nada pacífico, de hecho, los primeros llegaron a secuestrar y matar a las amistosas e inocentes burritas que sirven de mascotas a éstos últimos, quienes se hacen llamar Los Burros Blancos. ¿Violento e irracional este pueblo? No, para nada. Pues las sociedades de alumnos ya no son tan bárbaras como para seguir matando équidos por diversión, pero de que tienen poder, lo tienen.

Cuando yo llegué a la facultad no conocía casi a nadie. Esta es otra prueba de que los guadianenses no nos conocemos entre todos, ni siquiera entre los de la misma edad. Eso pasa porque en la universidad convergemos todititos y todititas: ricos, clase media, pobres, listos, burros, locales, foráneos y todos vamos por el mismo objetivo: un título. Eso es lo bonito y lo romántico de la universidad, pero ya cuando convives con tus compañeros, se derrumba la falsa ilusión de que todos estamos en igualdad de condiciones, solo por el hecho de que estamos sentados en las mismas bancas, al mismo tiempo y frente al mismo docente. El sol que supuestamente sale para todos se eclipsa muy pronto en una universidad como esta. Y es que, sin haber nacido en cuna de oro, yo sí tuve muchas oportunidades: clases de inglés, libros en casa, padres profesionistas, educación privada, práctica de deportes, un paseo al año, acceso a películas y muchas otras cosas que le dan a cualquiera una buena base de capital para salir a la universidad. Algunos compañeros, que vienen de municipios alejados de la capital, a veces no tienen ni para desayunarse una gordita como cualquier otro guadianense. Mi compañero Paco, que es de un municipio llamado Coneto, vive en una casita junto con otros trece paisanos suyos que estudian y trabajan en la capital. Azucena, la mejor estudiante de mi generación, es de otro municipio llamado Poanas y se la pasa en la escuela porque no puede costear los libros que nos encargan en clase, entonces debe hacer todas las consultas necesarias dentro del corto horario de la biblioteca. Ese tipo de estudiante es el que usan las planillas para convencer a todos los demás.

Las planillas: pequeñas organizaciones políticas que se forman en las facultades para erigirse como sociedades de alumnos. Estas pueden o no estar respaldadas por los partidos políticos formales. Generalmente, el modo de operación, los discursos y la estructura orgánica son similares entre todas las planillas: un grupo desequilibrado en género se presenta ante los electores por medio de fiestas, comidas y torneos de futbol en la cancha que nunca he entendido por qué está ubicada de manera estratégica en medio de los salones de clase para romper el ambiente de estudio y la concentración con gritos, groserías y balonazos. Su discurso suele ser vigoroso, de convencimiento y un poco forzado para hacerlo pasar por juvenil aunque suene más a político viejito de los años setentas que nada: "chavos, la neta ya basta de que las autoridades no escuchen a los estudiantes… hay que buscar más apoyos para los compañeros foráneos… la planilla fulana estamos aquí para cambiar las cosas y para devolverle a nuestra facultad la autonomía que anhelamos… por eso hemos puesto una barra de jabón en el baño de los hombres y un rollo de papel sanitario en el de las mujeres... todavía ni siquiera hemos ganado y aquí el compañero Meraz (éste levanta la mano y sonríe halagado) ya negoció un descuento con la cerveza Tlatoani y a cada cartón le andan bajando como sesenta pesos presentando su credencial de la facultad… así es como vamos a trabajar por ustedes si nos eligen… no va a faltar nada, así que ánimo, chavos, vamos a ganar para trabajar por ustedes".

No dudo que los líderes estudiantiles sean bien intencionados y tengan buen corazón, pero tampoco es ningún secreto que hay al menos dos incentivos: hacer los pininos para empezar una carrera en el Partido de la Institución Revolucionaria (cuando éste todavía ganaba elecciones) y para obtener cierto poder y beneficios, como recibir la prerrogativa no escrita y no oficial de vender algunos espacios en la matrícula a quienes no pudieron entrar por medio del examen de admisión. Como dije antes de distraerme con el asunto de las sociedades de alumnos, yo conocía a muy poca gente en la facultad cuando llegué. Mi único verdadero conocido era Pedro Reyna, el hermano mayor de Camila. Nuestros papás ya eran vecinos y amigos antes de que naciéramos. Hasta creo que se pusieron de acuerdo para tener hijos al mismo tiempo: así fue con Santiago y Pedro, se repitió con Camila y conmigo y se rompió con Gabriel, quien no tuvo un Reyna para jugar. Desde chico, Pedro era muy travieso y hacía enojar a Santiago, quien era más ñoño, pero mis papás dicen que no se podían enojar con él porque era muy simpático y agradable. Eso nunca se le quitó. Aquellos siguieron creciendo, empezaron a jugar con balones dentro de la casa, rompieron cosas y el enojo con Pedro no duraba mucho, simplemente porque caía bien, se hacía el arrepentido y todo se olvidaba. Ya en secundaria, cuando cambiamos de personalidades a cada rato, a Santiago se le hizo difícil seguirle el paso a Pedro, porque Santi es más plano. A él le ha gustado lo mismo desde los cinco años hasta los veintidós: el futbol, el basquetbol, el Cruz Azul, *Friends*, *Guns and Roses*, las películas de guerra, las gorditas y vestirse cómodo. Pedro, en cambio, le hizo a todo: al parkour, a la patineta, a la guitarra, a las *gotchas*, fue emo, punk, vaquero, grafitero, repartidor de pizzas, vendedor de las frutas que le arrancaba a los árboles de Las Alamedas, entre otras cosas. En todos esos lugares, haciendo uso de su encantadora personalidad, Pedro hizo un montón de amigos y llenó la agenda de compromisos sociales hasta que no hubo espacio para Santiago. La relación terminó de erosionarse cuando mi hermano se fue a vivir a la Ciudad de México, pero el cariño nunca se perdió y se hizo muy notorio cuando Pedro desapareció.

II

EN DONDE LOS HOMBRES SON
HOMBRES FORMALES

Pedro es hermano de Camila. No es muy alto, pero tiene una cara muy varonil, según mi mamá, aunque yo creo que es al contrario: es guapo gracias a sus rasgos medio femeninos. Vamos a decir que es bonito: nariz derechita, pestañas grandes, cabello brilloso, cejas pobladas y ojos cafés. Además de su físico, Pedro se sacaba partido con poco presupuesto: se le veía con un pantalón de mezclilla, una playera lisa de cualquier color y unas botas de chico malo. Además, Pedro tomaba prestadas de su papá las chamarras de mezclilla, piel y cuero que volvieron a ponerse de moda. Sea como sea, a mí Pedro nunca me ha gustado como tal, pero desde que me atraen los hombres, él ha sido la referencia. Hasta las últimas veces que lo vi en casa de Camila, todavía lo apreciaba discretamente, aunque Camila me conoce tan bien que no la puedo engañar. Renata, esa sí, nunca se detuvo por eso: todo el tiempo le sobaba los brazos, le ponía la mano en el pecho cada vez que podía, lo acaparaba como pareja de baile en todas las fiestas y hasta modulaba su ronca voz específicamente para dirigirse a él. Con ninguna de las dos ha pasado nada (eso creo), pero hasta sus veintidós, Pedrito tuvo fácil unas cinco novias formales y unas treinta y cuatro ocasionales. Esta última cifra incrementó de manera exponencial desde que empezó a andar en carro y a traer dinero en la cartera, porque antes de trabajar para los Brizuela, Pedro llevaba y traía a sus ligues en taxi, porque el único carrito viejo que había en casa de los Reyna se usaba para que el señor Joaquín fuera a trabajar de lunes a sábado y para ir todos juntos a hacer la despensa cada domingo. Esta es una costumbre de los Reyna que a los Mendoza siempre nos ha parecido bastante extraña.

Cuando yo entré a primer semestre, Pedro ya iba en quinto y había sido parte de las sociedades de alumnos desde que llegó, solo que había ocupado puestos como el de encargado de asuntos sin importancia, el de enlace de vinculación con foráneos (es un pleonasmo, ya sé, pero así se llama), coordinador de promociones, tesorero y ahora que iba en quinto, era el momento de ir por la grande: presidente de la sociedad de alumnos. Obviamente, desde el primer día de clases, Pedro fue a buscarme para darme la bienvenida y me encontró sentada en una de las jardineras que sirven de bancas. No se acercó como Pedro mi vecino, sino como Pedro Reyna, eventual candidato a la presidencia de la sociedad de alumnos. Hola Marianita cómo estás qué onda cuál es tu salón con quién vas a tomar Teoría General del Estado ya tienes las copias del libro de García Peláez ya conocías a algunos compañeros o no bueno te dejo porque el licenciado Arellano cierra la puerta y ya no deja entrar. Me plantó un beso en el cachete y no me dejó responder a ninguna de las balas de su metralleta de preguntas, sencillamente porque no le interesaban las respuestas, sino hacer política conmigo. Con lo que me gusta la política.

El primer día, todos los alumnos de primer ingreso parecíamos cachorritos asustadizos y temerosos de no ser dignos de la honorable Facultad de Derecho. Todos menos Sebastián Domínguez. Los otros cuarenta y cuatro estudiantes dábamos la menor cantidad de información posible y lo hacíamos sentados en nuestros lugares cuando los profesores (hombres mayores de sesenta) pedían que dijéramos nuestros nombres, lugares de procedencia, pasatiempos y las razones por las cuales nos inscribimos en la licenciatura en Derecho. Sebastián, por el contrario, se levantaba de su pupitre y, completamente derechito, usaba las manos para respaldar lo que expresaba con la voz, como si estuviera externándolo también en lenguaje de señas: "buenos días, compañeros y compañeras (mientras giraba levemente sobre su propio eje buscando la mayor cantidad de miradas posible), licenciado: (hizo una pequeña reverencia hacia el docente con su mano derecha al frente como si estuviera presentándolo). Mi nombre es Sebastián Domínguez. Nací y me he criado en Guadiana capital, pero la familia de mi madre migró desde una comunidad muy pequeña cerca de Tepehuanes (ni de broma) y la de mi padre se asentó aquí después de ser perseguida desde El Mezquital en la guerra cristera (en ese momento se llevó la mano derecha hasta el pecho e inclinó levemente la cabeza hacia abajo como recordando por un instante a todos los caídos en el lamentable hecho). A propósito de los pasatiempos, debo confesar que soy un lector voraz, principalmente de literatura latinoamericana, siendo mis favoritos Don Eduardo Galeano y Don Mario Vargas Llosa. También me gusta practicar basquetbol de vez en cuando y he llegado a representar a mi estado en algunas competencias (otra mentira, si a este cabrón nunca lo había visto ni en las retas del parque). Sobre el Derecho, ¿qué les puedo decir? Es algo que me apasiona por mi padre, quien estuvo en estas mismas aulas y recuerda sus años de estudiante con mucho cariño, mismo cariño que me transmitió desde pequeño. Es cuanto, licenciado". No puede ser. Qué güey tan insoportable. Las pocas miradas que alcancé a captar cuando Sebastián terminó su discurso orbitaban reflejando el mismo pensamiento que el mío. Ojalá el licenciado se lo chingue por mamón, pensé. "Excelente, joven Sebastián. Es usted un gran orador al igual que su padre. Por favor salúdelo mucho de mi parte y dígale que estoy muy complacido de saber que su legado es tan perista como él". No mames. Me quería derretir en la silla. Como estudiante novata aún no sabía quiénes iban a ser mis amigos, pero sí estaba segura de quién sería el último individuo al que le hablaría. La cosa es que al ver que yo me negué a hacerlo, él tomó la iniciativa. Como a los diez días de clase, Sebastián me abordó exactamente en el mismo lugar que lo hizo Pedro el primer día. Debería de cambiar de banca para desayunar, pensé. Hola, Mariana. Mariana, ¿verdad?, me dijo moviendo las cejas con extrañeza, como si yo hubiera sido la que inició la plática. Sí, Sebastián, ¿verdad?, le dije exagerando el tono y la mueca para regresarle el favorcito y para hacerle saber que no era bienvenido en mi comedor matutino. Sí. Sebastián, Sebastián Domínguez, dijo como en "Bond, James Bond". Oye, eres súper lista, eh, pareces abogada nata, pero sé que no lo eres porque mi papá conoce a tu mamá y me dijo que de familia no te viene lo jurista. Ante tan estúpido comentario, yo no respondí nada y bajé dramáticamente la velocidad de las mordidas que le propinaba a mi gordita rellena de deshebrada verde, para tener la boca ocupada y así justificar la falta de interacción. Oye, bueno, como que eres súper directa (me dijo con su tonito fresa), así que voy a ser directo yo también. Sé que falta mucho tiempo para las elecciones estudiantiles, pero neta creo que podemos hacer un súper equipo (ya deja de decir súper para todo, pensé) y deberíamos empezar a trabajar desde ahorita, tú sabes: ir haciendo redes, convencer a los chavos, hacer presencia. Por los patrocinios y eso no te preocupes, que de eso me encargo yo, pero quiero que tú seas mi compañera de fórmula, ¿cómo ves? No. No me gusta nada de eso, pero te deseo mucha suerte, Sebastián. Se ve que te gusta la farándula. Hice bolita el papel aluminio que había contenido mi desayuno, me levanté y me metí al salón de clases.

Sebastián y yo seguimos compartiendo todas las clases y nunca oculté lo mal que me caía, pero él seguía haciendo su luchita. A fin de cuentas, él es el político y sabe que hay que fingir para sobrevivir. Pues se llegó el tiempo de las elecciones estudiantiles y se formaron las planillas. Sebastián integró la suya con personajes estratégicamente seleccionados: agarró al líder de los ñoños, a la líder de las populares, al cabecilla del club que se juntaba a jugar blackjack en las mesitas de la cafetería y a otros actores bastante bien pensados como aliados. Pedro hizo lo propio con su gente de confianza, porque sabía que su proyecto era la continuidad de un grupo de poder que tenía tiempo activo en la universidad y que pensaba migrar, así enterito, hacia el partido en el poder. Pues con las campañas vinieron las fiestas, y aunque odio la política estudiantil, tampoco me niego a ir a las diversiones que organizan para el alumnado. Mi lema es "que al cabo yo ni voto". La primera fiesta, un viernes, fue de la planilla de Sebastián. Haciendo uso del dinero de su familia, el innombrable rentó un salón con terraza, le compró barriles de cerveza a la competencia de la cervecería Tlatoani (porque esa ya tenía convenio con los Pedritos), puso a amenizar a Martín De La Fuente (quien se cree DJ por poner su memoria USB en una computadora que conecta a unas bocinas), contrató como dos horas de tacos al pastor y una que otra cosita para apantallar. Obviamente invité a Camila y a Renata para no ir sola. Camila fue a escondidas de Pedro, porque se iba a sentir mal de por vida si se enteraba que su hermanita había ido a una de las fiestas del imbécil de Sebastián y tendría toda la razón, pero lo peor no fue que haya ido. Lo peor fue que se enamoraron.

Después de servirnos cerveza y de haber pasado por las primeras dos rondas de taquitos al pastor, vi a lo lejos a Sebastián saludando uno a uno a sus invitados como saludan los políticos, esto es: de ladito, poniendo su mano abarcando todo el hombro del prójimo si éste es varón para demostrar dominio, o bien, colocando su mano a media altura en la espalda si se trata de una mujer. Luego vienen las breves conversaciones superficiales, las preguntas sin oportunidades de respuesta, el movimiento constante de ojos para identificar a la próxima presa, las risotadas fingidas y una sobadita de hombro o espalda para despedirse de la persona, al tiempo que se le exhorta a que la siga pasando bien. Ahí viene este pendejo, dije. Mis amigas se alarmaron porque no les había platicado de ningún pendejo recientemente. En eso llegó Sebastián, me puso la mano a media espalda y me sacudí para retirarla. Ay, Marianita, ya estuvo, ¿no? Tan bien que me caes y siempre me mandas a la goma, pero bueno, espero que no les hayas hablado mal de mí a tus amigas. Sebastián volteó a ver a Camila y ésta se aventó una de sus risitas tímidas en el peor momento. Ya la tenía en la bolsa. ¿Y cómo se llama su amiga, compañera Mendoza? Nunca la había visto, porque si la hubiera visto, la recordaría. No mames. Las frases de ligue de mi papá, salidas de la única persona que no soporto en el mundo. Es que yo estoy en Contaduría. Me llamo Camila. Para esto, Renata ya había hecho un diagnóstico certero del patán que teníamos enfrente. Bueno, Camila, pues ahí estamos a tus órdenes en Derecho, a ver si un día desayunamos algo con Marianita. Hombre, nada me gustaría más que eso.

Sebastián se fue a seguir con el ritual de los saludos y Camila se quedó con su cara de puberta enamorada hasta que la saqué del letargo, pidiéndole que viera bien al hombre ese. Renata me apoyó y le dijo a Camila que efectivamente Sebastián era un idiota. Lo recodaba porque sus papás juegan golf juntos en el club campestre. Como Renata es de la *socialité*, nos supo decir todo acerca del clan de los Sebastianes: que si son dueños de la gasolinera que está por aquí; que si tienen tortillerías acá, allá y más lejos; que la nueva agencia de carros que está a las afueras también; que si el hombre es socio de no sé cuál colegio; que si tienen no sé cuántas casas y las rentan. Le pedí a Renata que le parara al recuento de la fortuna de los Domínguez porque la otra se iba a terminar de enamorar. Y así fue. Por más que mostré mi rechazo por la incipiente relación, Sebastián me preguntaba todos los días por Camila y yo de vez en cuando le mencionaba a ella que lo había hecho. Como veía que yo no iba a ceder en servirles de puente, Camila decidió dar el primer paso y empezó a buscarme en mi escuela, cuando hasta entonces yo había sido la que iba por ella, porque la parada del camión está más de su lado que del mío. Inevitablemente, uno de esos días Camila se encontró con Sebastián y éste se lanzó con todo al ataque, le sacó su número telefónico y empezaron a hablar.

Mientras tanto, las fiestas seguían y dejamos de ir a los eventos de Sebastián, porque ya sería demasiado que Pedro se enterara que no solo nos codeábamos con su competencia, sino que su propia hermana se daba sus besitos con ella. Llegué a pensar que Sebastián era tan maldito, que en realidad no le gustaba Camila y solo había decidido conquistarla por ser hermana de su rival político. De esta manera, si Sebastián conquistaba a Camila, pero perdía la elección contra Pedro, al menos se habría quedado con su hermana, y si le ganaba, le habría ganado la presidencia y a la hermana. Un movimiento muy villista de su parte, hay que decirlo. Poco a poco me tranquilicé. Quizá estaba exagerando con respecto a Sebastián. El hecho de que a mí me desagradara el sujeto, probablemente no tenía relación con que el hombre pudiera ser un buen novio para mi amiga, además, ¿quién era yo para tratar de separar parejas? Transcurrieron algunas semanas de campaña y Sebastián comenzó a tomar la delantera, o al menos eso parecía por la cantidad de estudiantes que acudían a sus eventos, en los que prácticamente les aventaba billetazos. Para entonces, Domínguez ya se había presentado a la casa de los Reyna para recoger a Camila, ocasión que aprovechó para asegurarse de bajar del más lujoso de sus carros, timbrar y decir su nombre y sus intenciones lo más alto posible para que escuchara Pedro, así aquel estuviera en el sótano tenebroso que hay en casa de los Reyna. Aquel andaba volado porque ya sentía que ganaba la elección. Entonces, al ver que la balanza se estaba inclinando hacia la planilla de Sebastián, Pedro se encontró ante la necesidad de mover algunas piezas. Por supuesto, lo de las piezas no me lo contó él, sino Camila, quien ahora estaba en medio de la grilla por amor romántico y fraternal. Aparentemente, el grupo político que puso a Pedro en la candidatura estudiantil y lo esperaba al egresar para darle otra candidatura "de a de veras", le consiguió algunos patrocinios. Y no cualquier clase de patrocinios: la llave se abrió a chorros, el efectivo comenzó a fluir y en sus fiestas empezó a haber licores y no solo cerveza; el papel que pusieron en los baños de las mujeres era del que huele como a vainilla, aunque cause alergias en zonas sensibles; el gel antibacterial ya no estaba pegajoso; Pedro se empezó a mover en una camioneta nueva; los que jugaban blackjack traían barajas importadas; los ñoños tenían la nueva colección jurídica; los equipos deportivos estrenaron uniformes y no recuerdo cuántas cosas más. Pedro ganó la presidencia. Desde luego, el grupo estaba muy complacido con el popular y simpático Pedrito, entonces lo invitaron a cenar un día para celebrar su victoria.

En esa cena Pedro conoció a Brizuela: un cuate como de unos treinta y cuatro años que está "en el negocio del entretenimiento". Los bares, pues. El hombre tiene lugares de todos los conceptos: un karaoke, una terraza, una cantina moderna, un antro, un bar con sushi, un restaurante campestre y un terreno en el que lleva a una banda sinaloense con todo y sus treinta y tantos integrantes horrendamente ataviados. Brizuela es un tipo bastante hábil para los negocios que vio en Pedrito a un buen elemento para trabajar. Primero, Brizuela invitó a Reyna a encargarse de administrar uno de sus bares, luego dos, después cuatro y finalmente todos. Pedro sabía que podía

descuidar la escuela porque es muy difícil, si no es que imposible, que reprueben al mismísimo presidente de la sociedad
de alumnos. Del Derecho, Pedrito ni se acordó, total, ni le
gustaba tanto y no había pasado mucho tiempo en las aulas los
últimos años, sino más bien en el patio haciendo política. Así
fue como Pedro se hizo de cada vez más y más dinero, pero lo
simpático no se le quitó nunca. Tampoco dejó de juntarse con
sus amigos de siempre. Como ya ninguno de los miembros de
la pandilla de Analco iba a la escuela, amparados por el manto
de la sociedad de alumnos, se pasaban de lunes a domingo en
casa de los Reyna. Si alguien pasaba por nuestra calle entre las
doce del día y las seis de la tarde, se encontraría a Pedro sentado en el escalón de la puerta de su casa, a Cacho recargado en
su pickup blanca, a Marco sentado en una hielera roja y a Luisito de pie, sin tomar cerveza y volteando a todos lados para
ver si no viene la policía. Cacho es un chavo alto, moreno,
fuerte y con un acento muy particular, propio de su rancho,
según él. Su familia tiene expendios de cerveza en su pueblo,
además de un campo de futbol al que acuden varias localidades vecinas todos los domingos para ver la liga regional a cambio de solo diez pesitos y este les vende la cerveza y las semillas
para acompañar. Muy de vez en cuando viene su hermano
mayor, que nunca supe cómo se llamaba porque todos le dicen El Gallo. El Gallo se parece muchísimo al Cacho: hablan
idéntico, se visten igual, pero se distinguen por los tatuajes, ya
que el Gallo tiene varios visibles: el nombre de sus hijas en los
costados del cuello, el apellido Ríos en el bíceps izquierdo y
un alacrán de muchos colores en el antebrazo derecho. Marco
es el sujeto más perseverante del mundo, pues desde que vio
a Renata ha estado obsesionado con ella, y aunque nunca ha

recibido la más tenue de las señales de reciprocidad, Marquito no se rinde. La verdad es que no tiene chance. Completa el cuarteto el buen Luisito, conocido como el Pingüino, por chaparrito y regordete. Nunca entendí por qué Luis se juntaba con ellos si era tan noble y tranquilo. El caso es que, a las seis de la tarde, la pandilla se separaba aparentemente, pero en realidad terminaban donde mismo: acompañando a Pedro a visitar alguno de los bares encomendados por Brizuela y de ahí ya no se movían hasta la madrugada.

A aquellas alturas, Sebastián ya había asimilado su derrota después de haber entrado en profunda depresión por algunas semanas. La estrepitosa caída desde la cima de su enorme ego debió ser dolorosa. Para no tener que toparse a Pedro y a sus amigos, Domínguez siempre quedaba de visitar a Camila después de las seis de la tarde. Y no lo culpo. A nadie le gustaría tener que pedirle permiso al Pedrito para que se moviera del escalón y así pudiera pasar a ver a su novia, mientras Cacho y Marco se reirían de él, al tiempo que el Pingüino trataría de pedirles prudencia. Cuando no se veían Sebastián y Camila, que eran pocos días, salíamos las tres amigas como antes. Si queríamos ir a un bar, íbamos al que tuviera que ir a supervisar Pedro para que nos hiciera un descuento y nos mandara algunas botanas. Muchas veces en el lugar no estábamos más que nosotras y los amigos de Pedro, señal de que era momento de cerrar ese bar, mover las sillas de sitio, quitar el letrero de la entrada, rebautizar el lugar y recibir a los mares de clientes novedosos que esperan con ansias conocer "el nuevo concepto de diversión único en Guadiana". En todas esas visitas a los negocios que administraba Pedro nunca vimos nada raro, pero sin darnos cuenta, él ya tenía demasiado dinero que no debía tener.

Viernes 28 de febrero de 2020. Lo recuerdo perfectamente. Desde hace unos meses, un lugar llamado Wuhan, cuyo nombre jamás había oído en mi vida, se veía desierto en las pocas imágenes que repetían los noticieros. De este lado del mundo sabíamos que no era seguro salir, que moría mucha gente por una gripe desconocida y que no podíamos confirmar si el virus ya había logrado salir de esas fronteras. La vida en Guadiana estaba en alerta mínima: todos los negocios estaban abiertos, las personas nos abrazábamos sin limitaciones, el alumnado asistía a las escuelas con normalidad y nadie usaba cubrebocas. No es que viviéramos debajo de una roca, pero Wuhan quedaba muy lejos. Nadie nos preparamos para lo que venía. Ese viernes, como cualquier otro, Camila, Renata y yo nos empezamos a escribir en nuestro grupo de WhatsApp para saber qué íbamos a hacer al salir de clases. Yo sugerí el cine, Renata el antro y Camila una reunión tranquila en su casa. Supuse que había peleado con Sebastián y quería hablar de eso, de modo que ni el cine ni el antro eran lugares adecuados. Estuve de acuerdo de inmediato y creo que Renata intuyó lo mismo, por lo que accedió también sin tratar de convencernos de ir al antro. Varios meses después creo que hubiera sido mejor haber ido al antro. Primero llegué yo, por obvias razones, y luego apareció Renata. Los papás de Camila veían la tele en su cuarto y los amigos de Pedro estaban en sus puestos habituales. El día, de raro, no tenía nada. Las niñas nos sentamos en la sala:

Renata en el sillón individual, Camila en el *love seat* de espaldas a la ventana y yo me acosté en el sillón largo que da hacia la calle. Abrimos la primera botella de vino y quisimos sacarle la sopa a Camila, pero no tuvimos éxito, o bien, no había pasado nada con Sebastián. Tal vez ese viernes genuinamente no se habían puesto de acuerdo para verse, a lo mejor porque lo hacían todos los días, al grado que mi papá, que nunca se mete con nadie y menos con las mujeres, hacía comentarios sobre lo mucho que se estacionaba el carrazo de Sebastián afuera de nuestra casa. Son las desventajas de un barrio como el nuestro, en el que las casas no tienen cochera. Se dieron las seis de la tarde y Pedro, Cacho, Marco y Luis seguían afuera, lo cual era sumamente extraño. Camila giró la cabeza, abrió un poco la cortina entre blanca y transparente, dio tres golpecitos en el vidrio de la ventana y voltearon los chicos. Ella les preguntó, en tono de broma, pero con verdadero interés, por qué estaban ahí si ya pasaban de las seis. Cacho dijo muy serio que Pedro ya había renunciado a su trabajo con Brizuela y que estaban celebrando su liberación. Camila arqueó las cejas y de un saltito se arrodilló completamente sobre el sillón para quedar de frente a la ventana con los brazos sobre el respaldo y así escuchar la historia de primera mano con atención, como si fuera una niña ansiosa de oír un cuento. Pedro siguió el juego como por unos dos minutos y al ver que su hermana empezaba a preocuparse por él, derrumbó el teatro y explicó ahora sí con serenidad que Brizuela le había dado el día de descanso. Le dijo que estaba muy contento con su trabajo y que se merecía tomar un viernes para olvidarse de otros borrachos que no fueran sus amigos. En pocas palabras le dijo que se divirtiera sin preocupaciones. Camila se quedó tranquila, nosotras volvimos a lo nuestro y Renata nos habló de un cuate de su salón con el que estaba empezando a tener un trato medio diferente, ya no tan de amigos. Concluimos con el muy chismoso, pero siempre interesante, "güey, claro que le gustas". Renata le daba vueltas al asunto. Mientras tanto, Marco movió su hielera roja de lugar para admirar a Renata sonrojarse a través de las cortinas. Se acabaron las botellas de vino que habíamos comprado, pero la plática estaba interesante y como aún no anochecía del todo, fuimos caminando por un doce de cerveza. Según nuestros cálculos, de a cuatro latas por cada una, todavía era buena ingesta para que Renata pudiera manejar sin tener accidentes, porque al punto de alcoholimetría que se instala a espaldas de la casa, jamás le ha tenido miedo. Se acabaron las cervezas, se fue Renata, y para cuando salimos a despedirla, ya solo estaban Luis y Pedro. Camila y yo les preguntamos por Marco y por Cacho, pero Luis solo se encogió de hombros con el poco margen que tiene para hacerlo gracias a su tierna jorobita, mientras mantuvo las dos manos metidas en las bolsas de la chamarra. Pedro solo dijo muy propiamente: "ya ves cómo son culos. Único día que no me tengo que preocupar de nada y puedo quedarme con ellos hasta la hora que sea y se van". Pues sí, qué mala onda de su parte. Camila se dio cuenta que Luisito, a pesar de ser un pingüino, se estaba muriendo de frío y les insistió que se metieran a la casa, total, nosotras dos podíamos irnos a otra parte a seguir platicando. El pobre de Luisito puso cara de agradecimiento pensando en que por fin se resguardaría de los dos grados centígrados del ambiente, pero volteó a ver a Pedro y éste, meneando su botella de cerveza como si fuera un coctel y viendo hacia el suelo, solo se limitó a decirle: gracias, Cami, estamos bien. Bueno.

Camila y yo nos volvimos a instalar en la sala. De fondo se escuchaba la voz del doctor Héctor Pérez Castells, un personaje de la vida pública hasta hace poco desconocido, pero que en cuestión de días se convirtió en la cara más reconocible del país, por encima de la del Chicharito. En su mensaje, con una voz que podría dormir a un bebé y una claridad admirable, le hacía saber al pueblo de México que en un hospital de la capital se había presentado el primer caso del nuevo coronavirus. La noticia me revolvió el estómago y no porque fuera algo inesperado, ya que era simplemente cuestión de tiempo. Me puse un poco mal por mi mamá. ¿Qué tan letal será?, ¿ataca igual a hombres que a mujeres?, ¿tendrán equipo de protección suficiente para el personal de salud?, ¿irán a cerrar los límites estatales?, ¿Santiago podrá pasar la crisis en casa o tendrá que estar solo? Si me hice cuarenta preguntas en tres minutos, fueron pocas. Mientras teníamos la atención puesta en el mensaje del doctor Pérez, mis oídos, pero no los de Camila ni los de sus papás, alcanzaron a escuchar una discusión un tanto pacífica pero seria. No era adentro. Era en la calle. Me alejé del marco del dormitorio de los señores Reyna y comencé a caminar por el zaguán hacia la puerta principal. Cada paso que daba me ayudaba a escuchar más voces y los balbuceos dejaban de ser confusos para convertirse en palabras articuladas. A medio camino, ya que estaba segura de que se trataba de algo serio, miré fijamente a Camila, quien seguía parada entre el pasillo y el dormitorio. A los pocos segundos de sentir la mirada, Camila me alcanzó en el zaguán con rostro de preocupación. Abrimos la puerta y vimos a Pedro de pie, recargado con una mano en los barrotes que sirven de protección para la ventana, mientras sostenía su cerveza medio llena en la otra. Luis estaba parado varios pasos más lejos, casi en la puerta de mi casa. El Pingüino no dejaba de ver con nerviosismo a los dos policías que Pedro tenía enfrente. Sólo había una patrulla de la policía municipal. Era un carrito compacto, ni siquiera una de las camionetas grandes. Traían las sirenas apagadas, pero el carro se mantuvo encendido con uno de los policías en el volante esperando a que el ritual terminara. Pedro estaba hablando tranquilo y trataba de negociar con los dos policías. Mire, jefe: esta es mi casa, nada más que estamos aquí afuera para no molestar a mis papás. ¿Y por eso debe molestar a la ciudadanía?, reviró el oficial. No, no se trata de eso, jefe. Aquí no molestamos a nadie. Mire: en este mismo instante yo recojo mis cositas y me meto a la casa, ya me disculpé con usted y le prometo que no vuelve a ocurrir. Pues sí, joven, pero mire, nosotros estamos haciendo nuestro trabajo. Y se los apreciamos mucho en verdad, porque aquí a veces asaltan gente y da gusto saber que ustedes están cerca. Ese comentario, lejos de ayudar a la causa de Pedro, solo la empeoró. Bueno, joven, aquí nomás estamos perdiendo el tiempo, dijo el oficial. Mire, ya hasta salieron los vecinos, así que mejor le sugiero que procedamos conforme a la ley. Lo que es, vaya. La frase del policía fue contundente, pues quería decir que se había agotado el recurso del soborno, de lo contrario, probablemente los elementos le hubieran pedido a Pedro que estirara la mano hacia el asiento trasero de la patrulla y metiera un billete en la carpeta que le había dejado ahí el oficial. El movimiento de rutina, vaya.

Los últimos integrantes del vecindario en salir fueron los papás de Camila. Ya con toda la hilera de casitas colmada con la honorable vigilancia barrial, los policías se mostraron más nerviosos. Mi, mi, mire señor, supongo que es usted el padre de este joven. Sí, así es. Joaquín Reyna. Uno de los policías, el más robusto, le extendió la mano para estrecharla como suelen hacer todas las fuerzas del orden antes de ir al grano. Su hijo estaba ingiriendo bebidas alcohólicas en la vía pública, por lo tanto, incurrió en lo que viene siendo una infracción, verdad, de lo que es el reglamento, entonces, pues eso como sabrá usted, conlleva lo que es una sanción administrativa, verdad. No es un delito, ¿eh? No hay que enfrentar ningún proceso, pero sí hay una multa de por medio y el joven debe ser consignado ante la comisaría. El señor Joaquín movía los bigotes de un lado para otro asimilando el escenario, mientras que con la mano derecha le pasaba la mano al brazo de su esposa de arriba hacia abajo para tranquilizarla. Pues sí, oficial, creo que la falta ha sido muy evidente y el joven es mayor de edad, dijo. Me da gusto que todavía haya padres como usted, señor Joaquín Reyna. Por el bien de su comunidad (extendió los brazos hacia los costados señalando sarcásticamente a toda la vecindad que se había reunido a atestiguar el evento) lo exhorto a que siga así con la formación de sus muchachos. Por lo pronto, los jóvenes van a pasar la noche en la comisaría. Seguramente ya sabe dónde está ubicada la base.

En ese momento vi a Luisito, quien escuchó claramente el plural de la oración anterior y levantó las cejas hasta donde le comienza la línea del cabello. El oficial robusto le hizo la seña a su compañero para que invitara a Luis a subirse a la patrulla y éste no se resistió porque no pudo ni hablar. Pedro se dirigió al oficial y le dijo que su amigo no toma y nunca ha tomado, entonces no había ninguna razón para llevárselo. El oficial le preguntó a Luis si eso era cierto y éste solo se limitó a decir un monosílabo: sí. En cuanto Luis abrió la boca para decirlo, el oficial ya se había echado dos pasos para atrás y se estaba abanicando la nariz con la mano en señal de asco. "Ande joven, hasta acá huele, qué bárbaro. Ándele, ya súbase". Me llené de rabia, porque de verdad podría meter las manos al fuego por Luis. Yo sé que no toma y nunca ha tomado, entonces, según mis medianos conocimientos de la ley como estudiante de cuarto semestre de Derecho, no había razones para que su impecable historial cívico fuera manchado por una falsedad. El señor Joaquín se acercó a la ventanilla de la patrulla y le dijo a Pedro que en cuanto lo dejaran salir, tomara un taxi directo a la casa. Pedro solo asintió. El señor se quedó a media calle y extendió el brazo como solicitando de algún tipo de asistencia. Camila se acercó y don Joaquín le indicó en voz baja, pero firme, que le tomara una fotografía a la placa y al número de serie de aquel carrito compacto que avanzaba lentamente. Los vecinos se metieron a sus casas poco a poco. Mi mamá me hizo una seña, innecesaria a esas alturas, para que ya me metiera a la casa. Me despedí de Camila solo con un tímido movimiento de cejas y ella también entró a descansar.

* * *

El día siguiente fue un sábado 29 de febrero, porque ¿cómo se iba a conformar el hermoso año 2020 con solo trescientos sesenta y cinco días? Yo tuve partido de basquetbol temprano por la mañana, regresé a la casa y tomé mi celular porque había olvidado cargarlo por la noche. Como siempre, no tenía gran cosa: diez mensajes de las plataformas de comida a domicilio (aunque unas ni operan en Guadiana), una notificación de *Twitter*, una sugerencia de película de *Netflix* y un mensaje de Camila que decía: "*estás????*". Mala señal. Como el mensaje ya tenía una hora y media de haberse recibido, decidí no perder el tiempo en contestarle con otro mensaje y decidí llamarle. Camila no contestó. Me puse de nuevo el uniforme, me calcé los tenis y fui a casa de los Reyna. Toqué la puerta lo más suave que pude, imaginando que los nervios ya estarían de punta por alguna razón. Mi tía Leti abrió la puerta, pero lo hizo tan rápido, que de inmediato supe que estaban esperando a alguien y que mi cara no era la que quisieran ver en ese momento. Pásale. Camila está en su cuarto, me dijo la preocupada madre al cerrar la puerta.

Encontré a mi amiga sentada en su cama con las manos entrecruzadas sobre los muslos. Toqué la puerta con el doble de suavidad con la que recién había llamado a la puerta principal, solo para que Camila se diera cuenta de que estaba allí. No supe cómo iniciar una conversación, pero me senté a un lado de mi vecina y la abracé sin saber qué era lo que estaba pasando. La vi tan mal que ya ni quería saberlo. Camila levantó un poco la cabeza sin verme a la cara por completo y me dijo: "no volvió… bueno, no ha vuelto". Le dije que, según yo, las doce todavía eran una hora razonable y aún se estaba en el margen de lo normal para una falta administrativa de ese tipo. Seguro se ha de haber quedado al menudo que les sirven a los borrachos en la comisaría, bromeé. Camila se rio un poco, pero de inmediato volvió a su postura de preocupación. Dejé pasar unos treinta segundos y le pregunté si ya habían intentado marcarle a su celular, pero me dijo que nadie contestaba. Entonces le sugerí que, si Pedro se había ido junto con Luis, entonces probablemente andarían juntos y él podría dar razón de Pedro, o bien, si el Pingüino no contestaba, entonces sería buena señal porque ninguno de los dos habría obtenido su libertad. En cuanto Camila escuchó el apodo de Luis se apoyó de mi mano para levantarse con sobresalto de la cama y corrió con su mamá. Como yo me quedé sentada sobre el colchón, solo escuché que le dijo a su madre casi a gritos: "el Pingüino, mamá, hay que hablarle a Luis". Camila regresó corriendo por su teléfono, fuimos a la mesa del comedor y los cuatro: padre, madre, hermana y vecina, rodeamos el aparato.

Camila buscó entre su agenda de contactos a Luis, pero no recordaba cómo lo tenía guardado, entonces tuvo que navegar un poquito para buscarlo y tardó lo suficiente para darme cuenta que estaba temblando como nunca. Los dedos titubeantes dieron con la entrada correcta, activaron el modo de altavoz y su dueña se echó para atrás esperando la respuesta. Tut. Tut. Tut. Tut. Cuatro timbrazos sin recibir respuesta. Mi tía Leti ya estaba a punto de salir del círculo cuando se escuchó la voz casi infantil de Luis. ¿Bueno? Luis, qué bueno que me contestas, soy Camila. Te quiero preguntar por Pedro. ¿Ya salieron? Lo que pasa es que no ha llegado a la casa. A Luis le cambió la voz de inmediato y se le notó un poco agitado. Sí, yo ya salí. Bueno, de hecho, yo ni entré. En ese momento sentí un escalofrío. Camila se quedó callada. El señor Joaquín se acercó al teléfono y sin presentarse ni saludar, le pidió a Luis que explicara lo que hubiera visto. Luis dijo que, al llegar a la comisaría, los policías le pidieron que bajara de la patrulla y le indicaron que se registrara en una libreta sencilla, como si hubiera ido al cajero automático que había para comodidad de los empleados o como si hubiera pedido usar el baño de la comisaría. Después de cumplir con las instrucciones del policía, Luis dijo haberse ido a su casa en un taxi que la recepcionista le ayudó a pedir. Gracias, Luis. El papá de Pedro se recargó con ambas manos sobre la mesa mientras Camila colgaba el teléfono. Vamos a la Comisaría, dijo. El señor Joaquín me volteó a ver y me preguntó si estaba mi papá en casa. Le dije que sí y fui por él. No tuve mucho tiempo de explicarle lo que pasaba, porque ni siquiera yo sabía muy bien, pero supongo que mi padre pudo leer mis expresiones. Al escuchar que era requerido por su compadre, el ingeniero Mendoza dejó de regar sus plantas, se puso una camisa y salimos a la calle. El señor Joaquín ya nos esperaba en su carro viejito, que necesitaba calentarse como los de antes. Mi papá y yo llenamos los espacios vacíos en el interior: adelante los padres y atrás las hijas. Mi tía Leti se quedó en casa para abrirle a Pedro en caso de que llegara. Mientras se terminaba de abotonar la camisa, mi papá le solicitó al menos una breve contextualización al señor Joaquín con la mirada. Se conocen tan bien que el señor captó de inmediato que había olvidado explicar por qué había interrumpido a su vecino en el bien conocido ritual de regar sus plantitas. Después de suspirar, el ansioso padre se limitó a decir: "no regresó, cabrón". Mi papá mantuvo sus manos en ambos lados de la camisa, pero dejó de abotonarla, luego giró un poco hacia el conductor y dijo con incredulidad "cómo que no regresó". El señor se encogió de hombros como haciéndole entender a mi papá que, si supiera algo más, ya se lo hubiera dicho. Mi padre me buscó la mirada por el retrovisor, pero me mantuve como estatua. Yo tampoco sabía nada. La lectura de mis ojos y el ambiente que se percibía en el cerrado espacio del carrito le confirmaron a don Chuy que la de ese sábado podía ser una jornada larga.

Como de costumbre, estacionarse en la Comisaría fue todo un problema. Dimos varias vueltas a la manzana sin éxito, casi esperando que uno de los comensales del popular puesto de barbacoa que se instala afuera del edificio, terminara de comer y dejara libre su lugar. El señor Joaquín se frustraba notoriamente por el problema del parqueadero y cada vez que pasábamos frente a la puerta principal de la comisaría, éste se le quedaba viendo como cuando alguien ve por el aparador unos zapatos que desea y no puede comprar. Supe que mi papá también comenzó a sentirse más tenso porque empezó a acariciarse la cara una y otra vez como si estuviera peinando una barba de candado. A la que bien pudo haber sido la quinta vuelta a la manzana, me ofrecí a que Camila y yo buscáramos estacionamiento mientras ellos se bajaban a preguntar por Pedro. El señor Joaquín accedió de inmediato, terminó la vuelta en curso para quedar justo enfrente del acceso, abrimos las cuatro puertas al mismo tiempo y Camila apenas había recibido las llaves cuando su padre ya había trepado al menos ocho escalones, mismos que dejaba atrás con determinación en pequeños saltitos de dos en dos, mientras que mi papá trataba de alcanzarlo con mediana prisa. Luego se acercó un policía a pedirnos que nos moviéramos, porque ese espacio era exclusivo para las camionetas del comisario. Camila no reaccionó, entonces le extendí la mano para pedirle las llaves y ella subió en el asiento del copiloto. Dimos otras tres o cuatro vueltas hasta que vi a un señor limpiándose los dientes con un palillo de madera, entonces intuí que estaba recién salido de la barbacoa y que, a juzgar injustamente por su peso, era seguro que venía en carro. Seguí al hombre con la mirada hasta que sacó las llaves de su bolsillo. Busqué de inmediato entre los autos para ver cuáles luces parpadeaban al desactivar la alarma: era una pickup negra con el logotipo de una de las compañías mineras de origen canadiense que explotan los recursos de Guadiana. Me quedé atrás de ella, esperé pacientemente a que el señor se quitara la cartera de la bolsa trasera del pantalón, a que su celular se conectara al *bluetooth* del vehículo que ya había encendido por control remoto y a que tomara impulso para subirse a semejante monstruosidad. Me estacioné y me bajé tan rápido como pude, pero Camila parecía querer retrasar lo más posible nuestra llegada. No la culpo. El ausente era su hermano y no el mío.

Para cuando llegamos al escritorio de la recepción, mi papá se recargó sobre un costado y el señor Joaquín estaba echado hacia adelante como tratando de ver el monitor que daba de frente a la oficial y de espaldas a nosotros. Cuando nos acercamos lo suficiente para escuchar la conversación, lo primero que capté fue "Reyna. Rey-na". Cabe resaltar que la señorita que nos atendió era muy amable. Tenía rasgos finos, labios pintados de manera muy discreta, pestañas rizadas y un lunar del lado izquierdo de la boca. Eso sí, tenía las esposas, el gas pimienta, la pistola y el uniforme como cualquier otro de sus compañeros no agraciados. Con su paciencia, ayudó a que el señor Joaquín se tranquilizara, aunque no dejaba de insistir. A ver, por favor intente buscar con i latina, ya que a veces escriben mal el apellido. No, señor, tampoco. ¿O qué tal si solo escribe "Pedro"?, a lo mejor no le dieron de alta el Reyna. Pues sí hay tres, pero ninguno tiene la edad de su hijo ni sus señas particulares. Además, aquí en el sistema me aparece que estos tres Pedros ya salieron en el transcurso de la mañana. Señorita: mi hijo debió de haber llegado aquí, a menos de que existan otras oficinas de la comisaría. No, señor, según lo que me comenta, el procedimiento solo debió de haber concluido aquí con el arresto temporal, y para estas horas, su hijo ya no tendría razón para estar adentro. Pero permítanme ayudarlos, quizá ocurrió algo en el traslado que pudo haber modificado el procedimiento de mis compañeros. A ver, en primer lugar, ¿lo detuvieron mis compañeros? El señor se extrañó por la pregunta e inclinó la espalda un poco hacia atrás como si las palabras le hubieran dado un empujoncito físicamente. ¿A qué se refiere, señorita? ¿Está sugiriendo que a mi hijo se lo llevaron policías apócrifos? Ni siquiera estoy segura de que ese adjetivo sea aplicable a una persona, pero el hombre se dio a entender. No, señor. Claro que no me refiero a eso, y si así se interpretó, le ofrezco una disculpa. Esta es una pregunta que debo hacer con frecuencia, porque la mayoría de las personas no distingue entre las corporaciones policiales y todo el tiempo llegan aquí con asuntos de otras corporaciones. Solo quiero que me ayude a identificar si la patrulla en la que se llevaron a su hijo era de la policía municipal de Guadiana, de la policía de proximidad, de la policía vial, de la policía estatal, de la investigadora, de la rural, de la regional, de la auxiliar, de la turística o de la Guardia Nacional. Cuando la señorita recitó la letanía de corporaciones, como el amigo de Forrest Gump le enlista los tipos de camarones, me pareció poco sorprendente que las personas no sepamos distinguir entre nuestras autoridades, si hay como mil.

Don Joaquín le ordenó a Camila que se acercara, le pidió que abriera la foto que le había tomado a la patrulla y se la mostró a la oficial. Ella se dejó ver sorprendida por el hecho de que los Reyna tuvieran una foto nítida de la patrulla que detuvo a su hijo por cometer una falta administrativa menor, pero no dijo nada. Tal vez en sus adentros la mujer reflexionó si la desconfianza en la policía es tan grande, que haber tomado una foto por paranoia, haya terminado por ser de utilidad para encontrar a un hijo desaparecido. La oficial le dio varios pellizcos a la pantalla para acercarse a los detalles, dejó el celular sobre el escritorio sin devolverlo a su dueña y comenzó a teclear rápidamente. Cuando la policía dejó de teclear, se llevó la mano izquierda a la barbilla para sostener su cabeza mientras hacía girar el botón central de su ratón una y otra vez. Hacia arriba y hacia abajo. Hacia arriba y hacia abajo. Como si lo que hubiera al calce no coincidiera con el encabezado. La oficial no pudo ocultar los gestos de extrañeza que se encontraban en el límite con los de preocupación. Luego, la mujer regresó el teléfono a Camila, se disculpó por un momento y caminó sobre el pasillo central, pero la perdimos al dar vuelta hacia la derecha y la volvimos a encontrar cuando se detuvo en posición de firmes en la puerta de una oficina grande, que, a pesar de ser completamente de vidrio, no nos permitió ver al interlocutor de la oficial debido al ángulo en el que estábamos.

La policía entró a la oficina y salió a los cinco minutos con una hoja de papel que había curveado por la mitad sin ser doblada por completo, luego volvió a su asiento y se dirigió a nosotros. Miren, nos dijo mostrando una serie de datos solo separados por pequeños espacios sin la delimitación propia de una tabla hecha como Dios manda. Este es el registro del departamento vehicular de la comisaría. El dato que les marqué con amarillo es el número de la unidad que me mostraron en la fotografía, la segunda columna tiene la fecha y la hora en la que ese carro llegó a la base y la tercera es la hora a la que se fue. Como pueden ver, los últimos registros de la actividad de ese vehículo no coinciden con las horas en las que su hijo fue detenido. Les voy a pedir que seamos muy discretos con este asunto. Para cuando nos pidió discreción, Camila estuvo a punto de desmayarse, mi papá se llevó otra vez las manos a la barba de candado imaginaria y el pantalón del señor Joaquín empezó a temblar al ritmo que sus piernas sucumbían ante el miedo. La oficial continuó hablando en voz baja. No nos tienen permitido ofrecer esta información porque es confidencial, pero mi jefa autorizó que les entregue los nombres de los oficiales que patrullan esa unidad, para que puedan iniciar el procedimiento como debe ser, porque si usted viene y nada más le narra los hechos al departamento que lo va a recibir, la verdad no va a llegar a ningún lado. Lo que va a pasar es que le van a abrir una carpeta que se va a desestimar automáticamente por falta de evidencia. Apunte los nombres en un papel, contacte a un abogado y no deje de buscar a su hijo a partir de que salga del edificio. Yo sé lo que le digo. Ahí le van: Cardiel Chaparro José Manuel, Perales Carmona Juan Aristeo y Montes Ocaña Donasiano. El señor Joaquín apuntó los nombres en puras mayúsculas, como escriben todos los señores. Camila cerró los ojos como intentando memorizarlos y yo abrí en mi celular el chat de Renata, los escribí allí y envié el mensaje. Antes de irnos, recordé que el Pingüino había dicho que lo hicieron registrarse en la bitácora de visitas, entonces tomé la libreta de control y busqué la noche del viernes veintiocho. Allí estaba en uno de los renglones. De izquierda a derecha, las columnas decían: "Luis Orellana, 22, visita" y las remataba un garabato que no se salía de la minúscula celda.

Renata leyó mi mensaje cuando todavía ni siquiera salíamos de la comisaría y me contestó con unos cinco o seis signos de interrogación. Me pareció imprudente contestarle en ese momento de tanta preocupación para los Reyna, así que dejé su chat en visto y guardé mi teléfono sin decir nada. El señor Joaquín trató de buscarse las llaves del carro en los bolsillos del pantalón y no tuvo éxito. Los nervios le hicieron olvidar que él no había estacionado su auto. Nos subimos a la carcacha y el señor Reyna puso la llave en la ranura, pero no la giró. El pobre hombre se llevó la mano izquierda a la cara y puso la otra sobre el volante. El resto de la tripulación nos quedamos en completo silencio, salvo por los suspiros intermitentes de Camila, que estaban a una nada de convertirse en llanto. El señor Joaquín rompió el silencio para tratar de pensar en un abogado. Un abogado… un abogado… un abogado… Nadie le venía a la mente. No sé si a mi papá sí se le ocurría alguna opción, pero no confiaba en ella, o tal vez sí conocía a alguien, pero sabía que era impagable para los Reyna. Yo qué sé. El caso es que el compadre no dio ninguna sugerencia.

Llegamos a nuestra calle, pero no nos separamos. Esperé un poco para que fueran los adultos quienes marcaran la pauta. Mi papá no dudó en seguir a su amigo al interior de su casa, por lo que yo hice lo mismo. Leti saltó de la mesa del comedor en la que estaba sentada y preguntó "¿qué pasó?", con más exclamación que interrogación. No sabemos, contestó su esposo. "¿Dónde está Pedro?", dijo otra vez con el mismo tono. Tampoco sabemos, respondió su hija. Esas respuestas fueron más que suficientes para que la madre se echara a llorar desconsolada. La tía Leti tardó unos minutos en tranquilizarse y creo que lo hizo únicamente para poder hacer más preguntas, pero casi ninguna tenía una respuesta reconfortante. Lo más importante que Leti debía saber era cómo proceder. Y eso fue lo que le explicó mi papá mientras su marido abría el directorio telefónico en las primeras páginas. Supongo que buscaba la palabra abogados. Después de un "mire comadre", mi papá procedió a contarle lo que nos había dicho la oficial de la recepción, los nombres que nos ofreció y las sugerencias que hizo. Leti volvió a llorar, pero lo hizo con más fuerza. Camila se metió a su cuarto, mi papá se quedó de pie viendo hacia la ventana y el señor Joaquín seguía con el directorio telefónico entre las manos. Como todos estaban tan dispersos, aproveché para sacar mi celular y tenía diez mensajes de Renata, de los cuales nueve eran cadenas larguísimas de signos de interrogación. En el único mensaje que contenía letras, Renata me preguntó si yo estaba bien. Le contesté que yo sí, pero que el día anterior, después de que ella se fue, la policía se llevó a Pedro y no había regresado. Luego me hizo unas siete u ocho preguntas que no pude leer con atención porque opté por contarle lo que había pasado hasta el momento. Seguramente Renata se exaltó, pero ya no me lo hizo saber por mensaje y se limitó a preguntarme si estábamos en casa de los Reyna. Unos ocho minutos después, los Magaña ya estaban en la puerta. Padre e hija. El señor Joaquín se extrañó de su presencia porque nunca vio que nadie les llamara, pero no dijo nada más, ya que toda la ayuda era bienvenida en esos momentos. Mi papá los llevó a la sala para explicarles lo que había pasado hasta el momento y Camila se unió después de escuchar sus voces. El arquitecto hizo un recuento exprés de sus contactos en el gobierno y de las formas en los que cada uno podría ayudar en esta situación. De su baraja de funcionarios, que supongo ha de tener muchas cartas, sacó a un directivo de la comisaría con quien el arquitecto apenas había entrado a un fondo de inversión. Don Magaña dio pocos datos de esta persona: que era hijo de no sé quién del club de los caballeros de no sé dónde, que se había casado con la sobrina de aquel señor que tenía puestos en el tianguis, que era civil y no policía, que se veía que era derecho y no sé qué más. El señor Joaquín hizo un ademán, como haciéndole saber al arquitecto que podía hacer lo que quisiera, lo que pudiera y lo que creyera conveniente para ayudar. El arquitecto marcó el teléfono y se levantó de la sala, salió de la casa y subió a su camioneta para poder hablar con privacidad, cosa que nadie le reprochó, aunque todos queríamos escuchar la plática. El señor Magaña tardó unos cinco minutos en volver, mismos en los que nadie dijo una palabra ni se movió de donde estaba. Para cuando Magaña regresó, ya traía un mejor semblante del que se le veía cuando salió. Creo que más de uno de nosotros pensó que incluso había localizado a Pedro, pero no fue así. La ayuda que ofreció el contacto era nada más para instruir al departamento de videovigilancia que nos enseñara las imágenes de las cámaras de seguridad que fueran necesarias, tanto del interior de la comisaría como de las calles. En ese mismo instante, padres e hijas abordamos la camioneta del arquitecto y nos dirigimos a un centro de control ubicado a las afueras de la ciudad.

Estuvimos en la camioneta por unos quince minutos que parecieron como dos años gracias al silencio y a la preocupación. Llegamos a un filtro de seguridad en el que dijimos el motivo de la visita y el nombre de la persona con la que nos dirigíamos. Condujimos otros dos minutos hasta el estacionamiento de un lugar que yo nunca había visto y que, si no fuera consciente de lo que se hace ahí, hubiera creído que se trataba del campus de una universidad privada, de esas que no se andan con rodeos a la hora de cobrar. Bajamos los seis tripulantes y nos registramos de nuevo en un mostrador de vidrio que me llegaba al pecho. El guardia de seguridad, que pertenecía a una empresa privada y no a la policía, amagó con dejar entrar solo a uno o máximo a dos de nosotros, pero el arquitecto le dijo con voz firme que necesitaba la presencia de los seis, además, tenía el compromiso de aquel licenciado para recibir todas las facilidades y pensaba hacer valer ese paro a toda costa. El arquitecto es alguien que impone física y verbalmente, así que el guardia tomó su radio, dijo tres o cuatro cosas en clave y esperó una respuesta. Mientras esto ocurría, el arquitecto se acercó todavía más al guardia, cambió el semblante a uno mucho más agresivo y se tocaba la cabeza completamente calva de atrás hacia adelante, como haciéndole saber al señorcito aquel que estaba agotando su paciencia. El radio se activó y confirmaron el permiso necesario, pero nos pidieron que dejáramos nuestros teléfonos celulares en una bandeja. Todos accedimos y avanzamos hasta un lugar asombroso, que parecía sacado de una de las películas de Los Vengadores. Era una sala enorme y llena de pantallas en las que se podía ver casi cualquier rincón de Guadiana con lujo de detalle: si el semáforo estaba operando, si alguien apretaba uno de los famosos botones de pánico que no sirven para nada, si el policía de tránsito estaba en la esquina en la que debía estar, todo. Nunca pensé que aquí tuviéramos esa cantidad y nivel de tecnología. Mientras los seis seguíamos embobados con la novedad, se acercó un muchacho como de unos veintinueve años, con el cabello largo y desordenado, camisa de cuadros, pantalón de un color entre azul y verde, zapatos bostonianos perfectamente boleados, calcetines con estampado en forma de bicicletas de color rosa, unos lentes con marco en tono morado y un gafete en el que alcancé a leer: "Ing. Abelardo Serna". Parecía caricatura el hípster ese. El joven ingeniero se presentó con mucha propiedad, se puso a nuestras órdenes y nos pidió disculpas por haber tardado en recibirnos, pero esperó que entendiéramos que en sábado por la tarde hay menos personal y el trabajo se acumula. El señor Joaquín agradeció las consideraciones y se adelantó al señor Magaña en el motivo de la visita. Verá, ingeniero: necesitamos que nos ayuden a localizar a mi hijo. Ayer se lo llevaron en una patrulla, pero no ha vuelto a casa y no hay registro suyo en la comisaría, entonces por medio del arquitecto nos indicaron que aquí podríamos ver las cámaras de seguridad. Al joven le sorprendió visiblemente la importancia del asunto, como si los favores que atendiera como operador de ese lugar no fueran tan urgentes como este. Lamento mucho su situación, señor. Con gusto les ayudo en lo que sea posible. Serna hizo una seña para que lo siguiéramos y nos condujo a una escalera metálica en forma curveada que terminaba en algo parecido a un balcón repleto de computadoras de todos estilos, pero de gran capacidad a juzgar por el tamaño de sus monitores. El ingeniero giró su pantalla para que pudiéramos ver cómo la manipulaba y preguntó el lugar y la fecha exactos del evento, a lo que el señor Joaquín respondió con la mayor precisión que le fue posible basado en los cálculos que hizo con la hora en la que fue tomada la foto de la patrulla. Después de adelantar y atrasar varias veces la barra de la grabación, le pedí casi gritando que se detuviera en un cuadro en el que vi a una persona bajando de una patrulla en la puerta principal de la comisaría.

Camila de inmediato reconoció a Luis. Al ver que ese cuadro en particular nos era de utilidad, el ingeniero mandó la señal de su pantalla hacia uno de los paneles enormes que teníamos enfrente y que nos habían dejado perplejos apenas unos minutos atrás. Con ese tamaño de la pantalla y los ajustes que pudo hacer el ingeniero a la calidad de la imagen, a ninguno nos quedó la más mínima duda de que se trataba de él, a pesar de la poca iluminación.

El video continuó su marcha, el ingeniero cambió a una de las cámaras del interior de la comisaría y los hechos ocurrieron tal y como los describió Luis: el Pingüino llegó al mostrador, después de una breve pausa se registró en la bitácora, pasaron otros segundos en los que parecía estar conversando con la persona que lo atendió, ésta descolgó su teléfono, Luis dio dos palmaditas en el escritorio como agradecimiento y despedida, se mantuvo de pie esperando y salió de la comisaría para abordar un taxi. De Pedro no se vio nada, entonces regresaron la imagen hasta donde Luis se bajaba de la patrulla y pudimos ver que esta avanzó para dar vuelta e incorporarse al bulevar. El ingeniero Serna tecleaba como si estuviera en un examen de mecanografía y las cámaras cambiaban a la misma velocidad, de forma que pudimos seguir el trayecto de la patrulla por alrededor de diez minutos en tiempo real de aquel día, que se tradujeron en unos cuarenta minutos de nuestro tiempo en el centro de control. El rastro se perdió hasta que no hubo ninguna cámara que pudiera ubicar a la patrulla, o sea, al girar a la derecha en una calle sin pavimentar dentro de la colonia que está cerca de la plaza de toros. El ingeniero volteó su silla para vernos a los ojos y disculparse por no poder hacer nada más. Nadie le reprochó nada, al contrario, el señor Joaquín le agradeció y lo felicitó por ser un gran servidor público. Al salir tardamos un poco para recuperar nuestros celulares, porque el guardia de seguridad fue a buscarlos a una oficina en la que había unas tres o cuatro personas trabajando en sus computadoras con los audífonos puestos.

Si bien teníamos más información y casi podíamos saber por dónde empezar a buscar a Pedro, al mismo tiempo habíamos llegado a un punto muerto en el que no sabíamos qué más hacer. Buscar por nuestra cuenta no era buena idea, porque en vez de un desaparecido, podía haber siete. Buscar con la policía tampoco sonaba bien tomando en cuenta que no podíamos confiar en los que se llevaron a Pedro. Afortunadamente todavía contábamos con una línea de búsqueda gracias a los nombres de los policías que nos dieron en la comisaría. Ya de regreso en la camioneta, el arquitecto dijo que podía solicitar ayuda a otro contacto para que le diera información acerca de esos elementos. El señor Joaquín volvió a hacer el mismo gesto que hizo la primera vez que el señor Magaña ofreció ayuda, aunque el arquitecto seguía prefiriendo consultarle todos sus movimientos por respeto. El conductor de la camioneta desconectó las bocinas del vehículo para hablar únicamente desde su auricular. Buenas tardes, maestra. Espero que no la agarre comiendo… Ah, muchas gracias, qué amable. Y luego en sábado, verdad… Bueno, sabe que no la molestaría si no fuera importante… Un amigo de mi hija desapareció ayer… Sí, desapareció… Sí… Parece que se lo llevó una patrulla de la municipal. Entiendo… Sí, de hecho, yo tengo bien presente que usted está en el gobierno del estado, pero de todos modos estamos tan desesperados que nada perdía llamándola… Sí, yo espero, maestra. Muchas gracias, ¿eh? Que me va a regresar la llamada. Mientras, denme los nombres de los policías en caso de que pueda hacer algo. El señor Joaquín no tardó ni dos segundos en sacarse el papelito de la bolsa interior de su chamarra y se lo pasó hacia adelante. Otra vez nos quedamos en silencio. Mi papá y el arquitecto, piloto y copiloto, se vieron a los ojos por unos segundos, como quienes tienen ganas de preguntarse cómo han estado, platicar sobre el clima y un poquito sobre la última decepción del Cruz Azul. Cuando parecía que mi papá estaba por romper el hielo, el celular del arquitecto empezó a sonar, irónicamente, con la canción *Help!* de Los Beatles. Hola, maestra, sí, aquí estoy con ellos… No, no está en altavoz… Sí, sí es gente de confianza, no se preocupe… Yo se lo prometo… Mire: esta gente no tiene ningún interés en ir a la prensa ni en jugarle una mala pasada a usted o a su partido… Créame que, si así fuera, yo no me prestaría a que lo hicieran a través de mí… Lo único que quieren estas personas es encontrar a su hijo… Cualquier cosa, maestra. Todo ayuda, de verdad… ¿Cómo? Creo que no la estoy entendiendo… No, no, no se enoje, maestra. Aprecio mucho de verdad que me lo haya dicho… No, yo entiendo. Ya con esto entiendo que no puede hacer más… Pues le agradezco mucho y ya sabe… Mi oficina siempre está abierta para usted y para su grupo… Ya ve que se vienen las elecciones y nunca les cae mal una ayudadita…De hecho ahí tengo una camioneta nueva por si la quiere rifar entre sus directores para la campaña… Ándele… Seguro… Hasta luego.

Después de colgar su teléfono, el arquitecto dejó el celular entre sus piernas y miró por el retrovisor para encontrar la mirada del señor Joaquín. La persona ya se comunicó a su fuente y lo único que me dijo fue: "esos policías están en la nómina de aquellos". Recuerdo perfectamente la entonación, las palabras exactas y, si supiera dibujar, hasta podría hacer un retrato fiel de la expresión del arquitecto en ese momento. ¿Cómo que en la nómina de aquellos?, preguntó el señor Joaquín, como si no hubiera entendido la primera vez y le estuviera dando una oportunidad al señor Magaña de enmendar la broma de pésimo gusto que recién había hecho. Pues tú sabes, Joaquín. ¿Entonces no son policías oficialmente? Pues no sé cómo se maneje ese asunto, la verdad. Lo que sé es que la situación es delicada y hay que seguir haciendo todo lo posible por encontrar a Pedro. Camila no podía dejar de llorar en los brazos de su padre, pero nadie tenía tiempo de llorar. El arquitecto sugirió que esto ya saliera a la luz pública y los otros dos padres estuvieron de acuerdo. Como pudimos, las hijas tomamos una de las fotos de Pedro desde su perfil de *Instagram*, la editamos y escribimos lo siguiente: "Ayúdanos a encontrarlo. Pedro está desaparecido desde la noche del viernes 28 de febrero. Se lo llevaron en la patrulla N-13089 y no ha vuelto a casa". Creo que el mensaje por sí mismo pudo haber mejorado muchísimo, pero fue lo único que nuestras alteradas mentes pudieron diseñar en ese momento. De inmediato comenzamos a recibir decenas de mensajes a los teléfonos particulares de parte de nuestros conocidos, quienes ansiaban conocer más sobre el asunto, o bien, deseaban expresar su solidaridad en esos momentos tan difíciles. Mientras eso ocurría, miles de personas, extrañas en su mayoría, compartieron nuestras publicaciones en todas las redes sociales posibles. Incluso, antes de que nosotras lo redactáramos, alguien ya había creado un *hashtag* llamado "#HastaEncontrarAPedro" y aquello tenía miles de interacciones. No lo hemos platicado hasta la fecha, pero estoy segura que eso nos inyectó mucha fuerza cuando todos estábamos decaídos. Es por eso que soy tan enemiga de la metáfora de los alacranes sobre la cual escribí hace unas páginas, porque cuando más lo necesitamos, miles de personas acudieron a nuestra ayuda, aunque fuera virtualmente a través de sus pulgares. Cerca de las ocho de la noche de aquel sábado interminable, sentada en la sala de los Reyna, empecé a malpensar en las implicaciones de todo el desmadre que habíamos armado con el caso de Pedro en las redes sociales. ¿Qué tal si hubiera sido mejor haber mantenido el anonimato para no poner a los polis en el foco de atención? ¿Qué tal si antes de ser conocidos por todo Guadiana y que sus nombres estuvieran por todas partes, los policías hubieran estado dispuestos a cooperar? ¿Qué tal si al ver que son perseguidos, los puercos esos ya se habrían fugado y ahora sí nunca los encontraríamos? ¿Qué tal si ya mataron a Pedro?

Cuando pensé esto último, Sebastián llegó a la casa de Camila mientras las tres amigas veíamos nuestros teléfonos y los adultos platicaban con un policía investigador a quien nadie le creyó nada. Y no los culpo. Nadie queríamos ver un uniforme en ese momento. Sebastián estaba más inquieto que de costumbre y parecía que trataba de encontrar un espacio para quedarse a solas con Camila, cosa que era imposible. Yo salí de la casa de los Reyna y fui a cambiarme el uniforme de basquetbol que traía puesto desde en la mañana. Después de todo, el invierno de Guadiana no está para vestirse tan ligera a finales de febrero. También aproveché para tomar mis primeros alimentos del día, o sea, un paquete de galletas que devoré en menos de dos minutos para poder regresar al cónclave. Para cuando salí de mi casa, Sebastián me estaba esperando en la puerta, como si quisiera asaltarme. Me pidió que entráramos de nuevo y yo no entendí nada, pero como aquel sábado ya no podía ser más raro, acepté. No le ofrecí sentarse, ni tomar otro paquete de galletas, ni un vaso de agua. Nada. A lo que íbamos. Fuera lo que fuera eso. Mira, Mariana: no puedo decir esto allá en casa de los Reyna, pero creo que puedo ayudar. Pues órale, no sé qué estás esperando. No sé si lo has notado, pero estamos algo preocupadillos por tu cuñado. Ya sé, ya sé, pero es que la ayuda que puedo dar es delicada y me puede comprometer a mí. Bueno, entonces no sé qué estamos haciendo aquí, así que ya vámonos. No entiendes, me dijo. Pues no, no sé qué es lo que debo entender, así que no lo entiendo. Mientras trataba de salir de mi casa esperando que Sebastián hiciera lo mismo, éste me tomó del antebrazo y me jaló sin mucha fuerza, pero sí con la firmeza necesaria para regresarme al sitio original. A ver, Mariana: espero que leas entre líneas y no tenga que explicarte nada más de lo que te voy a decir. Si los policías que se llevaron a Pedro están en la nómina de aquellos, eso quiere decir que no hay muchos lugares en dónde buscar ni muchas personas a las cuáles preguntar. Se puede decir que todos son de los mismos, pero no todos trabajan igual. Puedo llamarles a algunas personas para saber si ellos tienen a Pedro. Cuando Sebastián me dijo eso, en vez de pensar en la viabilidad de la idea, no pude evitar hacer un alto para analizar que al parecer la gente en Guadiana está llena de contactos. Buenos o malos, aquí todos tienen alguien a quién hablarle para cualquier cosa. Quizá por eso el alcoholímetro no detiene a nadie. Cuando mi mente volvió al planeta Tierra, Sebastián se había acercado con cara de extrañeza como si buscara averiguar si mi cerebro seguía funcionando. ¿Entonces?, me preguntó. Me mantuve en silencio, porque si él mismo había reconocido que la serie de llamadas que estaba por hacer podía comprometerlos a él y a su familia, que de compromisos ya estaban repletos, no quería ser yo la que cargara con la responsabilidad de haber iniciado la cadena de corrupción y violencia que se desataría. Me negué rotundamente a opinar sobre su oferta. ¿Entonces sí?, me dijo. No. Ni sí, ni no, ni todo lo contrario. O vas y ofreces tus servicios a la sala de los Reyna tú mismo o no hagas nada, porque de mí no vas a conseguir ninguna autorización. Definitivamente no es mi papel. Sebastián aumentó su impotencia otras tres rayitas, y con la mandíbula apretada a punto de perforar sus propios dientes, intentó "voltearme la tortilla", como decimos aquí. Que si no me interesaba Pedro ni nadie de los Reyna. Que si él estaba dispuesto a pedir favores de los que luego podía arrepentirse y eso que Pedro había sido un hijo de la chingada con él. Antes de que Sebastián lanzara el tercer dardo, detuve su emotivo y chantajista discurso para dejarle claro que él era el de los contactos y que, si los podía usar, los usara. Si no quería hacerlo, que no lo hiciera. Pero independientemente de la decisión que tomara, yo no tendría ninguna responsabilidad. Ambos nos quedamos parados en el mismo lugar. Él estaba en posición de firmes frotándose los labios sin alejarme la mirada. Yo me planté con los brazos cruzados en una franca actitud retadora que, si fuera una frase, sería un "¿y luego, cabrón?".

Después de un emocionante concurso de sostener las miradas, digno de las mejores películas del oeste que se han filmado en Guadiana, resulté vencedora y Sebastián miró hacia su pantalón, como esperando que su celular brincara e hiciera las llamadas por sí solo. Ya que tenía el celular en las manos, lo consideré digno de invitarlo a sentarse mientras hacía algo que visiblemente no quería hacer, pero que podía salvarle la vida a Pedro. Aquel cabrón buscó el primero de los contactos manteniendo el celular entre sus piernas donde yo no podía ver el nombre de la persona y se llevó el aparato al oído. ¿Bueno? Hola, amigo. Mire, soy Sebastián, el hijo del abogado de ahí de la planilla… Ándele, ese mero… Pues no sé si ya sepa lo del chavo desaparecido… Sí, ese… Nomás quería saber, pero respetuosamente, ¿eh?, nomás porque estamos bien desesperados, la verdad, señor… Sí, yo espero… ¿No? Bueno, pues muchas gracias de todos modos… Sí, yo se lo saludo. Pues los de este señor no lo tienen, Mariana. Pues ni hablar, Sebastián. ¿Tienes otros? Sí, tengo tres opciones. No sé si sean de los mismos, sean de otros o siquiera si estén aquí en Guadiana o no. No sé nada. Solo sé que, en alguno de los tres grupos, lados, sectas, religiones o lo que sean, pueden tener a Pedro. Pues el que sigue.

¿Bueno? S…S…Sí, buenas noches, don *zutano*. Oiga, mire, soy Sebastián el hijo de… Sí, él. Ajá… Muchas gracias. Pues lo molesto porque estoy buscando a mi cuñado, es este… Sí, él, él… Sí, ya sé… Le agradezco de todos modos, señor. Cómo no, yo se lo saludo. Ándele, adiós. Tampoco, Mariana. Ni hablar, Sebastián. Pues el último. ¿Bueno? Buenas noches, soy Sebastián y quiero preguntarle por Pedro Re… sí. ¿Sabe algo de él?… No, no, yo sólo soy su cuñado. Bueno, su hermana es mi novia…. Sí, sí, por favor… Por favor…. No, por favor… Estoy tranquilo, señor… Solo quiero saber si lo tienen… Sí, perdón, perdón… Entiendo… Sí, señor… Mire no sé si pueda hacer eso… Sí, yo sé que yo fui el que lo llamé… Yo, señor… Yo soy el interesado… Deme un segundo para conseguírselo, por favor… Mariana, ellos lo tienen. Quieren el teléfono de la casa de los Reyna para hablar directamente con sus familiares. Tenía años que yo no marcaba ese teléfono, pero lo pude recordar al instante. Mire, señor, se lo dicto. Ajá, es la casa de la familia… Sí, los Reyna. Se apellidan Reyna… Yo sé, señor, y se lo agradezco de verdad… No, no, de ninguna manera… Sí, señor… Y muchas gracias, señor. Pues ya está, Mariana. Ellos lo tienen y están dispuestos a negociar.

Sebastián y yo regresamos a casa de los Reyna, que estaba abierta de par en par como si ofrecieran la tradicional reliquia al Señor San José, al igual que en muchas otras casas de los barrios de Analco y Tierra Blanca. Desgraciadamente ese no era el caso: no había asado rojo, ni arroz colorado, ni patoles, ni tornachiles y tampoco ninguna de las delicias que se ofrecen a cambio de participar en el Rosario, según la devoción y el aguante de cada quien. Lo único que había era una familia desconsolada, sumamente preocupada y llena de impotencia. El policía investigador ya se había retirado después de anotar todos los detalles del caso en una libretita que seguramente iba a tirar apenas pusiera un pie afuera de la casa. Busqué las miradas de cada uno y solo Renata se enderezó un poco para verme. Con ello supuse que nadie había notado nuestra ausencia, lo cual me tranquilizó un poco, pues antes de salir de mi casa, Sebastián y yo olvidamos ponernos de acuerdo para saber si debíamos dar las noticias o pensábamos esperar a que el teléfono sonara. Al ver que Sebastián no dijo nada, asumí que los presentes tampoco debían saber que el contacto se dio por su intercesión, entonces yo no debía revelarlo y no lo hice hasta ahora que lo estoy escribiendo aquí.

Cerca de las nueve de la noche sonaron todos los teléfonos que tienen los Reyna. El señor Joaquín tomó un auricular inalámbrico que había sobre la mesa del comedor, leyó el identificador de llamadas, vio una lada 674 y maldijo en voz alta a los pinches bancos, que ven la tempestad y no se hincan. Sebastián se puso nervioso mientras intentaba hallar la manera de hacerlos contestar el teléfono sin parecer sospechoso, pero al séptimo u octavo timbrazo, ya cuando el intento agonizaba, Camila tuvo a bien decir: "pues contesta, papi. Ahorita todo lo que podamos saber es bueno". El señor Joaquín entendió la importancia de inmediato y tomó la llamada. ¿Sí?... Mira chavo, dime rápido tu asunto porque estoy que me lleva la… ¡Sí! Sí, soy yo. Joaquín, me llamo Joaquín. Joaquín Reyna. Entendido… Entendido… Como usted diga… Permítame un segundo… No, no le voy a colgar… No, tampoco… No, señor, se trata de mi hijo… No, no… Está bien… A ver… lo pongo en altavoz.

Cuando el señor Joaquín agitó los brazos enérgicamente para pedir que nos reuniéramos alrededor del teléfono, pude ver las personalidades de cada uno de los presentes. Mi mamá ya estaba en la mesa y trató de mantener la calma, pero no podía dejar de temblar. Mi papá se acercó al respaldo de la silla de mi mamá y puso las manos sobre sus hombros. Mi tía Leti apoyó la cara entre sus brazos, que tenía recargados sobre la mesa, como tratando de acondicionar su vista para la oscuridad que caía sobre su vida. Camila se fue de rodillas al suelo, porque al levantarse del sillón, sus piernas flaquearon y dejaron de sostenerla. Sebastián dio pasitos tímidos hacia la mesa y mantuvo su distancia dejando en claro que el asunto no era suyo. El arquitecto se paró estoico abrazando a Renata, quien respiraba agitada. Yo me moría de miedo de escuchar aquella voz. El primer sonido que salió de las cuerdas vocales de esa persona me estremeció por completo. Sentí como si una onda de frío recorriera todo mi cuerpo. A ver, buenas noches, familia. Miren: la verdad es que yo no me dedico a esto, ¿sale? *Ocupo* que quede bien claro el lugar donde estamos parados. Aquí el joven no está retenido, ¿sale? Vamos a poner las cosas bien claras, porque este no es ningún secuestro. Este mocoso está aquí por pasadito de lanza. Y a estos hijos de su pinche madre nos los quebramos. No le andamos hablando a sus papis para ver si los quieren o no, ni cuánto nos dan por sus vidas. ¿Estamos claros en eso? Mi tía Leti y Camila no pudieron soportar escucharlo y empezaron a dar de berridos. El señor Joaquín respondió tímidamente que todo estaba claro. Entonces el individuo, que por la voz le he calculado unos veintitrés años, prosiguió con su rutina. Muy bien, qué bueno que nos entendemos, porque lo vamos a necesitar. Ocupo saber el nombre de cada una de las personas que me están oyendo. Luego de su nombre me van a decir la edad y el parentesco que tienen con el querido Pedrito. Y no quiero mamadas. Tengo forma de enterarme si hay más gente de la que me están presentado y sobre todo voy a saber si entre ustedes está la *jura*. Ni tengo la necesidad de decirlo, pero lo voy a hacer: donde me graben se los va a cargar la chingada a todos. ¿*Tamos* claros? Sí, señor. Bueno. Pues vamos a empezar por usted, amigo. Joaquín Reyna, es el padre y luego qué más. Joaquín Reyna, tengo cincuenta y cuatro, trabajo en un banco. El arquitecto sintió que era el más compuesto para continuar en lo que los demás recuperábamos algo de compostura y dijo: José Magaña, cuarenta y seis, arquitecto, amigo de la familia. Mucho gusto, arquitecto. El que sigue. Renata respiró profundo, se estiró hacia adelante sin soltar el brazo de su papá y dijo: Renata Magaña, veinte, amiga. ¿Es hija del arquitecto, señorita? Sí, es mi papá. Gracias, Renata. Mi papá, sin moverse, se presentó como Jesús Mendoza, un vecino de cincuenta y tres años. Mi mamá tomó las manos de mi papá y dijo: Guadalupe Vázquez, cincuenta y dos, amiga de la familia. Me adelanté a Sebastián, que estaba listo para anunciarse y dije: Mariana Mendoza, veinte, amiga. Hija de Don Chuy, entonces. Bien. Sebastián Domínguez, veinte, amigo. ¿Amigo de quién, morro pendejo? De Pedro, dijo. Está bueno. ¿Dónde está la mamá? ¿No tiene madre este pinche lacra o qué? Le, Le, Leticia, Leticia, Flores, soy la mamá. Ci…ci…cincuenta años. Ándele, qué le costaba, doña. ¿Alguien más? Camila Reyna, veinte, hermana. ¿Ya somos todos? Sí, señor. No hay nadie más. Perfecto. ¿Cuál es su segundo apellido, don Joaquín? Roncal, señor, es Roncal. Muy bien, pues así se van a dirigir a mí. Para ustedes, yo soy Roncal. Vamos a estar hablando las veces que sea necesario hasta que nos entendamos. Si no llegamos a entendernos, ya sabemos todos lo que va a pasar. El acuerdo se puede hacer aquí ahorita ya, en caliente, pero eso nomás va a depender de ustedes. Como les dije, esta no es mi chamba. Si el jale *viera* sido un secuestro, no nos *viéramos* esperado tanto para hablarnos. Además, este cabroncito al parecer no es *matable* ni secuestrable. Quién sabe a quién se anduviera chingado el baboso, pero se salvó. Hasta suerte tiene el cabrón en que alguien haya preguntado por él, si no, ya nos lo *viéramos* quebrado. No por esto que les dije de hocicón hay que ponerse pendejos ni quererse pasar de listos, porque a mí sí me vale madre. La neta yo sí lo mato y ganas no me faltan de quebrármelo al pinche perro. Pero bueno, miren. El asunto es así: nosotros tenemos dinero metido en el pisto y este pendejo nos estuvo robando. Ya hablamos con el contador y así bajita la mano, dice que el Pedrito se habrá chingado más o menos unos tres millones de pesos de aquí y de allá. Como se podrán imaginar, por más que haya salido influyente el señorito, no podemos quedarnos con la merma así nomás. Aparte no somos pendejos. A nosotros no nos conviene traer a la *chota* encima ya que ustedes la están presionando con todo el *desmadrito* que han estado armando en los medios. Su pinche imagencita de "se busca" me llegó a mi Facebook antes de que siquiera me entregaran al culero aquel, pero bueno. Vamos a empezar con los tres millones de pesos que se robó su angelito, don, ¿qué le parece? Le voy a dar dos días para que me los junte. Al tercer día, ya ni se moleste. Ya nomás le voy a hablar para avisarle dónde recoge a su muertito, ¿sale? Otra cosa antes de colgar: ocupo el teléfono de otro de ustedes, porque a esta línea no voy a volver a marcar nunca, y si en la otra no me contestan, ya saben lo que va a pasar. En ese momento, el señor Joaquín volteó a ver a mi papá pidiendo su aprobación para utilizar el teléfono de nuestra casa para la próxima llamada. Mi papá asintió de inmediato y le dictaron el teléfono al secuestrador, quien, según él mismo, no era un secuestrador. Aquel sujeto nos deseó buenas noches con la desfachatez del mundo y se despidió con un "*bye, bye*" como si acabara de hablar con un amigo y no con la familia de su víctima.

Cuando el señor Joaquín colgó el teléfono, ninguna palabra rompió los sonidos del llanto y de la sorbedera de mocos. Creo que todos estábamos tratando de asimilar la escena a nuestro modo. Yo no pude dejar de pensar en la voz del tipo. ¿Quién será este chavo?, ¿cómo terminó ahí?, ¿de dónde será su acento tan particular? Luego pensé en las palabras que utilizaba, especialmente en el uso del usted para dirigirse a nosotros. Estaba amagando con matar a nuestro ser querido, pero nunca perdió la forma de hablar tan respetuosa y a la vez tan educada de los ranchos. También dijo gracias cada vez que alguno de nosotros se presentaba. Por supuesto que no valoro el "buen trato" que nos dio este personaje, pero no por eso dejé de pensar en esos detalles. Por último, pensé en el beso de Judas que le dio Brizuela a Pedro. Su tan celebrado día de descanso en realidad había sido su Huerto de Getsemaní: el escenario en el que debía de ser entregado a sus verdugos. La cosa es que este Judas entregó a Jesús, no por treinta monedas de plata, sino por tres millones de pesos. Sobra decir que, a diferencia del Jesús real, el de nuestra metáfora no parecía ser inocente, al contrario, cualquiera que no estuviera cegado por la encantadora personalidad de Pedro pudo haberse dado cuenta de que algo andaba mal con la lana que se cargaba de la noche a la mañana.

Obviamente mis pensamientos eran tontos y superficiales comparados con los que rondaban la cabeza del señor Joaquín. ¿De dónde iba a sacar tres millones de pesos en tan poco tiempo? Si bien el hombre se guardó la pregunta obvia para sí mismo durante unos dos minutos, al cabo del tercero decidió externarla, como si todos los demás no estuviéramos pensando exactamente lo mismo. Mi papá le dijo: mira, Joaquín, yo puedo retirar lo que tengo en el fondo de ahorro para la jubilación. Habrán de ser unos trescientos ochenta o cuatrocientos mil pesos, que ya son una buena ventaja. Cuando mi padre terminó de poner su oferta en la mesa, vi a mi mamá y ella apenas trazó una mueca parecida a una sonrisa de orgullo. Ese día volví a conocer a mi papá. Yo sabía cuánto significaba para él la palabra retiro. Todo el tiempo se la pasaba soñando despierto y diciendo las cosas que haría cuando pudiera dejar de trabajar y su vida se redujera a ver todos los deportes posibles en la televisión. Que si el futbol de Europa se transmite los martes a las dos de la tarde, justo cuando él está en el aula impartiendo cálculo uno a los de ingeniería industrial o física dos a los de mecánica. Lo que yo creía más importante para él no se comparaba en lo más mínimo con lo que él considera lo más importante: la familia. El señor Joaquín, que ha escuchado esos discursos de mi papá acerca del retiro, se negó de inmediato. No voy a permitir que tires tu vida en ayudarme, Chuy. Te lo agradezco de corazón, pero no. El ambiente se tornó aún más solidario (y cursi) cuando el arquitecto puso un millón de pesos más en la ecuación, a lo que el señor Joaquín no se negó, sabiendo que un millón de pesos no son lo mismo para los Magaña que cuatrocientos mil para los Mendoza. El señor Joaquín siguió con sus cálculos en voz alta. Pues en todo caso tendríamos poco más de la mitad, dijo. Puedo vender la casa, pero nadie me va a dar el dinero para mañana. El carro no ha de valer ni treinta mil. Entre joyas, muebles y lo que se deje, ponle que otros cuarenta. A ninguno de mis hermanos le va muy bien, pero unos doscientos mil, sí pondrían entre todos. Pues ahí la llevamos. Lo importante es que sabemos que está vivo y que nos lo pueden entregar. Hasta que el señor Joaquín lo dijo en voz alta, fue que me pregunté si todo esto era real. No me refiero a que fuera real en sentido de que estuviese ocurriendo o no, sino a que en verdad Pedro estuviera con Roncal y que si lográbamos reunir tres millones de pesos nos lo entregarían a salvo. Nunca enterré por completo la posibilidad de que nos estuvieran extorsionando sin ningún secuestro real de por medio. A fin de cuentas, decenas de miles de personas sabían que Pedro estaba desaparecido y cualquiera podía conseguir el teléfono de los Reyna para aprovecharse de la situación. A pesar de que ese pensamiento me estuviera rondando la cabeza todo el tiempo, nunca se lo dije a nadie, pues todos estaban tratando de hacer lo posible por tener tres millones de pesos en una maleta y lo único que yo tenía era una corazonada que podía ser cierta o no. Era un volado.

El arquitecto, visiblemente cansado, se retiró con Renata cuando sintió que ya no estaban siendo de ayuda, pero no se fue sin insistir en que el millón de pesos seguía en pie para el lunes, pues los domingos no hay ningún banco abierto para retirar esa cantidad de dinero. No había problema, porque el lunes todavía estaba dentro del límite establecido por los extorsionadores, secuestradores o lo que fueran. El señor Joaquín siguió haciendo llamadas mientras mi tía Leti recibía otras. Aquella mesa del comedor de los Reyna parecía una representación a menor escala del Wall Street que pasan en las películas. Cuando mi papá vio que el asunto ya escapaba de las manos de cualquiera que no se apellidara Reyna o Flores, también se despidió y nos fuimos a nuestra casa, no sin antes abrazarnos entre familias: hijas a padres, compadre a comadre, comadre a comadre. Los Mendoza entramos a la casa como si hubiéramos regresado de correr un maratón. Mi mamá arrastraba los pies, mi papá estaba completamente encorvado como señal del peso que tenía sobre sus hombros y yo también estaba exhausta. Pasamos por el cuarto de Gabriel y nos pareció que estaba platicando con alguien más, lo cual era extraño porque Isaac nunca se iba tan tarde. De cualquier manera, ni Isaac ni Gabriel eran importantes en ese momento. Solo importaba Pedro, y más que Pedro, el dinero para salvarlo.

* * *

El día siguiente, domingo primero de marzo de 2020, iniciaba el mes más inolvidable de la historia moderna. Con lo de Pedro no pasó gran cosa, o al menos nada que ver con lo que se había visto el día anterior. El domingo ya no se vieron por acá Renata, el arquitecto ni Sebastián. El teléfono nunca sonó por más que mi papá se haya sentado junto a él mirándolo fijamente, sabiendo las consecuencias de no contestar la llamada de Roncal. Pedimos dos *pizzas* y les llevamos una a los Reyna, quienes seguramente ni habían desayunado. El señor Joaquín se comió una sola rebanada y siguió echando cuentas en una libreta llena de garabatos a lápiz. El resto de nosotras pudimos hablar de otras cosas, aunque casi todas se relacionaban de alguna manera con el asunto de Pedro. Que qué buen detalle el del arquitecto; que está más delgado desde el divorcio; que qué bonito trae el cabello Renata; que el virus de China ya seguramente anda a madres, nomás que con este gobierno que no da una, ni cuenta nos hemos dado; que si el famoso coronavirus es más fuerte que una gripe; que si el bicho puede matar a las personas; que si mueres al instante; que si la bacteria vive unos veinte días en la madera y como unos cien en el metal; que si el gobierno ya dijo que no es grave; que si ya en un escenario catastrófico, nos íbamos a morir sesenta mil mexicanos de eso y que no debían cancelarse eventos masivos como aquel concierto en la Ciudad de México en el que había gente con carteles que decían "el coronavirus nos la pela". Ya por la tarde, cuando comenzaba a oscurecer, el señor Joaquín dijo entre dientes que no les iba a alcanzar el dinero. Que era imposible. Leti trató de animarlo como si la recaudación fuera solo un asunto de ánimo y ganas, pero su esposo estaba convencido de que era necesario empezar a negociar con los captores.

Al día siguiente nadie fue a la escuela, porque el único ajeno al asunto era Gabo y él ni siquiera estaba inscrito en alguna. Es más: dudo que siquiera se haya enterado de que Pedro estaba en peligro. Él solo habita su mundo junto con Isaac y todo lo demás, es lo de menos. Desperté a las siete de la mañana después de no haber dormido casi nada y me bañé a medias tallando mi cuerpo con una *temblorina* que combinaba el terror de que todo saliera mal con la emoción de que todo saliera bien. Para las siete y media, mis papás ya estaban listos para lo que fuera y me habían dejado unos burritos de machaca con huevo en la mesa. Ellos salieron un momento y regresaron con los Reyna. Nuestra casa era el búnker ese día. Mi papá subió el volumen de los teléfonos al máximo, mientras el señor Joaquín repasaba sus cuentas ya completamente desordenadas en la libretita. Leti se veía fresca: se había maquillado, se colgó dos o tres collares y se puso cuatro o cinco pulseras. Conociéndola, entendí su actitud y su apariencia como una de sus ondas esotéricas, como esa de que, si lo piensas, lo atraes o que cuando deseas algo con todas tus fuerzas, el universo conspira a tu favor. Como si el universo no estuviera lo suficientemente ocupado haciendo las cosas que hacen los universos, como para ponerse a ver qué chingados se le ofrece a una.

A las diez llegó un tío de Camila y dejó un sobre con dinero; a las diez con quince llegó el gerente del banco en el que trabaja el señor Joaquín con otro; a las diez y veinte llegó el párroco del barrio para dejar una bolsita con los donativos que hizo la feligresía en las misas del día anterior; a las diez con treinta llegaron los Magaña con un maletín lleno de dinero; a las diez con cuarenta aparecieron los compañeros de la planilla con una alcancía llena y a las once llegó la familia de Luis con un sobrecito. Así continuó un desfile que, persona a persona, se volvía más emotivo y esperanzador. A las tres de la tarde llegó el último donativo, y al más puro estilo del maratón televisivo que hacen para ayudar a la niñez con discapacidad, el señor Joaquín cerró la puerta. Enseguida mi papá sacó el viejo pizarrón que en mis veinte años de vida nunca había visto en acción, pero que siempre ha estado detrás de la alacena como si se pudiera necesitar en cualquier momento. A contar se ha dicho. Camila empezó por separar el cerrito de las monedas del templo y el señor Joaquín enumeró en voz baja los billetes de los Magaña: dos, cuatro, seis, ocho, cien mil, dos, cuatro, seis, ocho, ciento un mil. Mi mamá tomó unos seis sobres y yo como otros cinco. Mi papá era el único que no contó nada porque se metió a su cuarto, pero cuando regresó, tomó una parte del dinero de los Magaña para ayudar a contar y apuntó en el pizarrón: "Magaña 800,000", lo cual no podía ser posible si el arquitecto había dejado un millón y el señor Joaquín ya había anotado "600,000 Magaña". Habían aparecido cuatrocientos mil pesos. Creo que solo yo me di cuenta en el momento, además de mi mamá, quien seguramente ya estaba enterada, pues mi papá no mueve un dedo sin consultarle los asuntos financieros. Muy conmovida por el buen corazón de mi papá, seguí contando con un nudo en la garganta y transcribí en el pizarrón todos los montos. Al parecer nadie quiso hacer un corte a medio camino, quizá para no desmoralizarse antes de tener todas las cuentas. Como yo ya no tenía nada por contar, hice un cálculo rápido en mi cabeza. No alcanzaba ni iba a alcanzar. El señor Joaquín hizo las sumas del pizarrón una y otra y otra vez. Dos millones doscientos ochenta y cinco mil quinientos veintitrés pesos. A ver, ¿lo del templo ya está, Camila? Sí, sí está, papi. Entonces falta lo de mis hermanos, ¿no, amor? No, Joaquín, sí está. Compadre, ¿apuntó lo de la familia del Pingüino? Sí, compadre, sí lo apunté. Válgame, entonces no sé qué es lo que pueda faltar. Dinero, Joaquín, lo que falta es dinero, dijo su esposa. Dos millones doscientos ochenta y cinco mil quinientos veintitrés. Dos millones doscientos ochenta y cinco mil quinientos veintitrés. El señor Joaquín habrá dicho la cifra unas diez veces, como si en cada repetición se sumara mágicamente un peso a la cuenta. Cuando el señor estaba por recitar una vez más el monto, el teléfono comenzó a sonar. Mi papá corrió a la base en la que se cargan los inalámbricos y tomó uno. Vio el identificador de llamadas y dijo la lada en voz alta: 674. Apretó un botón para contestar y otro enseguida para activar el altavoz. No se escuchó ningún sonido hasta que el señor Joaquín saludó a Roncal. Éste respondió de inmediato para decir que había pensado que ya no querían hablar con él y que se estaba empezando a poner triste porque él nos quiere mucho y nosotros no lo queremos a él, por más lindo que es con nosotros. Ese grado de cinismo solo puede caber en alguien totalmente loco: en un psicópata incapaz de distinguir lo serio de lo divertido y de sentir un mínimo grado de culpa o empatía. Roncal hizo una pausa y preguntó si ya habíamos reunido sus cuatro millones de pesos. En ese momento a todos se nos paró el corazón y el señor Joaquín intentó recordarle a Roncal que se trataba de tres millones y no de cuatro. No recibimos respuesta por unos segundos hasta que Roncal comenzó a reírse a carcajadas. No se crea, don Joaquín. Lo asusté, ¿verdad? No, no, aquí somos gente de palabra. Ni que fuéramos como su pinche hijo ratero. Son tres millones y ahí le va cómo le vamos a hacer. El señor Joaquín lo interrumpió y le dijo que por favor tuviera paciencia, que por ser fin de semana no pudo vender muchas cosas para reunir más dinero y que había logrado recaudar dos millones doscientos ochenta y cinco mil quinientos veintitrés pesos. Roncal se puso serio y nos recordó el trato. Incluso nos pidió que lo dijéramos en voz alta. A ver, familia, díganle por favor a don Joaquín cuánto debía de juntar y para cuándo. Los escucho y por favor que se entienda. No hablen todos disparejos. Los quiero parejitos. A ver, yo les ayudo. Una, dos, tres… Tres millones para el lunes. Muy bien, ahora díganme todos juntitos, así como están, cuándo es lunes. Una, dos, tres… Hoy. ¿Ya ve qué familia tan inteligente tiene, don Joaquín? Al parecer nomás usted y su hijo son los pendejos aquí. El señor Joaquín empezó a suplicarle a Roncal que le diera más tiempo. Roncal suspiró varias veces como si de verdad tratara de ayudarnos, pero no pudiera hacerlo. Mire, don: es que le voy a recordar que este no es un secuestro. No me puedo pasar todo el mes negociando con usted a ver para cuándo me tiene el dinero. Yo tenía una instrucción bien clara y la estoy desobedeciendo. Póngase en mi lugar, amigo. Imagínese que sus jefes del banco le dijeran a usted que haga una cosa y a los veinte días no la ha hecho porque hizo otra cosa. Así nomás por la ley de sus tanates. Yo ni he estado en un banco en mi vida, pero quiero pensar que lo correrían a la primera. Pues acá es lo mismo, don. Yo no me mando solo. A mí me dijeron: *ira* Roncal, este morrito nos estuvo robando, ya lo arreglamos con los polis apalabrados y ellos te lo van a entregar. Ya tú te encargas del resto. ¿Y sabe qué es el resto, don Joaquín? Morirse es lo de menos, la neta. Es más: Pedrito va a rogar que mejor lo matemos, como hacen todos. Imagínese que cuando me pregunten por él, yo les diga que aquí le he estado dando de comer a toda madre, que le pongo películas y que a veces hasta platicamos. Al que van a matar es a mí, don. Si me da los pinches tres millones de pesos que le pedí, yo voy y se los entrego al jefe, le pido que le dejen las cuentas en tablas a su hijo y le tramito su permiso para liberarlo. Conozco a mi patrón. Seguro que acepta cuando le diga que movieron unas llamaditas para salvar a Pedrito y con mayor razón cuando le diga de quiénes fueron esas llamaditas. A él le interesa estar bien con esa gente. También estoy seguro de que se lo van a entregar con la condición de que no se vuelva a aparecer por aquí en unos cinco años como mínimo. Mándelo a estudiar o a trabajar o a hacerse pendejo a donde quiera, pero aquí en Guadiana no lo pueden tener. A ver, pero ya nos estamos desviando. ¿De dónde chingados va a sacar lo que le falta? Porque si le doy un día más y no tiene el dinero, nomás me estoy exponiendo a lo pendejo. Cada segundo que no me da los tres millones es un segundo en el que mis patrones me pueden preguntar cómo van las torturas de su hijito y el cabrón está aquí hasta recién bañadito en vez de ya estar disuelto en ácido, o peor, que los cabrones de la agencia esa de inteligencia puedan estar interceptando la llamada para ubicarme.

El señor Joaquín le dijo a Roncal algunos de los movimientos que pensaba hacer para obtener más dinero, pero nadie sabíamos si eran posibles o solo estaba tratando de comprar tiempo para pensar en otra cosa. Roncal interrumpió como si acabara de tener una epifanía y pidió que le pasaran el teléfono a Sebastián, pero él no estaba. Bueno, entonces, pásenme a Camila. Cuando Roncal dijo los nombres de Sebastián y Camila con tanta familiaridad, me estremecí de una manera muy rara, como si pudiera sentir terror y afecto al mismo tiempo. Algo así como un Síndrome de Estocolmo. Camila saludó a Roncal y él le dio instrucciones: mira, *mija*: ya escuchaste tú lo que nos falta para los tres millones y no sé si tu papá puede hacer todo lo que dice para conseguirlos, entonces a mí se me ocurre una mejor idea. En cuanto colguemos, te vas a ver con el Sebastián en la agencia de carros de su papi. No le vas a hablar por teléfono, ya te dije. Es una orden. Ustedes se van a arreglar entre familias para ver cómo se pagan o si se los regalan o lo que quieran hacer. Eso a mí me vale madre. El caso es que me vas a sacar una pickup de las nuevas. No la más cabrona, ¿eh? Me vas a dar la de abajito de esa. Nomás no me vayas a traer la pinche camionetilla de esas en las que reparten los pinches panes o los garrafones de agua. También me vas a sacar un carrito. Igual que la troca, ¿eh?, no me vayas a traer el pinche zapatito ese jodido que venden esos cabrones. Me vas a traer el carrito bueno. Aquella troca vale como seiscientos y este carrito vale como cuatrocientos. Ya con eso nos dan las cuentas. (Las cuentas no nos daban porque ya eran más de los tres millones, pero ni modo de discutirle a Roncal en la aritmética). Ya que las tengan, me los van a ir a *emplacar*. Quiero las facturas y todos los trámites a nombre de Productos Agroforestales de la Sierra Madre Occidental del Noroeste de Guadiana S.A. de C.V. Son las cinco, entonces les vuelvo a hablar a las diez a este mismo número.

Lo que haya pasado en la agencia no era asunto de nadie que no se apellidara Reyna, así que ninguno de los Mendoza nos ofrecimos a acompañarlos. Este es un vacío en mi relato, porque nunca quise preguntar si les regalaron el carro y la camioneta, si se los vendieron, si les dieron descuento o se los dieron a precio normal. Lo que sí me imagino fue que se simuló una venta al contado para que pudieran sacar las facturas que había pedido Roncal. Ve nomás. Ya le digo Roncal, como si lo quisiera mucho al viejo ese. Tal vez el señor Joaquín acordó con los Domínguez algunos abonos. Sabrá Dios. El caso es que para las ocho de la noche ya estaban estacionados afuera de la casa el carro y la camioneta nuevecitos y con placas, que tampoco sé cómo consiguieron si las oficinas del gobierno cierran a las cuatro, pero a las tres, los Godínez ya se fueron a comer y a las tres y media ya es demasiado tarde porque la raza ya está guardando sus cositas. Esos carros no se ven por este barrio y mucho menos por partida doble, entonces el escuadrón de vigilancia vecinal salió a inspeccionarlos cuidadosamente. Mientras esto ocurría, notamos que una patrulla de la policía municipal daba vueltas por aquí y por allá, pero sus ocupantes solo veían hacia nuestra dirección, lo cual es raro porque la autoridad nunca viene por estos rumbos. Cabe resaltar que la vigilancia tampoco se ha necesitado nunca, porque en los setenta y tantos años que las últimas tres generaciones de Mendozas y de Vázquez hemos vivido aquí, a nadie nos han asaltado, robado, golpeado ni nada parecido. El récord de seguridad lo hemos venido a romper a lo grande con un secuestro que no es secuestro. Sea como sea, el caso es que una patrulla merodeaba sospechosamente y lo primero que pensé fue que los policías ya le estaban haciendo saber a su amigo Roncal que estábamos listos para la entrega. Y seguramente lo hicieron, porque a pesar de que esperábamos la dichosa llamada hasta las diez, el teléfono sonó de nuevo al cuarto para las nueve. El número comenzaba con 674.

Roncal. Buenas noches, querida familia. Pues ya estamos listos y hasta le atinaron, ¿eh? Se me olvidó decirles que quería los dos carros negros y así lo hicieron. Les digo que son muy listos. Pues aquí el buen Pedrito ya está muy emocionado. Ya sabe que ya se va para su casita. Me gustan los finales felices. Ahí les va: ahorita ustedes no van a hablar, ¿simón? Me van a escuchar, van a apuntar todo lo que yo les diga y lo van a hacer. Se me van a dejar ir una persona en cada carro y le van a dar por la libre a Mazatlán. Quien vaya en la camioneta va a traer todo el dinero y ese se me va a quedar en el restaurante que está a pie de carretera en Navíos, apenas pasando El Tecuán, y ahí va a esperar la entrega. Nomás no sea pendejo, ¿eh?, no se vaya a quedar ahí con las luces prendidas porque lo van a tumbar y ahí sí ya nos la pelamos toditos juntos. El otro le va a seguir, se me va a ir derechito y va a pasar Navajas y Llano Grande, pero no se va a ir hasta El Salto, porque antes de llegar, va a ver un letrero que dice el nombre de la empresa. Esa persona va a abrir la reja amarilla que está luego luego y se va a meter hasta que alguien la encuentre en el camino. Van a salir de su casa a las once y media en punto para yo poder más o menos tantearle el tiempo a cada uno. Nomás los que manejen no se pasen de idiotas: no vayan a parecer caravana, ni se vayan haciendo señas, ni vayan a andar *arrebasando* juntos. No se me van a llevar nada. Ni celulares. Así que cuando se *haigan* hecho las dos entregas, le vamos a dar un teléfono desechable al que traiga el carro y *haiga fuido* a Llano Grande. Así le van a hacer para hablarles y que vayan por ustedes. Eso ya es todo lo que tienen que saber.

En el tiempo transcurrido entre la llamada de Roncal y la hora de la salida, Santiago llegó a la casa sin avisarle a nadie. Mis papás se molestaron un poco porque mi hermano iba a faltar a la escuela y podía perder la beca, pero estoy segura de que en el fondo se sintieron orgullosos por el gesto para con los Reyna. También creo que sintieron algo de alivio al ver a su primogénito porque, a fin de cuentas, los dos hombres de ambas casas iban a hacer el trabajo sucio y debía haber un tercer varón que hiciera la tarea de rescate para los otros tres. Ya sé que hay otro hombre en la casa, o sea Gabriel, pero a él no lo ven como hombre, hombre, o sea, como el valiente que mantiene la calma en los momentos de presión y que podría soportar ver cualquier cosa que se podía ver esa noche. Obviamente yo no estoy de acuerdo con la visión de mi familia hacia Gabriel, pero en este caso en específico, la verdad es que no era el indicado. Por su bien y el de la operación rescate. Ya todo estaba listo y no quedaba más que esperar la hora indicada. Nadie teníamos nada más por hacer ni mucho por decir, así que Leti empezó a soñar despierta y calculó el tiempo que iba a abrazar a Pedro en cuanto entrara por la puerta. Mi mamá rescató algunas anécdotas de cuando Santiago y Pedro jugaban y rompían cosas. Leti puso a tostar unos chiles poblanos que nos hicieron toser a todos y picó toda la carne que tenía dentro del refrigerador en cubitos pequeños para guisar un caldillo guadianeño, la comida favorita de su hijo. Leti hizo sus cálculos: si empezaba la cocción a las diez y ellos iban a llegar a las doce y media, entonces todo quedaba perfecto, que porque el caldillo sabe *más buenote* a fuego lento y cuando se le deja reposar un buen rato. Aquella escena era muy parecida a la vez que nos reunimos todos los Vázquez en casa de mis abuelitos para recibir a mi prima que se había ido a Francia a trabajar unos años como niñera. La alegría del resto, en lugar de contagiarme, solo incrementó más mi preocupación de que todo hubiera sido un engaño. Cada anécdota feliz que era recordada y cada plan que se trazaba para cuando llegara Pedro sano y salvo, sumaban un peldaño a la escalinata que haría más estrepitosa la eventual caída en caso de que Pedro no volviera. Se dieron las once y media y partió la expedición.

Pasaba el tiempo y Camila ayudaba a su mamá a hacer cálculos con el navegador del celular. A Otinapa se hacen como treinta minutos, entonces ya lo pasaron. A El Tecuán se hacen como cincuenta minutos, entonces mi papá ha de estar por llegar a Navíos. Mi tío Chuy ya debe de ir por Llano Grande, porque salió hace una hora. Ya habían pasado los primeros treinta minutos del nuevo día y nadie había llamado. Fue hasta la una de la mañana del martes tres de marzo cuando volvió a sonar el teléfono de la casa. Era mi papá y quería darle instrucciones a Santiago, así que se lo comuniqué enseguida, pero activé el altavoz para escucharlos. ¿Listo, pa'? Sí, hijo. A mí me dejaron en la caseta de Llano Grande y me dijeron que Joaquín iba a estar en el restaurante de Navíos. Entonces primero te vas a ir por la libre y lo recoges a él. Luego, en cuanto puedas, te vas a meter a la autopista de cuota y me vas a recoger en la caseta de Llano Grande. En cuanto Leti vio que las instrucciones habían quedado más o menos claras, empezó a gritar preguntando si ya tenían a Pedro, pero mi papá no pudo escuchar porque se cortó la llamada. Afortunadamente, él debió suponer que los malandros no le habían puesto mil minutos, mil mensajes y veinte gigas para navegar al celular que le dieron, entonces pudimos escuchar lo importante, aunque no supiéramos si Pedro estaba bien. Debo confesar que dejé de pensar completamente en Pedro y sentí alivio por escuchar a mi papá, pues todo el tiempo tuve miedo de que también lo agarraran a él. En ese caso, nunca hubiera perdonado a Pedro.

Cuando Santiago se fue a recogerlos, me quedé dormida junto a la ventana como si todo hubiera pasado y ya fuera prudente descansar después de tres días sin poder dormir más de dos horas seguidas. No me despertaron las voces de Camila, Leti y mi mamá, pero en cuanto sentí las luces del carro en la cara a través de la ventana, me levanté de un salto como si tuviera ocho años y fuera Navidad. Entró el señor Joaquín, entró mi papá, entró Santiago y Pedro nunca apareció. Leti estuvo a punto de desmayarse y empezó a gritar con una desesperación desgarradora. Su esposo la abrazó y la sentó en la silla en la que yo estaba dormida. Cuando Leti fue capaz de escuchar y entender lo que le querían decir, Joaquín empezó a narrar su versión de los hechos. Yo me fui directo a Navíos y Jesús venía detrás de mí. Llegué al restaurante y Jesús se fue de largo. Esperé unos diez minutos a lo mucho, llegó una camioneta y se bajó un chavo de unos dieciocho años, chaparro, con la cara cubierta y me preguntó mi nombre. Se lo dije, me pidió que me bajara de la camioneta, tomó la maleta con el dinero, la subió a la troca en la que había llegado y arrancó detrás de ella a bordo de la mía. Antes de que avanzara le pregunté por el siguiente paso y solo me dijo que aquí me iban a recoger. Mi papá entró a la narración. Yo pasé a Joaquín y me fui directo a donde me dijeron. Vi el letrero con el nombre de la empresa, abrí la reja y manejé por terracería unos quince minutos hasta que vi unas luces que venían detrás de mí, así que le di más despacito. Cuando la camioneta estuvo a unos diez metros de mí, puso las intermitentes y empezó a parpadear con las altas. Me detuve y me quedé adentro del carro como si me hubiera parado un tránsito, pero nadie se bajaba de la camioneta y seguían haciendo señas con las luces. Interpreté que debía bajarme del carro, así que lo hice. En cuanto puse un pie afuera del carro, dos tipos se bajaron de la camioneta y me pidieron que me volteara hacia el monte y cerrara los ojos. Me pusieron una capucha, me ataron de manos y me subieron a su camioneta. Sentí que dimos vuelta en U para regresar por donde habíamos llegado, y cuando la camioneta dejó de temblar y subió la velocidad, supuse que habíamos dejado la terracería y nos habíamos incorporado a la carretera. Según mi papá, nadie dijo nada en todo el camino. Solo se escuchaba el ruido de unos radios y los corridos que hablaban precisamente de lo que venían haciéndole a él. Después de unas diez o quince canciones sobre bazucas, drogas, negocios, mujeres, el valor del trabajo, el campo, la siembra, la virgencita, el honor, la honestidad, la fe, la familia y las buenas costumbres, le quitaron la capucha a mi papá, le entregaron un celular nuevecito, le dieron dos palmadas en la espalda y le desearon que pasara buenas noches. Mi papá llamó a Santiago y éste llegó ya con Joaquín a bordo, pero nadie tenía a Pedro. ¿Entonces?, preguntó Leti en un estado fuera de sí. Pues no sé, tal vez solo fue una extorsión. Estos cabrones vieron que teníamos un hijo desaparecido, nos trajeron ilusionados y caímos redonditos.

¿Cómo nunca me di cuenta que cualquiera del millón de personas que vieron que Pedro estaba desaparecido, pudo abrir el pinche directorio telefónico, nos llamó y nos sacó todo? ¿Por qué nunca le pedí al hijo de perra de Roncal que pusiera a Pedro al teléfono para asegurarme que lo tenían? Soy un pendejo. Ahora no tenemos a Pedro, pero también debemos millones de pesos. Nuestras vidas ya se fueron a la mierda. Por más desgarrador que fue el discurso del señor Joaquín, nadie lo disuadió ni trató de reconfortarlo. Efectivamente, sus vidas se habían ido a la mierda. Y hablando de la mierda, yo me sentía la peor de ellas, porque yo sí pensé en todo eso que el señor Joaquín se había arrepentido de no pensar, pero nunca dije nada. Pude haberles ahorrado a los Reyna la pena de sacar dos carros lujosos en pagos chiquitos, los Magaña serían un millón de pesos más ricos, mi papá tendría su fondo de ahorro para el retiro que tanto ha deseado, el papá de Luis no se las estaría viendo difíciles para llegar a fin de mes y tantas cosas más que pude haber evitado. Soy una pendeja. ¿O no?, ¿será que mi opinión siempre ha importado tan poco porque toda la vida me han hecho creer que soy paranoica, histérica y exagerada?, ¿acaso ya me creí que mis hipótesis siempre son equivocadas, aunque en el fondo sepa que puedo tener razón? Mientras me hacía estas preguntas, sonó el teléfono. ¿Quién más podría ser? Buenas noches, familia querida. Bueno días ya, ¿verdad? Oigan, no se me desesperen. Ya sé lo que están pensando. Este Roncal nomás nos hizo pendejos, nos bajó el dinero y de seguro ya va para Brasil o algo así. Pues no, la neta que yo sí estaba siendo legal con ustedes. Ya le expliqué a mi patrón todo y no tiene pedos en que les regresemos al *Peter*, así que ya con eso nos quitamos todos un peso de encima, porque ya no estamos tratando a espaldas del jefe. La cosa es que, según el patrón, le dijo el contador que no eran tres millones lo que se robó el plebe. El *conta* jura y perjura que fueron más de cuatro, entonces dijo el patrón que espera la diferencia para mañana. Cuando les entreguen la feria, el patrón los va a dejar ver a su Pedro unos dos o tres días y para el sábado, ya no quiere verlo por aquí en Guadiana. Que se vaya a Coahuila donde nadie de nosotros lo va a ver. El asunto no es que se vaya lejotes, no-más se trata de que no esté en nuestra plaza. ¿Estoy hablando solo o qué chingados? No, Roncal, aquí estamos. Voy a reunir el dinero, nada más te pido que nos dejes hablar con nuestro hijo, solo para escuchar su voz y para saber que está bien. A ver, don Joaquín: ¿quiere que le haga llegar un dedo por correo para que lo mande al laboratorio y le digan que sí tengo a su hijo? No, Roncal. Claro que no quiero eso, pero ya estamos desesperados y no sabemos si cada vez que te damos dinero, solo estamos jodiendo más nuestras vidas y de todos modos no vamos a recuperar a Pedro. Chingada madre, don Joaquín. Se lo voy a pasar por dos cosas: porque tiene razón en que yo nomás podría estar haciéndomelo tonto y porque me interesa que reúna el pinche dinero, porque este pedo ya fue demasia-do lejos y si no me da otro pinche millón de pesos en efectivo, vamos a matar a su hijo y yo voy a quedar como un pendejo con el jefe, porque ya lo molesté abogando por una familia que ni conozco, y si no termino bien el trato, quién sabe qué me quiera hacer. Tienen un pinche minuto para hablar con él y dieciséis horas para darme el dinero. ¡Pedro! ¡Ven, cabrón! No sé dónde estaba Pedro, ni qué tan lejos le haya quedado el teléfono, pero desde que Roncal lo llamó, sentí un alivio tan grande que empecé a llorar por primera vez desde que empezó esta pesadilla. ¿Bueno? Era su voz. Definitivamente era Pedro. Estaba vivo.

¡Hijo! ¡Hijo! ¡Es Pedro, Camila, es Pedro! ¡Joaquín, es tu hijo, Joaquín, escúchalo! Leti temblaba mientras sostenía el teléfono inalámbrico y lo acariciaba como si tuviera entre sus manos la cara de Pedro. ¿Estás bien?, preguntó su papá. Sí, papá. Estoy muy bien. Les pido perdón por todo lo que hayan hecho por mí. No me lo merezco. Me volví loco en los pinches bares. Vi correr tanto dinero, que me obsesioné con él e hice cosas muy estúpidas. Robé, mamá, robé. Nunca me había robado ni un pinche lápiz y ahora me robé tanto dinero que no sé ni cuánto haya sido. Lo que sí debí saber era a quién le estaba robando. Brizuela nunca me dijo que tenía socios y que… Bueno, bueno, ya, pinche Pedrito. No es confesionario esto, cabrón. Pues ahí lo tienen, familia. Es Pedro, está bien por ahora y ya mero lo ven, pero ya saben cómo está el *bisne*. Última cosa. Ya vamos a cambiar de teléfono, porque este ya ha de estar rastreado. Don Chuy, ¿está ahí? Sí, aquí estoy. Oiga, ¿tiró el telefonillo que le dimos para hablarle a los demás? No, Roncal, aquí lo tengo. Ah, pues a ese le hablo. Nomás consiga cargador para esa madre o quítele el chip. Hágale como quiera. No es mi pedo.

El ambiente que dejó la voz de Pedro era completamente festivo. Mientras todos celebraban, yo caí en la cuenta de que por primera vez sentí alivio de no haber tenido la razón, después de que toda mi vida he sentido coraje por tenerla casi siempre y nunca ser escuchada. Quizá no acerté con mis hipótesis en este caso, pero sí nos pudimos haber ahorrado mucho sufrimiento. Tampoco me arrepiento de haberme preguntado lo que me cuestioné. Es verdad que siempre me toman por histérica y exagerada, aunque tenga la razón. También es cierto que a pesar de ser la única que tiene conocimientos básicos de leyes, cualquier persona, aunque no tenga ni la menor idea, tiene mayor peso en la plática que yo sin importar que diga puras estupideces. De cualquier forma, aquel no era momento para repasar mi vida ni para luchar por la liberación femenina. Había que luchar por la liberación de Pedro y para obtenerla ya solo había que irse a la cama a roncar, esperando que aparecieran un millón de pesos.

* * *

Ese mismo día, martes tres de marzo, tampoco fuimos a la escuela. Gabriel hizo de desayunar para todos, cosa que no había hecho jamás. A lo mejor era su manera de hacernos saber que le importaba el asunto, aunque se hubiera mantenido distante. Llegaron los Reyna a las nueve de la mañana y desayunamos todos en nuestro comedor, como no habíamos hecho en años. Según yo, la última vez que eso se vio fue en una Navidad en la que Gabriel, como de unos cinco años, tuvo un ataque de asma y trajeron el tanque de oxígeno aquí a la casa. Cuando los Reyna pasaron a darnos el abrazo de Nochebuena antes de irse a su cena familiar, se dieron cuenta que nosotros no estábamos "arreglados" para ir a la nuestra. Mi mamá les explicó que Gabriel se había complicado y que debíamos quedarnos aquí. El señor Joaquín dijo que iba por unas pastillas buenísimas para Gabriel y que volvía enseguida, pero en realidad fue a dejar todos los regalos que tenían preparados para el intercambio en casa de su suegra, se disculpó con aquella familia, volvió a nuestra casa y se quedaron a cenar con nosotros para que no nos sintiéramos solos. Obviamente nuestras nostálgicas madres recordaron aquel feliz pasaje mientras desayunábamos. Luego, los Reyna le preguntaron a Santiago por la gran capital, los Mendoza le preguntaron a Camila por Sebastián, Camila le preguntó a Gabriel por Isaac y a mí me preguntaron si había ganado en el partido del sábado, porque con todo aquello ni siquiera se habían acordado del juego. El desayuno volvía a tener el mismo ambiente que tuvo la bienvenida frustrada de la noche anterior, en la que el caldillo guadianeño se quedó a enfriarse en la estufa sin ser probado. Todo muy hermoso, pero todavía quedaban un millón de pesos por aparecer de alguna parte. Gracias a Dios, en ese momento alguien tocó a la puerta.

Era un señor joven como de unos cuarenta años. Un ejemplar perfecto del estereotipo del político mexicano: pantalón de mezclilla medio entallado, zapatos estilo mocasín, camisa blanquísima, cinturón discreto (pero fino) del mismo color que los zapatos, reloj caro, camioneta blanca de no más de tres años de antigüedad y el tan característico y obligado chaleco que usan los políticos sin importar a qué temperatura estén. El mentado chaleco se lo ponen lo mismo en la sierra de Guadiana a menos quince grados, que en Mexicali a cincuenta y uno. El detalle fino es que el chaleco era color morado. Eso quería decir que el hombre no venía del partido en el poder. Tal vez los sujetos en el poder tenían razones para despreciarnos, pues ya le habíamos hecho saber a medio mundo que quien desapareció a Pedro fue la misma policía que ellos dirigen. Definitivamente no éramos de la simpatía del gobierno y aquel no iba a ayudarnos. Conociendo al sistema, estoy segura que sus asesores ya les habían dicho cómo hacerle, total, ya les pagan una millonada por ocultar lo que no quieren que salga a la luz, maquillar lo que ya salió y hacer olvidar lo que ya no pudieron frenar a tiempo. Si aparecía Pedro, los del gobierno hubieran anunciado su hallazgo gracias a su labor de inteligencia, y si no aparecía, hubieran sido los primeros en tomarlo como ejemplo para disuadir a la juventud de "andar en malos pasos". Creo que al gobierno nunca le importó que Pedro apareciera o no, sino que lo hiciera rápido para estar ahí y así poder manejar el hecho como se les diera la gana. Pasaron al señor ese a la casa y mi tía Leti lo identificó de inmediato. Es el licenciado Corcuera De La Mota, le susurró a mi mamá. El susurro no le dijo nada a mi madre porque ella jamás había visto a ese sujeto. Ya que solo Leti sabía quién era el hombre, esperamos a que él hablara.

Buenos días a todos y a todas. Nótese el lenguaje incluyente. Quién lo viera. Estoy aquí porque en El Púrpura (o sea su partido) no hemos dejado de traer a su hijo en la mente. No les voy a decir que comparto su dolor, porque ni siquiera me lo puedo imaginar. Para El Púrpura, ustedes son unos verdaderos héroes: un ejemplo de la unión de los guadianenses ante la adversidad. Y es que yo también soy como ustedes (salvo por la ropa de marca, el reloj caro, el tono de piel, el color del cabello y los apellidos rimbombantes de la realeza española). A mí también me llena de miedo que un día mis hijos puedan desaparecer. Incluso el más grande de mis niños se llama Pedro, como el suyo. Hasta en eso siento empatía por su caso. Estos que están ahorita en el poder no saben gobernar. Seguramente soy el primer político que viene hasta su casa a extenderles una mano amiga. ¿Cuánto a que el gobierno ni se ha parado aquí o les ha llamado siquiera para ver cómo puede ayudarlos? Ni se molesten en responder, porque yo sé que no lo han hecho. El Púrpura es diferente. Miren: entre todos los afiliados, socios y amigos de El Púrpura, pudimos juntar algo de dinero que les damos con mucho cariño. Si ya entregaron el rescate, sirva esta contribución para recuperarse poco a poco, y si no lo han hecho, empléese para tan nobles fines. Desde luego, el donativo es completamente desinteresado. Ni siquiera vamos a saber si en las próximas elecciones votaron por El Púrpura o no, así que no quiero que se malentienda la situación. Además, entendemos que el dinero no lo es todo, sino que también necesitan tener voz. Es indispensable, impostergable e inalienable (obviamente no sabe utilizar la palabra inalienable), que el pueblo de Guadiana sepa que su pesadilla todavía no termina, y peor aún, que a cualquiera le puede pasar y que no pueden contar con el gobierno para que los ayude. Si no le molesta, señor Joaquín, lo voy a entrevistar para un video cortito aquí en su vivienda. Lo vamos a subir a mis redes sociales y a las de El Púrpura y va a ver que mucha más gente los va a ayudar cuando por fin alguien les ponga un micrófono enfrente. Los dejo que lo piensen en familia. Yo me salgo y vuelvo cuando me llamen. El dinero, como les dije, se queda aquí adentro con ustedes, porque una cosa no tiene que ver con la otra.

Cuando el licenciado salió de la casa y cerró la puerta, los de adentro cruzamos miradas de uno a otro tratando de asimilar lo que había pasado. ¿O sea que los cabrones de El Púrpura intentaban pagarnos para pegarle al gobierno? ¿El Corcuera De La Mota aquel se iba a lanzar en la próxima elección y le servíamos para su campaña? Todas las posibles dudas, cuestionamientos, molestias y odios políticos desaparecieron cuando abrimos la maletita y empezamos a contar el dinero. Diez mil, veinte mil, treinta mil, cuarenta mil, doscientos cincuenta mil, trescientos noventa mil, cuatrocientos diez mil, quinientos mil. La mitad del monto que nos separaba de Pedro estaba a un video de distancia. No había manera de decir que no. Mi papá intentó frenar la emoción por un momento para repensar en las implicaciones políticas del trato. Joaquín: estos cabrones quién sabe qué más puedan querer de ti después. Pues lo que quieran, Chuy. No tengo de otra. Si me quieren lanzar de diputado para la que viene, me lanzo. Si me quieren poner a agitar banderitas púrpuras en los cruceros de aquí a que me muera, lo hago. Está bueno. Creo que estás haciendo lo correcto, compadre, nomás quería que estuvieras seguro. Gracias, Chuy, sí lo estoy. Pues de una vez. Hagan pasar al licenciado, por favor, niñas.

Le abrí la puerta al famoso licenciado y aquel entró con toda la confianza del mundo, como lo haría un Corcuera De La Mota a quien nadie nunca le ha dicho que no. Con él venía una chica bastante bonita que cargaba, o mejor dicho malabareaba, una agenda gruesa, una libreta pequeña, un termo largo, una botella de agua de un litro y una bolsa de diseñador que, como todas las de su estilo, tienen el mismo logotipo estampado unas doscientas cincuenta veces. La chica dejó su gabardina color crema en el respaldo de una silla y se dispuso a buscar algo que resultó ser la iluminación ideal. Una vez que eligió el sitio, nos pidió permiso para mover algunas cosas de lugar y en cuanto lo recibió, se puso las manos sobre la cintura, se acomodó el fleco y rediseñó el interior sin ayuda de nadie. Como el *Demonio de Tasmania*, la chica vio una foto de Pedro con Santiago y la puso sobre un mueble, quitó los platos sucios, descolgó la litografía de La Última Cena que hay en todas las casas guadianenses (sin que nadie sepa cómo llegaron allí) y tomó la imagen de la Virgen de Guadalupe más llamativa que vio entre las veintinueve que hay en un hogar católico en el que habita una Lupita. El resultado fue un rinconcito perfecto en el que se encontraban todos los recursos melancólicos, religiosos y tradicionales con los que un buen guadianense se pudiera identificar. Corcuera De La Mota, que no habló con nadie y mantuvo cara de asco durante todo el tiempo en el que su bella asistente hacía todo el trabajo, se puso delante del escenario y repasó sus líneas. Ya estoy listo, Nayeli. Muy bien, jefe. Una, dos, tres.

Hola a todos y a todas. Ustedes saben que en el Partido Púrpura nos preocupamos por nuestra gente. Saben bien que sus problemas son nuestros problemas también. Y hoy les quiero contar una historia… Para cuando dijo esto, el Corcuera ya había dejado la posición de firmes y había empezado a gesticular como los *coaches* de vida que se hacen millonarios por subir videos diciéndonos a los mortales cómo vivir nuestras miserables existencias. Esta es la historia de la familia Reyna. Este hombre que ven aquí, este guadianense ejemplar, este guerrero, este padre amoroso es Joaquín Reyna. Hace unos días la policía municipal se llevó a su hijo y él no ha vuelto a su humilde morada. En el Púrpura hemos dicho una y otra vez que la policía necesita limpiarse, porque no es posible que paguen justos por pecadores. Nuestra policía vale mucho. Hay cientos de elementos buenos que nos cuidan todos los días, pero hay otras personas que se ponen el uniforme para servir a otros intereses que no son los correctos. Eso debe de terminarse a la voz de ya. Y se va a terminar cuando las autoridades dejen de lado sus compromisos personales y se pongan a servir, porque si no sirven para servir, no nos sirven para nada… Hay que barrer la corrupción como se barren las escaleras, o sea, de arriba para abajo… No son tiempos de campaña y probablemente esté metiéndome en un problema con esto que les voy a decir, pero no me importa. Con estos asuntos no me tiembla la mano. Y así seré con ustedes siempre: franco (levanta un dedo), honesto (levanta otro) y leal (alza un tercero). Verán, queridos amigos y queridas amigas, las medidas son desesperadas… Siempre he sido un hombre respetuoso de las normas, pero debo hacer una excepción para violar las disposiciones electorales y pedirles enérgicamente (en eso cerró el puño y se balanceó sobre sus talones como si quisiera saltar) que en las próximas elecciones no ratifiquen al partido en el poder, porque en este país: a los beatos los beatifican, a los santos los santifican y a los *ratas*, los ratifican… Porque el día de mañana su hijo puede estar sentado en la puerta de su casa y se lo pueden llevar para nunca más volver a verlo. En esa línea de su discurso, el señor Joaquín lo interrumpió, le retiró el brazo que le rodeaba el cuello y le pidió al licenciado que "tuviera tantita madre". Joaquín le dejó bien claro al licenciado que estábamos participando de todo este circo porque necesitábamos el dinero, pero que no le iba a permitir exagerar el hecho para hacerlo ver más dramático. Cito fielmente lo dicho: "a usted le vale madre, pero a mí sí me importa que mi hijo aparezca y estoy seguro que va a volver". Nayeli bajó el celular con el que grababa y cruzó los brazos esperando a que su jefe compusiera la ofensa lo más pronto posible para poder retirarse. El licenciado le apretó el hombro al señor Joaquín para demostrarle quién era el del poder, arregló sus decires y le pidió que repitieran el video. Otra vez, Nayeli, por favor. Tres, dos, uno… Porque el día de mañana su hijo puede estar sentado en la puerta de su casa, se lo pueden llevar y eso simplemente no puede ser. Pero eso no es todo. Lejos de que se han llevado a su hijo, nadie, escúchelo bien, NA-DIE, del gobierno se ha acercado a la familia Reyna para ayudar con las investigaciones o en la resolución del problema. Este es el gobierno que tenemos con ya saben qué partido. La buena noticia es que El Púrpura ya vino al auxilio de esta desesperada familia y así lo hará con todas las que lo necesiten. Aquí estaremos en su casa (en ese momento mostró el monumento al drama que Nayeli armó), cueste lo que cueste, nos tardemos lo que nos tardemos, sin comer, sin dormir y sin pretextos. Aquí vamos a estar cerca de la gente que lo necesite. Por favor, Guadiana, ya basta de aquel partido. Tres, dos, uno… Ya quedó. Nayeli tomó su gabardina, retocó su maquillaje en el reflejo de la vitrina en la que guardamos las copas heredadas del bisabuelo Evaristo y salió detrás del licenciado. Ya en la calle, el licenciado repitió otro discurso que me ahorré para ir a quitar el altar que había hecho Nayeli. Los jefes de familia despidieron al licenciado, cerraron la puerta y sonrieron entre sí, sabiendo que ahora solo faltaba medio millón de pesos.

En los siguientes veinte o treinta minutos no dejaron de escucharse todo tipo de planes. Ninguno se veía sencillo, porque si pudieran sacar todo ese dinero de un día para otro, lo hubieran hecho la primera vez que lo necesitamos. Camila y yo nos metimos a mi cuarto y su celular comenzó a sonar. Era Sebastián. Le hice una seña para decirle que me podía salir del cuarto y así pudiera hablar a solas con su novio, pero ella lo rechazó. Camila contestó el teléfono con bastante calma, pero la calma fue desapareciendo poco a poquito mientras avanzaba la conversación. Sí, no, no, no, sí, no, nada, nada todavía, no, no, nada… Mi amiga solo se limitaba a responder con palabras cortas hasta que explotó en una mezcla de llanto, rabia y dolor. Amor: es que nos faltan quinientos mil pesos y ve la hora que es. Ya nadie sabe de dónde sacar dinero, ya no tenemos nada. Lo van a matar hoy, Sebastián, lo van a matar. Y me da gusto, por imbécil, ¿sabes? No tenemos mucho, pero nunca nos hemos robado nada. Mi papá es honesto, mi mamá también, yo ni se diga, todos. Pero este cabrón siempre se ha salido con la suya en todo. ¡En todo! Hasta que por fin alguien le puso un alto a sus chingaderas. Neta no tenemos por qué estar pasando esto, Sebastián. Fue su decisión. Y cuando regrese, ¿qué? Debemos dinero que nunca hemos tenido ni vamos a tener. Ni lo vamos a ver cuando vuelva. Ya prefiero que esté muerto, Sebastián. ¿A qué nos quedamos aquí? De este pinche lugar ya no quiero saber nada. ¿Cómo te imaginas que yo pueda vivir en la misma casa en la que hemos pasado por tantas cosas horribles en tan pocos días?, ¿crees que puedo volver a ver una patrulla?, ¿crees que confío en los policías? Ojalá que se murieran los hijos de perra que se lo llevaron, Sebastián. Ojalá que Dios los castigue y que se mueran para que ya no le hagan daño a nadie más. Es más, si yo pudiera, yo misma los mataría… Sí, ya sé, pero estoy furiosa. No lo puedo controlar. No sé ni lo que estoy diciendo, ya sé. ¿Yo de dónde voy a sacar más dinero? No, no, Sebastián, tampoco es justo para ti. Mi hermano siempre te ha tratado como basura. Se burla de ti todo el tiempo. Es más, es tan idiota que se metió en todo esto después de ganarte y de comprobar que la tenía más grande que tú. De eso se trata todo para él como el machito que es. Todo es ego. Todo es más, más y más. Mira: no te voy a meter más en esto. Ya has hecho demasiado con lo de los carros (y eso que Camila no sabía quién contactó a Roncal)… No, Sebastián, ya. Esto lo tenemos que resolver nosotros. No eres mi cajero automático y no ando contigo por tu dinero, entonces no espero que saques a mi familia de sus problemas… Bueno, habla con él, pero por ti. Como yo no te voy a pagar, no voy a negociar nada contigo. Si quieres poner más dinero, lo ves con mi papá y nuestra relación queda fuera de eso por completo. Está bien… Sale… Sale… Te amo… *Bye*.

Pasaron unos cuarenta minutos y Sebastián tocó a la puerta. Traía una sonrisita medio soberbia y una maleta pequeña. Después de un saludo general con la mano se sentó al lado del señor Joaquín y le dijo que ya estaba enterado del dinero que le había dado el licenciado Corcuera. Enseguida abrió su maleta y sacó algunos billetes para dejar en claro cuál era el contenido. Mire, señor: hablé con mi papá. Independientemente del acuerdo que hicieron ustedes por los carros, queremos ayudarlos para que Pedro ya pueda volver hoy mismo. No traigo un plan de financiamiento, ni intereses, ni plazos, ni tasas, ni nada parecido. Mi papá y yo estamos en el entendido de que las cosas no van a estar nada fáciles para ustedes en lo económico, pero nosotros vamos a ser de lo más pacientes. Si acepta este dinero, que espero que lo haga, solo le voy a pedir que ponga su mejor esfuerzo por hacer algunos pagos ahí como se vaya pudiendo. La idea es que sea constante en medida de lo posible. No vamos a firmar ningún documento, no voy a ir a ninguna notaría y lo más importante, no voy a meter mi relación con su hija en esto. Si nosotros seguimos siendo novios, qué bueno. Si llegamos a cortar, usted sigue teniendo la deuda conmigo hasta que la liquide. No sé si tenga alguna pregunta, si quiere que lo deje pensarlo o si ya ha tomado una decisión. El señor Joaquín volteó a ver primero a su hija, luego a su esposa y por último a su compadre. El dinero estaba ahí y don Joaquín no había tenido que hacer nada. Sin querer, ya tenía el millón de pesos sin mover un solo dedo. Lo malo del asunto es que ahora les debía a dos familias a las que nadie les quisiera deber: a los Corcuera De La Mota y a los Domínguez. Pero como lo peor sería que mataran a Pedro, entonces lo malo era lo de menos. Pues te agradezco mucho, Sebastián, aunque yo no tendría problema en firmarte un documento para que te quedes más tranquilo. No es necesario, de verdad, señor. Su palabra me basta, así que lo único que le pido es que esa lealtad sea recíproca. Cuando no quedó nada más que agregar, suegro y yerno estrecharon sus manos. El primero se inclinó discretamente para añadir un abrazo y el segundo lo recibió con notorio agrado. Los billetes ya estaban contados, completos y la mayoría eran hasta recién impresos. Ya solo faltaba la llamada de Roncal, que llegó alrededor de las ocho de la noche al celular desechable que se resistía a perder el veinte por ciento de batería que le quedaba.

Buenas noches, familia. Ya estamos listos, ¿verdad? Sí, Roncal, ya tenemos el dinero. Excelente. Siempre supe que ustedes eran otro pedo. La neta es que hasta da gusto tratar con gente como ustedes, de hecho, ya le dije a mi jefe que me mande a la brigada de secuestro aquí al interior de la organización. Como que sí me gustó, la neta. Pero bueno. A ver: vámonos poniendo de acuerdo. Hoy no puede ir nadie de los tres que ya fueron, o sea, don Joaquín, don Chuy y el Santi. No tenemos idea de cómo supo que Santiago estaba aquí y que fue por ellos, pero lo sabía. Entonces pues va a tener que ir el otro chavo o alguna de las chicas. Si me mandan a Camila mejor, ¿eh? Ya la encontré aquí en el Facebook y "ay, cabrón", ojalá hubiera sido ella la ratera y no su hermanito. *No 'mbre* ya me la *viera* robado y a esa sí no la salvaba nadie… *Chiquilla…* Cuando Roncal terminó de pronunciar sus cumplidos hacia ella, Camila vomitó sin poder llegar siquiera al baño. Creí que solo en las películas la gente vomitaba de terror, pero me di cuenta que estaba equivocada. Roncal no se dio cuenta del vómito y siguió con su plan. Esta persona se va a ir para el rumbo del aeropuerto, pero cuando llegue a la desviación, va a dar vuelta a la derecha en donde está la planta del gas. Se va a seguir por esa carretera hasta que en el kilómetro dieciséis va a ver el nombre de la empresa y enseguida va a divisar una reja amarilla. Cuando la vea se va a bajar, la va a abrir, se va a pasar, se va a volver a bajar y la va a cerrar, porque si se me sale una de las vacas, también se las voy a cobrar. Ahí se va a esperar a que lleguen por usted y le van a entregar al muchacho. Necesito que salgan a las meras ocho y media, porque si se les hace más tarde, les va a tocar de a huevo el pinche alcoholímetro, y si ven nerviosa a la persona, la van a revisar, le van a ver la *marmaja* y están pendejos si creen que no se van a repartir un millón de pesos entre los dos polis y el doctorcito que se pone ahí a hacerse baboso como que las pruebas no están alteradas. Pues así le vamos a hacer, familia. Hoy se acaba este desmadre, así que ya tiren ese pinche teléfono. Cuídense mucho y no intenten ninguna pendejada, cabrones. Esto tiene que salir bien *naturalito*, bien suave y todos tenemos que salir contentos. Ya el dinero se recupera, mis amores. Ánimo. Los dejo y les mando un abrazo a todos. Ahí *tamos*.

En cuanto colgamos, solo teníamos una certeza: Camila no iba a ir. Eso dejaba a Gabriel como el único hombre disponible, pero no sabe manejar y no podía aprender en ese ratito. Por cercanía, la candidata obvia era Leti y ella lo sabía. Era la madre quien naturalmente quería ir al encuentro de su hijo, pero su estado mental no valía madre. Otra buena opción podría haber sido Sebastián, pero el cobarde no se ofreció ni por asomo, entonces nadie se sintió con la confianza de pedirle que fuera a la entrega, cuando todo estaba siendo posible gracias a sus billetes. Quedábamos mi mamá y yo. Ella insistió en ir, pero nadie estuvo de acuerdo. Todos decidimos que debía ser yo. Mientras mi mamá seguía dando argumentos para evitar que yo fuera, me encerré en mi cuarto y me arrodillé ante el crucifijo que siempre ha estado arriba de la cabecera. Empecé por disculparme con la imagen porque no le había pasado un sacudidor en más de diez años y no la había volteado a ver como en seis meses. Después de los golpes de pecho, supliqué fuerza porque no la tuve ni para levantarme del suelo. Sabía que me estaba arriesgando por un acto desinteresado y que eso era muy bien valorado por Diosito. Recuerdo que en un pasaje de la Biblia se dice que no hay amor más grande que dar la vida por los amigos, entonces, si yo estaba dispuesta a ir a la entrega por un ser querido, sería recompensada. Honestamente, esperaba que la respuesta divina fuera inmediata y se me premiara con salir ilesa, porque si el reconocimiento era *post mortem*, ¿pues ya para qué? Valentina empezó a rasgar la puerta como si supiera que necesitaba de su presencia en ese momento. Allí reafirmé que no merecemos a las mascotas. Me senté en el suelo, recargada en la cama y empecé a contarle a Valentina lo que estaba por hacer, lo cual me sirvió para repasarlo y asimilarlo al mismo tiempo. Ella estaba sentada con el lomo derechito y su cara cerca de la mía, por lo que vi en sus ojos algo de preocupación y tristeza. No me levanté cuando me sentía lista, sino cuando se dieron las ocho con veinticinco y ya no había margen de espera. Le di un beso a Valentina, dejé dos manotazos en la cama para descargar un poco la ansiedad y entré al baño. No hice casi nada. Era una de esas veces que solo vas por los nervios y no por la necesidad fisiológica. Eso sí, los treinta segundos que estuve sentada en el baño, las piernas me brincaban como locas. Al lavarme las manos temblé tanto que no pude ni sostener el jabón que me había puesto. Como pude, aventé agua contra mi cara unas tres o cuatro veces y la dejé escurrir mientras estaba recargada completamente sobre el lavabo. En ese momento mi boca se llenó de saliva, reaccioné rápido y alcancé a vomitar en la taza. Lo que no había visto en veinte años lo vine a conocer dos veces en menos de una hora. Mientras me lavaba los dientes, mi papá tocó a la puerta del baño y me dijo: ocho y media, hijita. Me recompuse lo más que pude para no demostrar que no sabía ni mi nombre, porque si el resto lo notaba, harían que mi mamá fuera al rescate. No me despedí con mucha efusividad para no quebrarme y para que nadie coqueteara con la idea de que podía ser la última vez que nos veíamos. Esquivé todas las miradas piadosas, tomé las llaves del carro de mi papá y la maleta con el dinero. Ahorita volvemos, dije en plural, de espaldas y con un pie en la calle.

Encendí el carro, que, como siempre, no respondió a los primeros tres giros de la llave. Al cuarto jalón encendieron las luces del tablero y aceleré tres veces como indica la maña de esa adorable y fiel carcacha. Ya eran las ocho treinta y nueve.

No podía perder más tiempo, así que los minutos gastados en el baño y en el ritual del carro los recuperé en la velocidad del trayecto. Prendí la radio para distraerme un poco y sintonicé una de las estaciones de música. La primera canción que se escuchó, convenientemente, era *Gimme Tha Power* de Molotov. La canción fue muy oportuna, como si necesitara pensar más en la corrupción, en la policía y en el poder. Después del sonido de una grabación con el nombre del programa comenzó un recuento informativo. *Buenas noches, Guadiana, estas son las noticias que debes saber para estar al día. La cifra oficial de contagios por el nuevo coronavirus a nivel mundial ya está muy cerca de los cien mil... El primer caso de infección del coronavirus en México ha dejado el hospital y se reporta estable... El subsecretario Pérez Castells hace un nuevo exhorto a evitar el pánico... El festival Vive México se celebrará con normalidad los días catorce y quince de marzo en el Foro Luna, aseguró la jefa de gobierno de la capital... La Unión Europea eleva su estado de alerta de moderado a alto por la gran cantidad de contagios... El presidente de México afirma que llorará y se irá el día en que el pueblo no lo quiera, esto, como respuesta a la repentina caída en su popularidad, atribuida por él mismo a la venganza de los conservadores corruptos que han perdido sus privilegios... La banca mexicana niega que exista un boicot en contra del presidente de México, ya que a todos nos conviene que a él le vaya bien... Colectivos feministas preparan las marchas del ocho de marzo en el marco del Día Internacional de la Mujer... El presidente norteamericano insiste en la liberación de Venezuela y mantiene el estado de alarma sobre ese país por considerarlo una amenaza para la seguridad de la tierra de los libres y el hogar de los valientes... En el llamado Supermartes, los candidatos y las candidatas a repre-*

sentar al Partido Demócrata se enfrentan en un escenario incierto en el que se espera un gran avance de Bernard Sanderson, debido a su popularidad en California, mientras que el ex vicepresidente Joe Bidenson busca apoyo en Texas…

Pasé por el lugar en el que se coloca el puesto de alcoholimetría y no había nadie. Primera prueba superada. Llegué al punto de la desviación y seguí por el camino que me habían dicho. Dieciséis kilómetros y unos veinte minutos después, ahí estaba el nombre de la empresa: Productos Agroforestales de no sé qué tanta cosa. Enseguida apareció el guardaganado que tenía que abrir y cerrar. Volví a subirme al carro y avancé a unos diez kilómetros por hora, para que los individuos que me iban a encontrar lo hicieran lo más cerca posible de la carretera. A los ocho minutos vi las luces de un vehículo frente a mí. Extrañamente, en vez de tener más miedo al encontrarme con los malandros, me tranquilicé. No sé si fue porque sentí como cuando presentas el último examen del semestre, o sea, que te sientes nerviosa, pero también sabes que unos pocos minutos te separan de las vacaciones. Conforme se acercaba el vehículo, que ya había tomado la forma de la camioneta que recién les había entregado el señor Joaquín, ya me sentía del otro lado. Al estar justo frente a mí, los malandros apagaron el motor de la camioneta, pero dejaron prendidas las luces. Pensé ingenuamente que esa era una señal de que iban en son de paz, como si en medio de la nada no pudieran bajarme a punta de pistola, subirme a su camioneta y hacerme algo. Sin darme oportunidad de ver si debía bajarme o no, se acercó un sujeto con la cara y el cuello cubiertos. Traía una sudadera negra con un estampado llamativo de un tigre de bengala, unas nubes y unas pocas letras de diferentes colores, que ya le había visto una vez a uno de esos futbolistas millonarios. Los pantalones estaban rotos y más entallados que los míos. Los tenis eran de un rojo brillante y no tenían más de dos puestas. La sudadera estaba un poco arremangada, de modo que se asomó un tatuaje colorido del que no pude distinguir la forma. El tipo se acercó con las manos vacías y con la tranquilidad que le daba el saber que nadie iba a interrumpir el evento ni lo iba a esposar por lo que estaba haciendo. Se paró a un lado de mi ventanilla y me dijo: pásame la maleta, Mariana. Desde luego que me llamó la atención que me haya dicho por mi nombre, pero no le tomé mucha importancia porque estaba tratando de encontrar a Pedro dentro de la camioneta. Al no ver a Pedro, le pregunté al sujeto por él, pero éste ya se había dado media vuelta y se dirigía a la camioneta. Cuando pensé que se iban a ir de nuevo sin entregarnos a Pedro, comencé a gritar su nombre como loca. ¡Pedro!, ¡Pedro!, ¿dónde está Pedro?, ¡denme a Pedro! El hombre llegó a la camioneta, abrió la puerta trasera con toda la calma del mundo, dejó la maleta, volvió hacia mí y me dijo con voz paciente y acento ranchero: tranquila, Mariana. Mira: te vas a regresar a la carretera y le vas a seguir como venías, o sea, alejándote de la ciudad. Pedro no ha de estar muy retirado. Te lo vas a encontrar como a los dos o tres kilómetros. Lo dejaron hace unos diez minutos por ahí y le dijeron que siguiera caminando hasta que lo toparan. Te juro que está bien y que ya está liberado, de hecho, ya lo habíamos soltado antes de que nos entregaras el dinero. Cuídate, Mariana, y no hagas pendejadas.

En cuanto el tipo dijo la última letra de mi nombre, puse la palanca de velocidades en reversa y di una vuelta en J tan perfecta que, si la hubieran visto en la academia de policía, me hubieran graduado ahí mismo. Aceleré hacia la entrada al límite de velocidad que permitieron los amortiguadores del carrito, abrí la reja y no la cerré intencionalmente a manera de sentido desprecio hacia aquellos malditos. Qué rebelde, lo sé. Me incorporé a la carretera, encendí las luces altas, apagué la radio como hacemos todos cuando buscamos una dirección. Puse las dos manos sobre el volante, recargué mi pecho en donde suena el claxon y abrí los ojos lo más que pude. En resumen, hice todo lo posible para identificar a Pedro cuando lo viera. No sé si apagar la radio, poner las manos sobre el volante y el pecho sobre el claxon sirvió de algo, pero lo encontré. Ahí estaba Pedro: caminando asustado, pero a prisa, lo que me hizo pensar que no tenía daños físicos. Como quien dice, al menos no le habían quebrado las piernas. Al sentir el cambio de luces que le hice, mi vecino identificó de inmediato el carro de los Mendoza y se acercó. Antes de abrir la puerta del copiloto el hombre ya estaba sollozando. Pedro, ya un joven libre, se llevó las manos al cabello y lo despeinó en señal de alivio, miró al cielo y se persignó. Luego abrió la puerta y entre mocos y saliva descontrolados, dijo varias veces mi nombre. Después dijo la palabra perdón unas dieciocho veces. De verdad estaba arrepentido y agradecido.

En el trayecto, Pedro no dejó de frotarse los muslos y de mecerse de atrás hacia adelante en el asiento que rechinaba al son de sus movimientos. No supe si iniciar una conversación con él, así que no lo hice y él tampoco se esforzó por contarme nada. Como no pude saber más por medio de su voz, empecé a tratar de obtener algo por medio de mis ojos. Lo primero que vi fue que traía una ropa distinta a la del día que desapareció. Ni la camisa de cuadros ni el pantalón de mezclilla que traía puestos eran de su talla. Continué con la inspección y me di cuenta que traía el reloj que se había comprado unas semanas antes de su desaparición, por lo tanto, concluí que probablemente sí lo habían tratado bien. El silencio se rompió y el juicio visual se detuvo cuando me preguntó si tenía el cargador de mi celular a la mano. Para su fortuna, el cable estaba en la guantera del carro. Tomó el adaptador para la corriente que cubre la ausencia de un puerto USB en nuestro anticuado carrito, conectó el otro extremo a su celular y cuando vio aparecer una manzanita en la pantalla, Pedro sintió que ahora sí ya había vuelto a la vida. A los pocos segundos, el teléfono timbró sin parar con miles de notificaciones. Mi pasajero no atendió ningún contacto por el momento, pero llamó a su casa y nadie contestó. El hombre no insistió al saber que estábamos a escasos cinco minutos de llegar. No sé qué haya sentido él, pero yo estaba realizada y muy contenta. El sentimiento era comparable en forma, pero no en intensidad, a cuando alcanzas a ver la meta en un maratón: estás cansada y has pasado por muchos obstáculos en el camino, pero si ya has dado cuarenta y dos mil pasos, sencillamente puedes dar otros ciento noventa y cinco.

En cuanto vieron que las luces del carro llenaron las paredes del fondo de la habitación que da a la calle, las dos familias saltaron para ver cómo se abría la puerta del copiloto. Ahí estaba Pedro. Supongo que cada uno de nosotros tenía una idea de cómo se vería alguien que había estado secuestrado por unos cuantos días. La mía, definitivamente, no era la que terminó siendo. Yo esperaba, aunque no deseaba, encontrar desfigurada su simétrica y agradable carita. Me esperaba a un Pedro más flaco, encorvado y muy probablemente doblado por el dolor de las golpizas. Pues nada de eso. El Pedro que apareció fue el que todos hubiéramos querido: un hombre entero y sin un rasguño visible. Ya habría tiempo de preocuparse por las heridas no superficiales: aquellas heridas que viven más en el cerebro y en el corazón que en cualquier otra parte del cuerpo.

En este punto quisiera describir los abrazos, las caricias, las palabras, los gritos, las vivas, los besos, los llantos y todas las expresiones que se dieron entre el hijo pródigo y su barrio. La cosa es que no puedo hacerlo, porque intuyo que ocurrieron, pero no puedo recordar haberlas visto. En aquel rato de alegría lo único que yo sentí fue alivio y no pude pensar en nada más. Recargada en la puerta del carro que me había llevado y traído con bien, sentí mis piernas y froté mis muslos para asegurarme de que estuviera completa. Luego sacudí mis brazos al ritmo del escalofrío que me recorría la espina dorsal. Pude escuchar los latidos de mi corazón, aunque no hacía falta, porque eran tan intensos que podía sentirlos en las venas de mi cuello y de mis manos. Cuando terminé de sentirme a salvo, ignoré el desmadre que había a mi derecha y me quedé contemplando mi casa por un ratito. Mírala: tiene lo suyo, me dije a mí misma. En la puerta seguían las huellas de la Valentina, que no contiene su emoción al llegar. Será porque le gusta vivir aquí. Será que a mí también. Y luego mira la pintura. ¿A quién se le habrá ocurrido pintar su casa de verde? Ya le hace falta una retocada. ¿O no? Creo que así se ve mejor. Combina mejor con el barrio más antiguo de la ciudad. La casa es pequeña, como dije. Es tan pequeña que si alguien pusiera un pie en la protección de la ventana y se impulsara hacia arriba llegaría a la azotea, caminaría unos pasos y se nos metería a la casa como si nada. Pues así de fácil será, pero nadie lo ha hecho nunca.

La casa es tan pequeña que puedo ver la mitad del templo de Analco. Parece postal, mi casa. ¿Y mi familia? Parece que vuelve a ser feliz. ¿Y los Reyna? Parece que también. Después de mi momento de introspección y tranquilidad, recobré la conciencia cuando uno de los Casas me tomó del brazo para unirme a la celebración, de la que ya era parte todo el vecindario. A Pedro lo tocaban como si fuera milagroso, o más bien, como si a la usanza de Santo Tomás, fuera necesario sobarlo para creer que estaba allí.

Luego de que a Pedro le llenaron los hombros de lágrimas, el oído de buenos deseos y la espalda de pequeños masajitos reconfortantes, hubo cónclave de nuevo en mi casa. Leti recalentó el mejor caldillo guadianeño que según ella ha preparado en toda su vida: un caldillo que ha reposado lo que un buen caldillo debe reposar. Pedro se echó en uno de los sillones y empezaron las preguntas. La complejidad y la intensidad fueron de menos a más. Que qué se sentía estar en casa, primero que nada. Que si había estado comiendo y dijo que sí, que hasta tres veces al día. Que si tenía idea de dónde lo habían tenido y dijo que no, que no sabe ni cómo llegó, porque los únicos que lo desmayaron a golpes fueron los policías que lo entregaron. Que si él escuchaba cuando hablábamos con Roncal y dijo que no, que él estaba en un cuarto separado a donde tenían a todos los demás. Que cómo era eso de que a todos los demás. Que si entonces había más personas secuestradas y dijo que sí, que a él lo tenían separado de los enemigos, de los que no negociaban y de los que podían soltar la sopa.

La plática bajó de tono de nuevo cuando le preguntaron a Pedro si alguien platicaba con él, y éste respondió que sí, que dos personas hablaban con él de cualquier cosa. Una era más platicadora que la otra. Una de las voces le recordaba al acento de alguien, pero no sabía de quién. La otra voz era grave y el acento no pertenecía a ningún lugar cercano a Guadiana. No supo decir si sonaba a jarocho, a chilango, a sureño o a qué. Cuando Pedro dijo que una voz le parecía conocida, recordé que le entregué el dinero a un sujeto a quien mi voz o mi cara también le habían parecido familiares, al grado que esa persona pudo decir mi nombre. Mientras Pedro seguía respondiendo preguntas sobre su cautiverio, tomé mi celular y busqué en internet el código telefónico del que había estado llamando Roncal. El 674 pertenece como a veinte localidades: Canelas, El Durazno, Guanaceví (que por cierto tiene el lugar más frío de todo México), Los Herrera, Santiago Papasquiaro, Tamazula de Victoria (donde nació el primer presidente de México), Tayoltita, Tepehuanes, Topia y Vencedores. De inmediato empecé a imitar el acento de Roncal en mi mente para intentar que viniera otra referencia. Nada. Cambié de método y comencé al revés. A ver, Mariana, ¿a quién conocen tú y Pedro que tenga un acento como de por aquellos lados? Nada. A ver, Mariana, ¿a quién le hacen burla de que hable como pueblerino? A Cacho. Cacho es "el pinche ranchero". Ahora que lo pienso, Roncal y Cacho no tienen acentos tan distintos, pero la voz no se les parece ni tantito. Y el tipo al que le di el dinero también hablaba parecido. El tatuaje. Era de colores como el del Gallo. No mames. El Gallo. Tomé mi celular otra vez y entré al perfil de Cacho en Facebook. Di clic en la pestaña de información y leí: se unió en enero de dos mil diez, mil quinientos amigos, estudió en la escuela primaria no sé cuál, de Topia, enviar mensaje privado, eliminar como amigo. De Topia. El Gallo todavía vive allá. ¿El Gallo tenía a

Pedro?, ¿por eso Cacho se fue de la casa de los Reyna el día
que se iban a llevar a Pedro?, ¿Cacho había avisado a Brizuela
que Pedro le robaba?, ¿Cacho no sabía nada de esto?, ¿debería
de sugerirle mis hipótesis a alguien?, ¿qué podríamos hacer si
éstas fueran ciertas? Porque si no son ciertas mis ideas, no me
imagino el pedo en el que me podía meter. Si el hombre al que
yo acababa de ver no había sido el Gallo y lo llegaran a acusar
de eso por mi culpa, ahora sí lo iba a conocer por las malas. Ni
lo mande Dios. Mejor que así quede, pensé. Al menos por hoy
no investigaré más, me prometí a mí misma. Pedro está aquí y
todo ha terminado. Pobre ingenua.

III

Y SON SUS MUJERES PURO CORAZÓN

Pedro ya estaba en casa, pero al día siguiente, miércoles cuatro de marzo, los Reyna debían millones de pesos que no tenían y mi papá había perdido su fondo de ahorro para el retiro. Esos eran nuestros problemas y ni siquiera pensábamos en ellos, porque la paz no había dejado nuestros corazones todavía desde la noche anterior. El problema fue que nuestros seres queridos, al demostrarnos que tenían lana para salvar gente, también les habían enseñado a los malandros su capacidad de negociación y el fondo de sus carteras. Sobre todo los Domínguez. Ni siquiera un día tardaron los malandros en reflexionar algo muy sencillo: si los Domínguez habían movido cielo, mar y tierra por el hermanito de la noviecita del hijito, lo que no moverían por uno de los suyos. Si aquellos habían puesto dos carros nuevos y medio millón de pesos con la mano en la cintura por Pedro, ¿qué no pondrían si la ausente fuera la propia madre?

El mismo miércoles cuatro, durante las primeras horas de la mañana, la señora Irma Escobar, o, mejor dicho, Irma Escobar de Domínguez como dicen todas sus identificaciones no oficiales, se dirigía al gimnasio antes de acudir a supervisar los negocios familiares. A la mujer se le veía de repente en una de las agencias de carros, otras veces andaba por las tortillerías y en la mayoría de las ocasiones se encontraba en el casino, sentada en la misma máquina tragamonedas con temática de la mitología griega, en la que le había caído varias veces el premio mayor del día. Obviamente no le había caído por suerte, sino por no moverse de ahí en ocho horas. No se sabe en qué parte de la ciudad la interceptaron aquel miércoles, porque no quedó huella de nada. Se la llevaron con todo y su lujosa camioneta de color blanco perla cuando el cielo todavía estaba un poquito anaranjado. Yo me enteré porque, a diferencia de la desaparición de Pedro, la de la señora Irma fue cubierta por todos los medios locales.

Mientras desayunamos antes de ir a nuestras respectivas rutinas, los Mendoza y los Reyna sintonizamos religiosamente los noticieros locales en la televisión. En todos los años que los hemos visto, nunca habíamos presenciado nada interesante, porque nada en este lugar acontece antes de las once de la mañana. Pues ese miércoles la racha de noticias irrelevantes se rompió. El canal 14 llevó a uno de sus reporteros a la antigua estación del ferrocarril y dijo que ese había sido el lugar en el que había sido interceptada la señora Irma Escobar de Domínguez: una muy querida integrante de la sociedad guadianense, importante empresaria, filántropa, comunicadora, contadora, generadora de empleos y Miss Guadiana 1981. El canal 16 prefirió ir al bulevar que termina en la carretera a Torreón, en donde, dijo, había sido interceptada la señora Irma Escobar de Domínguez: la primera mujer ganadora del premio municipal de la juventud 1982, premio estatal de la juventud 1983, impulsora del arte y la cultura guadianenses, madrina del hogar de ancianos de San Vicente y defensora de los derechos de los animales.

En cuanto terminó el comunicado sobre el posible secuestro de la señora Irma, ambas señales televisivas se enlazaron a una emotiva rueda de prensa en la que el vocero de la fiscalía general del estado se comprometió a encontrar, primero, a la señora; y segundo, a los responsables. "Porque en Guadiana no puede faltar nadie en su casa. Nadie. Porque allá afuera, la sociedad está corrompida. Porque hemos permitido que el tejido social se descomponga (sea lo que eso signifique)". Pero a pesar de que hay demasiado mal allá afuera, el vocero, con una mirada que daba más miedo que confianza y vestido con un chaleco del color de su partido, estaba convencido de que los buenos somos más. Y por la acción de los buenos, la señora Irma iba a aparecer sana y salva, mientras que sus captores habrían de caer en un abrir y cerrar de ojos. El licenciado, maestro, doctor o lo que sea, no cerró su participación sin recordar que la fiscalía no descansa y que, si bien la organización se encuentra rebasada, no deja nada sin hacer. Por eso, si en algún hogar guadianense hay una familia que busque a su hijo, a su hija, a su esposo, a su esposa, a su padre, a su madre, a su abuelo, a su abuela o a cualquier ser querido, la fiscalía estará a sus órdenes en todo momento. Hombre, qué gusto saberlo, hijo de su chingada madre, porque a nosotros no nos ayudó nadie. No fueran los Domínguez porque para ellos sí se movieron, se han movido y se moverán todos como cucarachas en quemazón.

Terminamos de desayunar, me puse algo de rubor, me lavé los dientes, me vestí con un suéter y esperé a que Camila tocara a la puerta para irnos a la universidad. Cuando mi amiga timbró me apresuré a abrirle para evitar que mis papás o hermanos le hicieran más preguntas sobre su suegra. Cerré la puerta detrás de mí y avancé, pero Camila se quedó inmóvil y en silencio, como sorprendida de que no le hubiera dicho nada del asunto, total, ella sabía que en mi casa se ven los noticieros locales con una devoción solo comparable a la que se tiene por San José. Al sentir que mi amiga no caminaba a mi lado, regresé a la puerta y la abracé. Sí supe, amiga. Sí vi las noticias. Me cuentas en el camino, pero muévete por favor, que no podemos faltar otro día a clases. Camila se puso en marcha y al ver que teníamos unos minutos de sobra, me dijo que no tomáramos el camión y mejor camináramos sobre el paseo de Las Alamedas. Buena falta que nos hacía un paseo, así que, si era posible convertir un trayecto obligatorio en recreación, pues qué mejor.

Camila, una "mujercita" que había transformado su carácter en cosa de cinco días, comenzó a hablar de sus sentimientos y no de los hechos. Parecía que la experiencia con Pedro la había hecho valorar que también era bueno pensar en ella. Mira, Mariana: no me voy a sentir culpable. Mi tranquilidad es importante. En mi pinche vida hubiera hecho lo que hizo mi hermano y no debo de sentirme responsable por ese cabrón. Hasta pensé en no ir a la escuela hoy y ya darme de baja para no sentir las miradas acosadoras de todo mundo por ser la hermana del tipo que secuestraron por ratero. En una de esas igual y me revalidan las materias en otro lado. Total, si aquel idiota ya se tiene que ir a otra parte donde no lo conozcan, yo podría hacer lo mismo. Pero, ¿sabes qué? No lo voy a hacer, Mariana. Nunca me meto con nadie y no voy a empezar ahorita. Si alguien me dijera algo de mi hermano que fuera cierto, ni siquiera me voy a enganchar. Que se jodan, la neta. Y de lo otro, pues mira: yo le dije a Sebastián que no era su obligación ayudarme. Claro que me siento mal, porque si no hubieran secuestrado a Pedro y Sebastián no hubiera puesto el dinero que puso, a los malandros no se les hubiera prendido el foco tan rápido y su mamá andaría como si nada. Tampoco voy a creer que es casualidad, ¿sabes? Muy ingenua me vería creyendo que lo de Pedro no está ligado con lo de la señora Irma. A huevo que una cosa viene de la otra. La verdad es que ni le he escrito o llamado a Sebastián. Todavía es temprano y no se me ha echado a perder la excusa de que no me había enterado. Él no sabe que en tu casa y en la mía se ven los noticieros locales todas las mañanas. Así le doy oportunidad de que él me avise y yo me hago tonta. Porque, a ver, dime, Mariana: ¿qué le dices a alguien así en esta situación? "*Hola amor no manches oye ya supe lo de tu mamá qué mala onda pero pues ya sabes que aquí estamos para lo que necesites sale te amo adiós*". Tú sabes que Sebastián es todo menos pendejo, así que, si tú y yo pensamos que lo de su mamá es consecuencia de lo de mi hermano, él también ya lo pensó y sabrá Dios cómo vaya a reaccionar. Mira: ¿qué puede ser lo peor? ¿Que me corte? Pues órale, que me corte. Si salir soltera de todo esto es el precio que tenía que pagar, te lo firmo cualquier día del año. Sí lo quiero y sí me podría en el alma, no creas. La verdad el chavo (ya ni por su nombre le llamó) siempre ha sido muy lindo conmigo, muy caballeroso, respetuoso, amable, cortés y le salvó la vida a mi hermano, que no es poca cosa. Pero también conozco a mi gente, amiga. Este hombre tiene un ego descomunal. Siempre tiene la razón, nunca se equivoca, es bien rencoroso, nunca olvida nada, es vengativo y no sabe lidiar con sus problemas. No es que me esté preparando tampoco, ¿eh? Yo nada más estoy diciendo que Sebastián no es una perita en dulce y que, independientemente de que su mamá regrese a salvo, te juro por Dios que no me la va a dejar así baratita nomás porque me ama. Conociendo a los Domínguez, ya dieron el dinero que les pedían sin importar cuánto fuera, la señora ya está en su casa y va derechito al casino a curarse el susto. Pero a mí no me la va a dejar pasar ni de chiste. Me va a hacer sentir culpable, va a sacar el tema a cada rato o algo va a hacer. Vas a ver. Aquello parecía que iba para diálogo, pero terminó siendo monólogo. Llegamos al punto en donde se separan nuestras escuelas, tuvimos que romper la plática y yo no dije ni una palabra, lo cual me pareció perfecto, porque de todos modos no hubiera querido decir nada.

Ese día asistí a todas las clases, pero a ninguna le puse atención. Todos los licenciados, o sea los maestros, se dijeron preocupados porque yo hubiera faltado. En el transcurso de las clases, aunque se haya hablado de cosas interesantes como amparos, patricios y otros términos legales que al mismo tiempo son nombres de personas, no me pude concentrar por pensar en Camila. Ni siquiera estaba segura de que la persona con la que caminé hasta la escuela hubiera sido ella. Esta mujer ya no hablaba en voz bajita como si no quisiera que la escucharan. Ahora se escuchaba fuerte y clara. Ya no arrastraba las palabras entre los dientes y los labios, como si esperara que sus interlocutores no la entendieran y se vieran forzados a admirar su carita. Ese día gesticulaba, contorsionaba las cejas y abría la boca grande para decir las vocales. Camila ya no iba con las manitas adelante y con los dedos entrelazados en señal de que era inofensiva y débil. Ese día movía las manos al hablar como si dominara el lenguaje de señas, igualita que Sebastián aquel primer día de clases. No sé qué fue lo que vi ese día, pero me gustó. Como no teníamos los mismos horarios de salida, cada una regresó a casa por su cuenta. De nuevo yo tomé la ruta a pie, ya que después de una larga espera, el calor empezaba a competirle más dignamente al frío y en unas semanas lo vencería por completo.

* * *

Las primeras horas del día siguiente, jueves cinco de marzo de 2020, fueron una réplica fiel de las mismas horas del día anterior. Nos juntamos en la mesa a desayunar. Mi mamá estaba vestida de doctora, mi papá iba disfrazado de profesor universitario, Santiago se dejó ver preparado con ropa cómoda para viajar catorce horas de regreso a la Ciudad de México, Gabriel tenía puesto el mismo pants de siempre y yo estaba "vestida, pero no arreglada", como dice mi mamá. Cada quien tomó los taquitos dorados de frijoles que le apetecieron, el microondas avisó que estaba listo el último ponche de la temporada de guayabas y alguien encendió la televisión, que amaneció en el canal 14 como se había quedado el día anterior. La programación estaba en comerciales, pero el logotipo de la televisora tenía un moño negro. La cintilla anunciaba las noticias principales del día, mientras sonaba el comercial de la mueblería local que todo guadianense puede recitar de memoria. Enseguida, el corte informativo: *detienen con pasaporte falso a un conocido ex futbolista brasileño… Gran parte de los países de la Unión Europea decretan el cierre de clases ante la inminente llegada del coronavirus… Los muertos por la nueva enfermedad pasan los tres mil a nivel mundial… En el aeropuerto internacional de la Ciudad de México ya se puede ver a algunos pasajeros usando cubrebocas por temor al contagio, pero el gobierno asegura que brindará la información oportuna sobre el tema llegado el momento… Ya hay sospechosos identificados por el asesinato de la mujer que denunció a su ex marido agresor… Las marchas del ocho de marzo se encuentran cada vez mejor organizadas. Entérate de los cierres viales que afectarán a la circulación… El presidente de la república accedió a cambiar el día en el que daría inicio la venta de boletos para la rifa del avión presidencial, ya que así evitará caer en provocaciones. El mandatorio añadió: "ni me di cuenta ni tenía en mente que el lunes era el día del paro que promueve el movimiento feminista".*

Para cuando terminé de leer la última noticia de la cintilla, agonizaba el segmento de los comerciales y se reanudó el noticiero. Todos levantamos la cabeza por la curiosidad del moño negro que habíamos visto, aunque nadie lo hubiera señalado. La toma se encontraba en una de las presas que rodean a la ciudad. Detrás del reportero se alcanzaban a ver algunos vehículos y uniformes con los logotipos de la fiscalía general, la fiscalía central, la fiscalía para personas desaparecidas, la fiscalía para la prevención y la erradicación de la violencia contra las mujeres, la fiscalía del combate contra la corrupción, la fiscalía para la persecución de los delitos ambientales y el servicio forense. El reportero comenzó a hablar cuando recibió la señal y dijo: esta madrugada, cuando realizaban una limpieza de rutina en la presa Vizcaya, elementos de la Comisión del Agua detectaron la presencia de un objeto anormal en el lecho de este importante cuerpo de agua. Para saber más al respecto, escuchamos al ingeniero Emigdio, encargado de las presas en nuestra ciudad. Sí, mire, pues al momento de proceder de acuerdo con sus propios procedimientos, el personal procedió a extraer el objeto que usted hace mención, que lamentablemente pues resultó ser un cuerpo humano sin estado aparente de descomposición, verdad. El cuerpo es lo que viene siendo un femenino que ha sido identificado como la señora Irma Escobar de Domínguez, verdad, que *pos* es muy querida por todos nosotros y que nos ha podido en el alma lo que le ha ocurrido, la mera verdad. En efecto, ingeniero: se trata de una persona que hizo mucho por nuestra tierra, así que yo también me uno al sentimiento de pena que expresa. El tal Emigdio salió de cuadro y quedó únicamente el reportero, quien dijo otro pequeño discurso que no pude captar debido a la sacudida que me puso la noticia. La señora se había muerto. Bueno, no se había muerto. La habían matado. Y la habían matado en cosa de nada. Ni siquiera el sistema entero a su favor pudo salvarla. ¿Habrá intentado salvarla siquiera? ¿Y si el mismo sistema la mató? Ya no se sabe. La mesa se quedó en silencio y el noticiero siguió con el moño negro en la pantalla al avanzar al segmento del clima. Cada quien nos terminamos los taquitos que nos habíamos servido, le dimos sorbos intermitentes a nuestras tazas de ponche y levantamos nuestros platos sucios de la mesa. Antes de que el primero en terminar de desayunar abandonara la cocina, mi papá advirtió que en cuanto supiéramos la hora y el lugar de los servicios funerarios, íbamos a acompañar a la familia Domínguez en todo lo que se pudiera.

* * *

En todo ese día no supe nada de Camila, salvo la información acerca del velorio y las honras. Las redes sociales estaban inundadas con la fotografía de la señora Irma. Propios y extraños lamentaban su muerte y exigían justicia. No era para menos, pero al ver todo eso me daba un poco de tristeza que aquel horror tuviera que pasarle a una familia influyente para que el problema se visibilizara, aunque entiendo que así son las cosas. Lo que me tocaba hacer a mí era acompañar a Camila en su dolor. La verdad, también pensé un poco a Sebastián, porque a pesar de que lo odio, algo como aquello no se le desea a nadie. Además, si la compañía de una le puede hacer un poquito más llevadero el duelo a alguien, pues adelante. Al filo del mediodía me vestí de negro, como debe ser, y caminamos juntos como familia hasta la funeraria que está en nuestro barrio. La sala de velación estaba a reventar. Es más: si el coronavirus hubiera estado presente en Guadiana para aquel entonces, ya habríamos conseguido la famosa inmunidad de rebaño en ese rato.

Adentro había de todo. Ahí estaban las empleadas de las tortillerías propiedad de doña Irma, con todo y mandil salpicado de masa, llorándole sinceramente a su querida patrona. El club de señoras de alcurnia que se reúnen los martes ocupaba una buena parte de los sillones del recibidor. Los miembros de la logia masónica a la que pertenece el papá de Sebastián aguardaban afuera en silencio. La cafetería se encontraba llena de ese espécimen infame que asiste a los velorios y que representa, mínimo, un cincuenta por ciento de la asistencia total. Me refiero a aquellas personas a las que el difunto o sus familiares les importan lo suficiente como para plantarse en la funeraria, pero no lo suficiente como para respetar su duelo, por lo que se la pasan riéndose, gritando, platicando, sonriendo y pasándola como en una cantina. Cuando yo me muera, espero que no me velen. Que me lloren los cercanos y ya, porque si veo a los amigos de Santiago cotorreando en esa cafetería, me vuelvo a morir del coraje. En fin. Pues ahí van los Mendoza. Mi mamá tomada del brazo de mi papá, yo caminando a su lado y Gabriel acompañado de Isaac varios pasos detrás de nosotros. Mi mamá le dio el pésame al papá de Sebastián, quien no estaba completamente destrozado, pero sí enteramente desconcertado. El señor parecía ignorar en dónde estaba o qué estaba haciendo ahí. Mi papá, como acompañante de mi mamá, hizo lo mismo, pero de una forma menos familiar, o sea, recurrió al abrazo tradicional de Guadiana: un estrechón de manos firme con dos breves y apenas perceptibles sacudidas que conducen a un abrazo con dos palmadas cortas y las caras de los individuos posadas sobre el hombro derecho del otro. Luego viene una mueca que, si se escribiera en papel, diría "lo siento" y se termina con un estrechón de manos igual que el primero. Enseguida intentamos buscar a Sebastián para cumplir con el ritual, pero no tuvimos éxito durante la primera hora. No podíamos irnos sin que nos viera el familiar de la difunta, porque al final a eso se va a los velorios: a que la vean a una que sí fue. En vista del fracaso mi mamá sugirió que nos uniéramos a los rezos que dirigía la mamá de la señora Irma. Cómo no. Los Mendoza ocupamos las sillas que se encontraban vacías por aquí y por allá, mientras que una voz temblorosa comenzó a rezar. "Cuarto misterio doloroso. Jesús con la Cruz a cuestas camino del Calvario. Y obligaron a uno que pasaba, a Simón de Cirene, que volvía del campo, el padre de Alejandro y de Rufo, a que llevara su cruz. Lo condujeron al lugar del Gólgota, que quiere decir Calavera. *Padrenuestro-queestásenelcielo… DiostesalveMaría*"…

En el cuarto Ave María sentí la curiosidad, de pararme a ver al cuerpo de la señora Irma. No sé por qué lo hice, si yo jamás me acerco a ver a los muertitos desde aquella vez que mis papás me obligaron, y hasta me cargaron, para que viera el cuerpo de mi tío Paco, curiosamente en la misma sala de esa funeraria. Tenía siete años y mis padres me forzaron a ver a una persona a la que yo quería mucho ahí tirada. Sabrá Dios por qué hayan creído importante y necesario que lo viera, además, al pobre hombre no le bastó el kilo y medio de maquillaje que le pusieron para disimular el orificio de la bala perdida que lo mató un 31 de diciembre, mientras paseaba tranquilamente con su familia. Uno de los miles de imbéciles que lo hacen por tradición, se puso a disparar sus pistolas y rifles, que seguramente ni tiene permiso de poseer, para celebrar que la Tierra le dio otra pinche vuelta al Sol. Pues resulta que una de sus balas le atravesó el cráneo a mi querido tío, dejando a una mujer viuda y a tres chiquitines huérfanos. A pesar de esa mala experiencia, algo me decía que fuera a ver a la señora Irma, así que lo hice. Pues nada. Ella no tenía orificios visibles, ni golpes marcados, ni raspones. Nada. Ella sí, para que vean, parecía que estaba dormidita. Mientras pensaba todo eso, una señora se paró a mi lado y empezó a hablarle despacito a la difunta. "Mírate nomás, Irmita. No te merecías esto. Pero ve todo lo que dejas. Quién sabe cuánta gente vino a despedirte. ¿Cuatrocientos? ¿Quinientos? Hace rato escuché que una de las familias que estaba velando a su muertito en otra de las salas, se estaba quejando con la funeraria porque nosotros, los tuyos, éramos demasiados y les estábamos invadiendo su espacio". Como la plática se veía tan buena, decidí hacer lo mismo, pero en mi mente.

Hola, señora Irma. Nunca la conocí, pero la verdad es que me gustaría ser como usted. Su hijo y yo, pues la verdad no somos los mejores amigos, aunque él siempre ha intentado que nos llevemos bien. De la que sí soy amiga es de Camila, su novia. Qué linda, ¿verdad? Sí, qué afortunado es su hijo. Es buen chavo, sí. Ahora que lo dice, quizá me cae mal porque en algo he de parecerme a él. A fin de cuentas, dice mi abuela Licha que "lo que uno no puede ver, en su casa lo ha de tener". Pues me apena mucho que le haya pasado todo esto y me apena más que haya tenido que ser usted el objetivo. No por nada, pero mejor se hubieran llevado a su esposo y no a usted. No voy a venir a hablar mal de él aquí y menos ahorita, pero si yo que no lo conocía le sabía tanta cosa, no me imagino su propia marida. Pero supongo que todo es parte de la tradición y la costumbre, ¿no? Mi tío Paco estuvo hace como trece años en donde está usted ahorita, gracias a la tradición tan estúpida de disparar al aire en la última noche del año. Ahora es usted la que está aquí, porque pudiendo secuestrar a uno de los Domínguez, secuestraron a la única que es *De Domínguez*.

Cuando terminé la conversación imaginaria más extraña que he sostenido en mi vida, la conductora de la oración también estaba en las últimas bendiciones y de pronto apareció Sebastián abrazado de Camila. Ninguno de los dos lloraba en ese momento, pero era notorio que ya no les quedaban más lágrimas en la reserva. Todos los integrantes de mi familia, incluido Isaac, les dimos el pésame y les dijimos que lo sentíamos mucho y *blablablá*. Antes de que llegara el silencio incómodo, un trabajador de la funeraria le hizo saber a Sebastián que estaban listos para trasladar el cuerpo hasta el templo donde se iba a celebrar la misa en honor a su mamá. Allá nos vemos. Los Mendoza abandonamos la funeraria junto con el resto de la gente y caminamos por la calle Constitución, que hace no mucho pasó de ser una calle bulliciosa a un andador peatonal. En el camino hay algunas estatuas de ciertos personajes de la cinematografía que pusieron a este pueblo en el mapa hace algunas décadas. También hay algunas estrellas en el piso, como las que hay en el paseo de la fama de Hollywood, solo que las estrellas de aquí casi siempre están cubiertas por los tapetes que ponen los indígenas como mostrador para sus chambritas. Después de recorrer unas pocas cuadras aparece a mano derecha la famosa Plaza de Armas, con todo y su obligatorio quiosco, unos arbolitos, muchas bancas y como cuarenta hombres que venden imitaciones mal pintadas de los superhéroes y de los perritos de las caricaturas que son bomberos y policías. Otros pasitos más sobre la misma calle se encuentra el lugar de las honras: la Catedral Basílica Menor de la Inmaculada Concepción, conocida por los amigos simplemente como "catedral". Uno de los edificios más bellos de todo el país, si me lo preguntan a mí o a la UNESCO. Es un templo que, como casi todos, tiene dos torres y un reloj. La verdad es que no sé por qué la Catedral es especial, pero no hay que tener un agudo ojo arquitectónico para admirar su belleza. Ese templo es un lugar emblemático: quizá el más fotografiado de toda la ciudad y el estado, por lo tanto, habremos de suponer que no se lo "prestan" a cualquiera. Los Mendoza llegamos temprano por habernos trasladado a pie y no en un carro, pensando en que hubiera sido imposible estacionarlo en diez cuadras a la redonda. La estrategia pedestre sirvió de poco y de todas formas nos tocó estar apretados a unos cuantos pasos de una de las puertas laterales. El féretro hizo su aparición, la pequeña orquesta empezó a tocar una marcha fúnebre que le erizó la piel a la mayoría de la asistencia y el sacerdote dio la bienvenida.

Hermanos y hermanas, dijo el padrecito en lenguaje incluyente. Nos hemos reunido aquí para despedir a una extraordinaria mujer en todos los sentidos. Habrá muchas razones por las que ustedes y yo podamos estar aquí, porque Irma, Irmita, fue una mujer que hizo mucho bien en este valle de lágrimas. A pesar de que el reglamento de los archicofrades (o sea unos señores que van a dos o tres misas en el año) no permite la membresía de mujeres, les puedo asegurar, sin agraviar a nadie, que Irmita ha hecho más por este templo y por esta comunidad, que cualquiera que ostente un título de ese tipo. En fin. Oremos, hermanos… La misa, la verdad, fue bastante emotiva. Las lecturas, los cantos y el Evangelio fueron los mismos de cuando una persona deja este mundo: el grano de trigo que tiene que morir para dar en abundancia; la parábola del pastor que pierde una oveja; la canción que simula un diálogo entre Cristo y uno mismo, en la que el primero le recuerda al segundo que nadie lo ama como él y que la Cruz es su más grande prueba. Lo de siempre, pero mucho más emotivo. Y por si el drama y lo poético del asunto no estuvieran en niveles altísimos, empezó a llover suavemente con el cielo despejado. Para cuando terminó la misa, el sacerdote invitó a despedir a los restos de la señora Irma con un aplauso que resultó ensordecedor. Cuando Santiago se graduó de preparatoria había una cantidad semejante de personas en ese lugar y el mismo sacerdote pidió un aplauso para los graduados. Pues aquel aplauso no tuvo comparación con este. El aplauso para la señora Irma estaba compuesto de palmadas cortas y espaciadas, pero de un vigor muy marcado. El dolor de la concurrencia se había transferido a sus manos, por lo tanto, a un gran dolor correspondía un gran aplauso. Clap. Clap. Clap. Las palmas chocaban entre sí como muestra del descontento hacia la situación: como si cada aplauso fuera un reconocimiento para la difunta y al mismo tiempo un reclamo airado para quien fuera responsable. Estoy convencida de que ese día se rompió la vida de muchos. Sobre todo la de Sebastián.

* * *

Viernes seis de marzo de dos mil veinte. La impresión y el dolor ocasionados por la muerte de la señora Irma todavía estaban presentes, pero también había que darle para adelante. Además, si en todo el mundo ya habían clausurado las actividades no esenciales para evitar el contagio por el famoso (o la famosa) COVID, en algún momento Guadiana tendría que hacer lo mismo. Y aunque no existiera la famosa pandemia, la verdad es que después de tantos problemas, un poco de distracción no nos venía mal. Primero, Renata y yo nos pusimos de acuerdo por separado. No tratábamos de excluir a Camila, ni mucho menos, pero ella era la que había sufrido más en todo esto y no sabíamos si iba a querer formar parte de algún plan. Yo salía de la escuela a la una de la tarde y Renata a las dos. Esa hora de diferencia nos pareció perfecta para que yo aventajara parte de los traslados y fuera de mi universidad a la suya. Terminaron las clases, tomé mis cosas, vi con tristeza el lugar vacío de Sebastián en el aula y salí para tomar el autobús rumbo al Tecnológico. En el camino, lo de siempre: el conductor simulaba traer abrochado el cinturón de seguridad cuando solo se lo había cruzado por encima como si trajera una carrillera. En las bocinas de la unidad retumbaba el tololoche de un grupo de Linares, China, Los Ramones o algún otro lugar de Nuevo León. Un señor se subió y pidió perdón unas catorce veces antes de plantearnos el falso dilema de que seguramente preferíamos que él fuera un limosnero y no un ratero. Un hombre le daba traguitos a su mochila. Otro no dejaba de verle las piernas a una niña que portaba el uniforme de una secundaria que está cerca del Tecnológico. Tres mujeres jóvenes y saludables ocupaban los asientos preferenciales del camión, mientras un viejito luchaba por sostenerse de la barra. Estaba presente toda la fauna del transporte público y dejé de formar parte de ella cuando estuve a las puertas de mi destino. Entré libremente al famoso Tecnológico de Guadiana, pionero de la educación superior en provincia, sin que nadie me solicitara identificarme. Luego me metí al baño de las mujeres y noté que la pared que lo divide del baño de los hombres no llegaba hasta el techo, sino que dejaba un espacio de unos treinta centímetros. Mientras estaba en lo mío, no pude evitar poner atención a una plática entre dos hombres que, por la voz, no podían ser estudiantes. Se mamaron, *inge*, se mamaron. Sí, qué grueso, la verdad. Mire: lo importante es que yo no salgo. O al menos eso me dijeron. Que conmigo no había bronca. Pues no, pero qué tal le fue a Valdez. Pues como tenía que irle, *inge*. La verdad Valdez sí es cargadito. Bueno, sí. A mí me da gusto que lo hayan hecho, pero sí me preocupa que alguna se pueda aprovechar de eso para chingárselo a uno, *inge*. Usted sabe que yo repruebo alumnos sin miedo y unos son vengativos. Acuérdese cuando me poncharon las cuatro llantas del carro después de la semana de recuperación. Sí me acuerdo. Qué *jijos* de la chingada. Si fueran buenos para estudiar como son buenos para la maldad, no tendría que verse uno en la necesidad de reprobarlos. Pero así es esto, *inge*. Sale, pues, ahí nos seguimos viendo. Órale, saludos a Armida. Seguro, de su parte, *inge*. Aquella conversación llegó a su fin, al igual que mi asunto en el baño, así que me lavé las manos, me enchiné las pestañas y me puse algo de brillo en los labios. No se me ve seguido por aquellos territorios, así que mínimo por ser la novedad, ya me iba a voltear a ver uno que otro. Más valía que me vieran bien. Después de todo, se supone que en el Tecnológico están los guapos.

Ya más guapa y con la autoestima una poco más elevada, seguí caminando hasta el edificio de arquitectura para encontrar a Renata, pero en el camino había un tumulto semejante al que se arma cuando alguien se va a pelear en las fiestas. La diferencia es que en medio de la bola no había personas: había cosas. Y gente hablando de esas cosas. Tardé un poco en entender de qué se trataba, porque nunca había visto algo similar. Una cartulina, colocada en primer plano, me introdujo al espíritu del evento: "8-M. TENDEDERO 2020". Después de leer la palabra tendedero me di cuenta de que efectivamente eso era aquello: un tendedero. Varios cables y alambres de distintos materiales colgaban de un extremo a otro, fijados en árboles, postes y lo que fuera posible. En una mesa plegable había varias cajitas, cada una con una torrecita de papeles impresos en colores claros y aplastada por una piedra como pisapapeles. También había pinzas como las que se utilizan para colgar la ropa y una cajita de plumas. Según investigué después, el tendedero es una forma de protesta o denuncia, creada por una artista mexicana allá por los años setenta. Desde entonces, la "obra" o "el *performance*" se ha reproducido muchísimas veces alrededor del mundo. Pues resulta que en esta versión las papeletas tenían impresas algunas preguntas o frases, como: ¿te sientes segura en esta escuela?, ¿te han acosado en el Tecnológico?, y la más contundente decía "señala a tu agresor". En el famoso tendedero había unas cuantas muestras del ejercicio, las cuales eran vistas con más morbo que sensibilidad. Como tengo buena visión, no fue necesario que me acercara mucho para leer algunas de las papeletas colgadas. Una decía que "su primera vez" (como mujer violentada) había sido a la edad de seis años, cuando un señor en la calle se desnudó frente a la denunciante y comenzó a insultarla de la nada. Otra papeleta narraba un episodio reciente en el que, a bordo del camión urbano completamente lleno, un hombre tomó la mano de la víctima para toquetearse.

Sin duda, el formato acerca del acoso en la escuela era el más frecuente en las papeletas, quizá porque el sentido de ese ejercicio en particular pretendía centrarse en lo que pasaba dentro del campus. Al cabo de unos siete minutos de lectura me di cuenta que el ejercicio se había viciado. Eran demasiadas las personas, sobre todo hombres, que estaban como espectadores y eran muy pocas las mujeres que se acercaban a escribir y colgar mensajes. Esto, al mismo tiempo, hacía que la denuncia no fuera anónima, pues si alguien colgaba una papeleta, cualquiera podía identificar a quién pertenecía. De repente, una chica que no parecía estar entre las organizadoras del evento, habló con voz firme. "A ver, oigan", gritó. Somos miles de mujeres aquí. No hay nadie en la escuela que no sepa que este tendedero está puesto y todas sabemos para qué es. No es posible que haya veinte pinches papelitos. Si les da miedo que la gente vea lo que pusieron, denme sus papeletas. Yo las voy a juntar, las voy a mezclar y las voy a colgar una por una. Nadie va a saber quién escribió qué. Pero no mamen que nos están dando la oportunidad de decir lo que está mal y solo nos paremos aquí, como buscando chismes. Cuando terminó de hablar aquella mujerona, decenas de alumnas y hasta dos o tres profesoras que estaban por ahí se abalanzaron sobre la mesita. ¿Me das una de esas?, ¿me pasas una de las segundas?, ¿esa qué dice? Algunas se apoyaron en la mesa para escribir sus papeletas. Otras se retiraron un poco para recargarse en otra parte. Al cabo de diez minutos el tendedero estaba lleno. Ahora sí parecía una obra de arte. Las papeletas eran tantas que cada quien podía ir leyendo como mejor le pareciera, como si se encontrara en un museo observando las pinturas. El campeón indiscutible del tendedero fue el tal ingeniero Valdez, e incluso en algunas papeletas escribían su apodo entre paréntesis, a saber, "*Voladez*". Más interesante que leer los papelitos era escuchar las reacciones. Unas chicas se dijeron en voz baja algo así como "ay güey, el *inge* Valdez sí es volado, pero es un viejito. Ni le ha de servir ya, no manches. Nadie lo pela al pobre".

Continué leyendo y escuchando por unos minutos hasta que, de simple reojo, mi cerebro captó una palabra familiar. Una de las papeletas que invitaba a la víctima a señalar a su agresor, decía: "ingeniero Mendoza, cerdo". Y se acompañaba de un dibujo de un cerdito bastante bien hecho. Traté de mantener la calma y no quité la mirada del tendedero por unos dos minutos, pero francamente no leí nada. Solo estaba disimulando mi malestar. Cuando lo creí prudente, me retiré un poco, tomé una de las papeletas limpias de la mesa y escribí cualquier tontería, solo para que la hojita no estuviera vacía. Después agarré una de las pinzas y me paré frente a la papeleta que acababa de ver. En un movimiento rápido de manos reemplacé la papeleta original por la que yo había escrito, la hice bolita en mi mano y mantuve el puño cerrado hasta que me alejé del bullicio. Unos cuarenta pasos y cien revoltijos de estómago después, me senté en una de las bancas que dan la espalda al corredor que lleva a la salida. Cuando tomé valor para hacerlo de nuevo, desdoblé la papeleta. Al verla, el mensaje no había desaparecido, aunque yo tuviera la esperanza de que lo hiciera. En ese momento y hasta el día de hoy, me moví entre el amor por mi papá y la empatía por mis congéneres. Seguramente hay otro ingeniero Mendoza, pensé. Si son como mil maestros aquí, ha de haber otro Mendoza que sí sea un cerdo. Pinche morra. ¿Por qué no le puso el nombre al mentado ingeniero Mendoza para no traer el pendiente de gratis? Nada le costaba poner: Ricardo Mendoza, cerdo. Renato Mendoza, cerdo. Juan Mendoza, cerdo. Jesús Mendoza, cerdo. ¿Y si me regreso a seguir buscando otras papeletas a ver si otra que diga algo de un Mendoza sí trae el primer nombre y así ya confirmo que no es mi papá? Mejor no. No gano nada. ¿Y luego cerdo de qué o qué? ¿Le habrá pedido mi papá unas fotos atrevidas a la chava para que pasara cálculo uno o física dos? Si ni a los hombres les pide las guayabas, las manzanas y los membrillos que le traen de sus ranchos, ¿qué le va a andar pidiendo a una alumna unas fotos *cachondas*? Ni al caso. ¿Y luego el dibujo del cerdito a qué le tira o qué? Le quita seriedad a algo solemne. Pinche vieja. Está viendo que a algunas mujeres les han pasado cosas horribles y esta estúpida se pone a hacer dibujitos idiotas. Pero también la violentada pude haber sido yo y a lo mejor a mí también se me hubiera ocurrido hacer un dibujito. Además, los cerditos me salen lindos. ¿Qué tal si mi papá nomás la ve con morbo, pero no le dice nada, aunque ella sí se dé cuenta? La otra vez en el banco caché a mi padre viéndole las nalgas a la muchacha que estaba enfrente de nosotros. Así, cieguito, cieguito, no es mi papá. Pero con los asuntos del trabajo es muy cuidadoso. Nunca le dejaría dos segundos la mirada a una alumna para que pudiera darse cuenta de que se la está saboreando. ¿Y qué tal si no es una alumna? A lo mejor es otra profesora. Pero una profesora universitaria seguramente no escribe bolitas en vez de puntitos en las íes. Mucho menos se pone a dibujar un cerdito. Ahora que recuerdo, Santiago se peleó hace no mucho tiempo con el Homero y aquel tiene una hermana que también estudia aquí. A lo mejor el cabrón se está vengando de Santiago diciendo cosas de mi papá y utilizó a la hermana para que escribiera esta papeleta. ¿Pero para qué harían tanto problema? Además, no se hubieran esperado hasta ahorita para hacer algo. ¿Y luego mi papá qué tendría que ver? O habrá sido Renata para hacerme enojar. Sí, se parece a la letra de Renata. Pinche Renata pesada. Con eso no se juega. Cuando estaba explorando la posibilidad de que hubiera sido mi amiga la responsable del chistecito, ésta me sorprendió por la espalda con la efusividad que la caracteriza. Párate, güey, abrázame bien. No manches, Mariana, te extrañé un buen. Qué bueno que ya pasó todo. ¿Qué traes en la mano?, me dijo. Nada, güey, una notita de recordatorio. Ay sí, ajá. Como en el dos mil cuatro, ¿o qué? Ya, enséñame. No le enseñé la papeleta a Renata, pero ella me la arrebató con la ayuda de su fuerza y su rudeza. No mames, ¿qué es esto, Mariana? ¿De dónde lo sacaste? ¿Pues de dónde crees, tonta? De los tendederos. Yo no he ido, amiga, acompáñame. Sirve de que me quejo de Valdez. Hoy el muy imbécil dijo que la arquitectura es para las mujeres y la ingeniería es para los hombres, porque ellos no hacen dibujitos y nosotras no nos ensuciamos en la obra. Pinche animal. Está bien que tiene como cien años y a lo mejor se quedó en los cuarentas, pero de todos modos que se joda. Vamos. Pues fuimos.

Mientras Renata redactaba su letanía contra Valdez, yo le di otra pasada al tendedero. Nada. Había otras veinte papeletas en contra de Valdez, pero ninguna decía el apellido Mendoza ni el nombre de Jesús. A lo mejor nada más una niña burra se quería vengar de mi padre por estricto. Tal vez solo ha tenido un desliz de viejo rabo verde con una única alumna. En una de esas ha sido con otras, pero no lo han querido señalar por medio a que las repruebe. Probablemente apenas está empezando su carrera de cerdo y estoy a tiempo de detenerlo, por el bien de su trabajo y por la seguridad de las otras chavas. A lo mejor si le enseño el papelito puedo interpretar su reacción y de ahí puedo deducir si es culpable o inocente. Lo conozco más que a nadie en el mundo. Sé cuándo me está mintiendo, sé decir cuando se pone nervioso y sé detectar cuando sabe que se equivocó. Le voy a enseñar el papelito hoy mismo y ya me quito de problemas. Va. Así le hacemos, Mariana, le dije a mi alter ego detective.

Renata volvió del tendedero después de haberse quitado un peso de encima y se declaró lista para los vinitos y el chisme. Nos subimos a su camioneta, me cedió el control de la música y puse las canciones que nos ponen de buenas. Ni aquellas que nunca fallan lograron sacarme de la mente al chingado cerdito de la papeleta. Desde el audio de su camioneta, Renata le llamó a Camila para que yo también escuchara la plática. ¿Bueno? Hola, Cami, ¿cómo estás? Ay, güey, pues ahí la llevo. La neta no salgo de una cuando me meto en otra. Ya estoy hasta la madre. Sí me imagino. Oye, aquí está Mariana conmigo. Vamos a estar en mi casa cotorreando. ¿Quieres que pasemos por ti? Sí, sí quiero. Nada más dejen veo un rato a Sebastián, porque creo que sus amigos también le hablaron para salir a distraerse. Cuando ya se quiera desafanar, le digo que me lleve a tu casa. Ya está. Sale. *Bye. Bye.* Te amo. Te amo. Renata colgó la llamada y pasamos el resto del camino y parte de la tarde compadeciendo a Camila. Que la pobre nunca hace nada y le ha tocado de todo en menos de una semana. Que el karma no existe ni de broma. Que cuántos hacen el mal y no les pasa nada. Que si Camila es la que más reza y a la que Dios menos escucha. Que es culpa de la educación que le dieron a Pedro. Que lo volaron tanto que el baboso se creyó intocable y tómala, que siempre no lo era. Que nomás eso faltaba: que Camila se quemara por lo que hizo su hermanito. La plática no se desvió mucho de ese tema y el nombre de Camila se dijo unas mil veces. Se dijo tanto su nombre, que parece que fue invocada alrededor de las nueve de la noche. La pantalla de mi celular se encendió con un mensaje suyo que decía "pueden salir". Sin decir nada, me levanté del sillón y, sin abrir el mensaje, se lo mostré a Renata desde mi pantalla principal. Aquella abrió los ojos tan grandes como su anatomía se lo permitió, respiró profundo y se apuró a la puerta principal.

* * *

Cuando Renata y yo abrimos la puerta, Camila estaba de espaldas al pie de la escalinata que conduce a la majestuosa entrada de la residencia Magaña. ¿Amiga? ¿Amiga? Camila no respondía a los llamados, así que Renata y yo nos acercamos. Cada escalón que bajábamos, el sonido del llanto era más claro. Para cuando el llanto se convirtió en sollozo, descendimos los escalones de dos en dos a toda prisa. Camila se tapaba la cara con las manos y se negaba a ser vista. Su suéter estaba roto de la manga derecha, su pantalón estaba manchado de lodo y no tenía el zapato izquierdo. Parecía que la habían atropellado justo antes de llegar. Entra, Camila. Entra por favor, le suplicó Renata. Notamos de inmediato que le costaba trabajo subir los escalones de la casa de Renata, que no son pocos y tampoco son bajitos. Cada una se colocó en uno de sus costados para servir de apoyo. Camila seguía sin decir nada y llevaba la cabeza completamente inclinada hacia el suelo, por lo que pudimos deducir muy poco en ese momento. Al llegar a la cúspide, ella misma abrió la puerta y entró primero. Renata y yo la seguimos, cerramos la puerta y no buscamos ninguna respuesta verbal ni ocular. Allí estuvo Camila, de pie, temblorosa y de espaldas a nosotras hasta que sintió confianza para girar. Cuando lo hizo, ambas tratamos de disimular nuestras reacciones para no hacerla sentir peor.

Camila tenía la cara desfigurada. Las cejas, tan pobladas y parejitas, estaban abiertas como las de un boxeador. El ojo izquierdo estaba por cerrarse. Si el réferi le hubiera hecho la prueba de "¿cuántos dedos ves?", mi amiga la hubiera reprobado por completo. La boca, con restos intermitentes de labial, también estaba floreada, como dice mi abuelito. Los pómulos estaban enrojecidos, pero no de maquillaje. Mientras inspeccionábamos la cara con asombro, ella misma se levantó el suéter y la blusa como diciendo "eso no es todo". Mi amiga tenía algunas marcas cerca del pecho, que gracias a la ropa no alcanzaron a ser arañazos con sangre, pero sí lograron quedarse como estampa en su piel blanca. A media altura en la espalda, del lado izquierdo, tenía un moretón que empezaba a formarse y en cosa de horas se pondría mucho peor. Renata y yo le dábamos vueltas a su cuerpo como si estuviéramos ante una escultura. Para terminar, todavía sin decir nada, Camila comenzó a desabrocharse el pantalón y se lo bajó lentamente, lo cual le costó bastante trabajo. Incluso tuvo que interrumpir el movimiento a medio camino para colocarse el antebrazo a la altura de las costillas, como si tratara de evitar que se salieran de su lugar. Después de dar unos tres o cuatro resoplidos de dolor, terminó de bajarse el pantalón, lleno de lodo en algunas partes e incrustado con pedacitos de pasto seco en otras. Las piernas tenían marcas como las de la espalda. Como la víctima se había quedado solo en calzones, pensé dos cosas: o el final sería lo más desagradable y aquello se trataba de una agresión sexual o aquel era el único lugar intacto. Afortunadamente fue la segunda. No había sido una violación y eso ya era ganancia en cierto modo, pero lo malo es que no la habían atropellado ni la había atacado un desconocido.

Al inicio, Camila no nos dijo nada. Ella hizo una mueca y un ademán como diciendo "pues sí, aquí me tienen". Renata fue a la cocina por una botella de agua y regresó con unas toallitas de bebé para asear las heridas. Nos sentamos en la sala y Camila no se quebraba, al contrario, mantuvo un silencio impasible, como si no le hubiera ocurrido una tragedia y más bien hubiera cumplido su destino. Cami no retiró la cara ni hizo gestos cuando Renata y yo limpiamos sus heridas, a pesar de que indudablemente le ardían. Ya cuando habíamos hecho lo posible con sus cejas y nos encontrábamos sobre sus labios, Camila rompió el silencio. "Me pegó. Me pegó". El culpable era obvio, pero de todos modos había que confirmar. ¿Sebastián? ¿Sebastián te pegó? Sí. Sebastián me pegó. ¿Él solo? Sí. Él solo. Aquí afuera de tu casa. ¿Aquí, aquí? Sí, aquí en el parquecito de enfrente. ¿Y nadie los vio? No. No nos vio nadie. ¿Gritaste? Sí. ¿Corriste? Sí. ¿Escapó? Sí. ¿Acaba de pasar? Sí. No mames. ¿Le hablamos a la policía? No. ¿Te llevamos a tu casa? No. Lo que tú decidas.

En ese momento Renata hubiera querido subir por su papá para que hiciera algo y yo hubiera deseado ir a la comisaría, pero ninguna de las dos éramos las víctimas y había que respetar la decisión de quien sí lo era. Camila se mantenía tranquila, lo cual era todavía más preocupante. Sus ojos no tenían brillo, su cara no reflejaba emociones, su voz no modulaba sentimientos. Era un ente abstraído. Como si fuera una grabadora, la víctima comenzó a narrar los hechos. La tarde había sido tan triste y gris como lo esperaría cualquier al reunirse con el hijo de una madre recientemente asesinada. Los novios comieron sin hambre, dieron vueltas sin rumbo fijo, hablaron sin querer decir nada. Llegó la hora que ambos habían acordado para separarse, tomaron la ruta hacia la casa de Renata, subieron las calles empinadas, propias de una colonia que atinadamente se llama Las Lomas, y llegaron hasta el parquecito que estaba enfrente de su destino. Contrario a lo que había creído Camila, quien tenía la intención de agradecer el aventón, dar un beso de despedida, bajarse del carro y dirigirse a la casa de Renata, la cita no había terminado. Sebastián apagó el motor, activó los seguros de las puertas y subió los vidrios como si fuera a bajarse, pero se quedó a bordo. Estoy muy triste, Camila, dijo Sebastián. No sé si me pueda recuperar de esto. Ayer no pude dormir pensando en lo que pudieron haberle hecho a mi mamá. No quise leer el informe del forense, porque si me hubiera enterado que la torturaron o la violaron, no sé qué haría. Y todo me pasó por buena onda. Porque los quise ayudar a ustedes. En ese momento, Camila dijo que se quitó el cinturón de seguridad y giró un poco el cuerpo dentro del asiento, para que el lenguaje corporal apoyara lo que iba a decir y así pudiera dejarlo bien claro. Antes de que Camila pudiera pronunciar el característico "a ver", que se usa para poner a alguien en su lugar, Sebastián la interrumpió colocándole la mano sobre la boca. Aquello no era un diálogo. Era un discurso, una reivindicación, una obra de teatro. Y la única espectadora era la culpable de la tragedia. Yo los contacté con el famoso Roncal. Adivina quién es Roncal. Es un primo del famoso Gallo y del tan querido Cacho. Así de pendejos están los Reyna. Tenían al enemigo en casa todos los perros días y ni cuenta se dieron. Si no fuera por mí, ni hubieran negociado con ustedes, porque al pendejo ratero de Pedro lo iban a matar. Y yo me voy a encargar de que ahora sí lo maten. Y tú ahí de pendejita con tu pinche actitud de mosca muerta, nomás sufriendo por todos. No vales para pura madre. Camila pidió que la dejara salir del carro, pero aquel todavía no terminaba. ¿Y el pendejo de tu papá cómo le va a hacer para pagarme? Pinche ruco jodido. En su perra vida va a ganar lo que me debe. Y está bien. A mí me basta con saber que soy dueño de todos ustedes, pinches perros. Si te quiero coger ahorita, te cojo. Allí fue cuando Sebastián intentó tocarle el pecho y Camila se resistió, forcejearon y le dejó una de las marcas que vimos. Carajo, no te voy a hacer nada, ni te preocupes. Pinche vieja plana, ni qué te agarro. Pero bueno, te voy a dejar que digas sí o no. Nada de muletillas, ni sonidos, ni pendejadas. Vas a decir sí o no. ¿Mi mamá está muerta por tu culpa? Contéstame. Camila trató de forzar la manija de la puerta para salir y Sebastián le dio un puñetazo en la espalda del lado izquierdo. Ella se dobló del dolor y dejó de insistir en el escape. Voy a tomar eso como un sí. Imagínate que le hayan pegado a mi mamá. ¿Te gustaría que te pegara? Imagínate que le hubieran dado algo así. En ese momento, le dio otro puñetazo a la altura de las cejas y a los pocos segundos pasó una pareja que paseaba a su bulldog francés, por lo que Sebastián tuvo que mostrar completa tranquilidad. Entre dientes, ese animal le ordenó a Camila que no intentara ninguna estupidez. La pareja se extrañó del comportamiento de ambos, pero siguió de largo y aquello pudo continuar.

Sebastián dijo más reclamos e insultos, mismos que Camila ignoró mientras se concentraba en hallar la manera de salir del carro. En cuanto pudo, Camila se estiró hacia la puerta del conductor y les dio dos o tres manotazos a los controles de los seguros para tratar de desbloquearlos. La reacción de Sebastián no fue volver a activar los botones, sino retener al cuerpo de Camila con el brazo izquierdo y golpearla con el derecho cuantas veces le fuera posible. El puño cerrado del agresor caía una y otra vez sobre la víctima: en la cara, el abdomen, las costillas, el pecho, las piernas y el cuello. De repente lento, de repente rápido. En cuanto Camila logró zafarse del atascadero que se había creado entre el regazo de Sebastián y el volante del carro, ella abrió la puerta y escapó. Corrió hacia la casa de Renata, pero no pudo cruzar todo el parque sin que Sebastián la alcanzara. Al llegar a ella, la abrazó por detrás tratando de inmovilizarla, pero Camila empezó a gritar. Antes de que la alerta funcionara, Sebastián la tiró al suelo y la pateó dos o tres veces mientras ella seguía pidiendo ayuda. Mientras estaba en el suelo, Camila vio las luces de un carro a lo lejos y se levantó como pudo para pedirle ayuda. Al ver a los testigos potenciales, Sebastián se apresuró a su auto y arrancó de prisa.

La sangre nos hervía. A Renata le escurrían lágrimas que ella misma se secaba tan pronto salían de sus ojos con la ayuda de un pañuelo desechable que apretaba con coraje. Si Camila no estaba llorando, parecía que nosotras no teníamos permiso de hacerlo. Ambas insistimos en el llamado a la policía y la víctima se negó de nuevo. Quizá necesitaba algo de tiempo para reflexionar todo. Como abogada en proceso, empecé a redactar la denuncia en mi mente, como si yo misma fuera a hacerla. El día tal, a tales horas, en tal calle, el C. Sebastián Domínguez Escobar, agredió físicamente a la C. Camila Reyna Flores, ocasionando heridas visibles y lesiones severas en tal y tal y tal parte del cuerpo. *Tantán.* Pues la C. Camila no tuvo hambre y tampoco quiso hablar más del tema. Solo quería irse a dormir, pero no podía hacerlo en su casa. Renata ofreció una de las cuatro habitaciones que aquella mansión tiene vacías, pero Camila no quiso molestarla. Renata insistió, pero las tres sabíamos que en realidad quería irse conmigo, pues hay más confianza con mi familia que con los Magaña. Le facilité el trabajo a Camila y le ofrecí quedarse conmigo, argumentando que al día siguiente su casa estaría a unos cuantos pasos para volver cuando se sintiera cómoda. Renata la animó a irse conmigo, tomó las llaves de su camioneta, nos arreó hacia la puerta y salimos. La camioneta se encontraba estacionada en el parquecito, que guardaba recuerdos muy frescos y desagradables para Camila. Renata ajustó su asiento, acomodó el espejo retrovisor y prendió la camioneta. Para cuando la conductora iba en el segundo paso, Camila ya le estaba suplicando que arrancara y dejara atrás aquel lugar. Seguramente nunca volveremos a casa de Renata, pensé.

El camino fue lo que merecía ser. La radio estaba apagada, los vidrios estaban arriba y el silencio dominaba tanto el ambiente, que pude escuchar los cambios bruscos y a destiempo en la caja de velocidades de la camioneta. Renata nos dejó en mi casa, esperó a que yo sacara las llaves de mi bolsa y abriera la puerta. Me despedí con la mano y Camila entró a la casa como un robot. Inspeccionó si nadie se encontraba cerca y se dirigió a mi cuarto dando unos pasitos silenciosos pero rápidos. A medio camino, mi papá. Hola, niñas. Ah, cabrón, ¿qué te pasó en el ojo?, ¿y en el otro?, ¿y en la boca? Camila no respondió y se metió a mi cuarto sin cerrar la puerta. Mi papá se quedó parado en el pasillo esperando a que las respuestas las diera yo. Aprovechando el momento, hurgué en mi bolsa para sacar el papelito y ejecutar mi plan de averiguar si el cerdo del tendedero había sido él. Luego entró en mí la prudencia y afortunadamente le di prioridad al asunto de Camila. Sebastián, le dije. Tuvo un arranque y la golpeó. Trae eso que le viste en la cara, pero también tiene marcas y moretones por todo el cuerpo. La golpeó duro. Hijo de su pinche madre, que en paz descanse, dijo. Joaquín no ha de saber, me supongo. No, no sabe y ella no quiere que le digas. Es tu compadre, pero tienes que respetarla. Es mayor de edad y vamos a hacer lo que ella diga. No, sí, yo nomás quería saber. Pero trata de convencerla de que hable y vaya a que la vean sus papás. No la puedo encubrir mucho tiempo. Yo también soy papá y no puedo participar de algo así. Entiéndeme, también. Sí te entiendo. Nada más dale tiempo. Ni modo que se desaparezca de su casa más de dos días si vive a diez metros de aquí. Si mañana en la tarde Camila dice que todavía sigue con nosotros, mi tía Leti va a venir a verla si ella no va. De mañana no pasa lo de esconderla, papá. Bueno. ¿Y qué va a hacer? ¿Ya hablaron de la denuncia? Oriéntala, tú que sabes de leyes. Sí la he animado, pero no quiere. A ver si mañana. Por lo pronto ya déjala dormir. Está bien. *Bye. Bye.* Te quiero, hija. No respondí a su "te quiero", porque todavía quedaba por resolver aquel misterio de la papeleta. Ni que me tuviera tan contenta, diría mi mamá.

Las puertas de las habitaciones se mantuvieron abiertas para que pudiéramos supervisar mejor el estado de salud de Camila, pues era todavía incierto. Yo me acosté, pero no pude dormir. Del otro lado se escuchaba el noticiero. *La Secretaria de Gobernación afirma que las protestas que se llevarán a cabo este domingo ocho de marzo se deben a la violencia que se vive en el país y descarta que sean manifestaciones en contra del gobierno federal… Los mercados amanecieron agripados otra vez… El crudo cae de nuevo… El presidente de Estados Unidos confía en el repunte de Wall Street… El peso rompe la barrera de las veinte unidades por dólar…Las pequeñas y medianas empresas son las más afectadas por la pandemia… Se espera que China crezca solamente un tímido 4 % en el 2020… La confianza del consumidor cayó por tercer mes consecutivo… Empresas mexicanas intercambian maíz por petróleo a Venezuela… Texas suspenderá su festival de música más popular, mientras que el gobierno capitalino mantiene en pie el festival Vive México… En España, el*

Terminó el avance informativo, volteé a ver a Camila y las heridas en su cara me ayudaron a dimensionar el asunto. Hoy está viva, pero bien pudo haber muerto. Y no la atacó un drogadicto en la calle. No se le apareció un viejo enfermo en un callejón. No la golpeó un feminicida psicópata. La golpeó brutalmente su novio y lo hizo en la vía pública, en una de las calles más transitadas de una de las colonias más ricas de la ciudad. Hasta esa noche yo creía que las mujeres golpeadas vivían en ranchos donde nadie las escuchaba gritar y nadie las defendía. Suponía que los maridos, unos viejos bigotudos, terminaban de trabajar en el campo, se empinaban la botella y le pegaban a la esposa si a esta se le quemaban las tortillas. El único caso que tenía en la memoria sobre el asunto era el de una de nuestras muchachas, es decir, una trabajadora doméstica, a la que un tío suyo le había tratado de tocar las piernas y aquella no se había dejado. La muchacha le había dicho a su papá y aquel le había pegado por mentirosa. Para mí, esas cosas pasaban allá lejos, en la ranchería. ¿Acá? Acá no. Acá en la ciudad y en la clase alta no se veían esas cosas. Acá los novios y los esposos respetan a las parejas. Son civilizados. Ajá.

Volteaba a ver a Camila y los hechos eran cada vez más inverosímiles. ¿Y sí la habrá golpeado Sebastián? Aquel pensamiento me pasó por la cabeza. Al parecer, mis creencias están tan condicionadas por mi educación, que ni siquiera la desfiguración del rostro que me resulta más familiar, me permitía admitir la realidad. Estaba defendiendo y justificando al agresor. Después de sentirme culpable y avergonzarme de mí misma por haberme atrevido a dudar de Camila, me convencí de que no era mi culpa pensar de esa manera, pero sí era mi responsabilidad cambiarla. Aquella introspección fue interrumpida abruptamente cuando Camila empezó a roncar y a toser con violencia, pero sin despertarse. La nariz, pensé. Las costillas también. No vaya a traer perforado un pulmón. O los dos. No está respirando bien. ¡Papá! ¡Papá! ¡Papá! ¡Ayuda! ¡Ayuda! Mi padre apareció en la puerta de mi cuarto, completamente vestido y listo para salir. Él despertó a Camila con cuidado. Mi niña. Mi niña. Cami. Cami. Despiértate, hija. Necesitas un médico. No estás respirando bien. No podemos arriesgarnos. Hay que llevarte al hospital a la voz de ya. Camila seguía aturdida por la levantada repentina y tardó unos segundos en procesar lo que mi papá le decía. Luego asintió a todo lo que escuchaba y trató de mantener la calma para no forzar la respiración, que ya era de por sí deficiente. Mi mamá llamó a una ambulancia y esta llegó en menos de diez minutos. Era un traslado particular. Bajaron de la unidad dos hombres no mayores a treinta años, preguntaron cuál era la situación y se dieron cuenta que había margen para un pequeño discurso. Buenas noches, hermosa. ¿Cómo te llamas? Camila. Mucho gusto, Camila. Yo soy el paramédico Héctor Meléndez y este es mi compañero Arturo Salas. Este es lo que viene siendo un servicio privado, ¿sale? Eso quiere decir que obviamente tiene un costo, verdad, porque nosotros vamos a gastar en el oxígeno que te vamos a poner, en la gasolina con la que te vamos a llevar y en las vendas que te vamos a aplicar. Si están de acuerdo, nos vamos de una vez. Mi papá ni preguntó cuánto costaba. Se limitó a decirle a los paramédicos que Camila estaba inscrita en el seguro social por el trabajo de su papá. Los paramédicos insistieron en que la asistencia es mucho mejor en un hospital privado, cosa que los ciento treinta millones de habitantes de este país sabemos con certeza, pero mi papá se negó. Mi compadre no aguanta otro gasto, ni chiquito ni grandote, dijo. Arturo y Héctor pusieron manos a la obra, sacaron vendas, cables, camilla, collarín y todo lo que pudieran cobrarnos. Yo de malpensada, claro, porque con la salud no se juega.

Fuimos a uno de los hospitales del seguro social y nos atendió de inmediato una doctora, a quien mi papá y los camilleros insistieron en llamar por señorita o muchacha. Señorita, ¿y qué tan grave es? La doctora, sin un ápice de maquillaje para disimular sus ojeras, respondió con mucha claridad. Tiene fractura de no sé qué, o sea del huesito que va no sé dónde. Oiga, muchacha, ¿y lo de la respirada cómo lo ve? Mal, pero estable. La tiene que ver un especialista, porque probablemente necesite reconstrucción de algunas partes de su cara. ¿Pero necesita oxígeno o algo? No, es que oxígeno no es lo que le falta, sino la estructura necesaria para que lo pueda procesar. Cuando me entreguen las radiografías que le mandé a hacer voy a detectar si tiene algunas costillas rotas. Hay que estar muy atentos a las perforaciones que pudiera tener. ¿Usted es el papá? No, *mija*. Soy su tío. Bueno, no soy su tío, tío. Soy su vecino. Su papá es mi compadre. Mire, señor: cuando llega un caso de este tipo, es nuestro deber dar aviso al ministerio público, porque la paciente sufrió lesiones ocasionadas por otra persona. No estoy sugiriendo de ninguna manera que haya sido usted o alguno de sus familiares. Simplemente debo comunicarle cuál es el procedimiento. La paciente ya está enterada y se opuso a dar parte al ministerio público, pero se le hizo saber que la decisión no está en sus manos. Las luces del pasillo parpadeaban como en una película de terror. El aire olía a una mezcla de sábanas sucias y alcohol de curación. La doctora preguntó si teníamos más dudas, y sin esperar a ver si las había, se retiró con la prisa que debe tener la persona encargada de las urgencias de un hospital público en la madrugada. Mi papá y yo nos quedamos de pie y algo desorientados. ¿Se supone que debemos irnos? ¿Nos quedaremos? ¿Nos dan chance a los dos? ¿Debemos de tener un pase especial para que el guardia de seguridad nos deje subir por el elevador? Había muchas preguntas, pero no había nadie que las respondiera. Para intentar descansar un poco me recargué en una de las paredes y me di cuenta que mi brazo estaba arrugando uno de los miles de carteles que ponen en las ventanas de los hospitales. Información importante, decía. Si tienes uno de los siguientes síntomas, debes mantenerte alejado de este centro de salud por tu bien y el de los demás: tos, dolor de garganta, fiebre, dolor muscular, cansancio y estornudos. Atiende las indicaciones de las autoridades de salud y evita difundir información falsa. Mientras leía, mi papá se acercó, me abrazó desde un costado, me acercó hacia su cuerpo y me besó en la frente. Tranquila, hijita. Nunca dejaré que nada te pase. Traía la papeleta en mi bolsa. Empecé a juguetear con ella con la mano que me quedaba libre, pero no me atreví a sacarla. Mi papá no era un cerdo.

Al día siguiente, sábado siete de marzo de 2020, la doctora ya se había cambiado el traje quirúrgico azul de la noche anterior y ahora lucía uno con estampado de algunos personajes de caricaturas. Supuse que de día era pediatra. Su energía no era la misma, naturalmente. La voz le arrastraba un poco más. Las ojeras se empezaban a dibujar en su cara. La cabeza pesaba más que ayer y trataba de sostenérsela con el dedo índice, al tiempo que aprovechaba para darse pequeños masajes en forma de círculos. Tendría migraña, para acabarla de joder. Empecé a hacer cálculos. A ver: si son las siete de la mañana y vienen entrando sus compañeros, pero ella sigue aquí desde ayer, podemos decir que ya tiene al menos veinticuatro horas sin dormir. Y no solo sin dormir, porque yo también me he quedado despierta veinticuatro horas muchas veces, pero de fiesta. Ella se la había pasado atendiendo jovencitas golpeadas con problemas para respirar, rancheros balaceados, borrachos accidentados y sabrá Dios qué más. Mientras pensaba en eso, la doctora venía caminando hacia nosotros, pero una enfermera la interceptó, la tomó del brazo y le dijo: "la toco, doctora, la toco". Tocología. Le iban a nacer unos bebés y tenía que recibirlos. Una mujer que no ha comido, dormido, ni dejado de trabajar en treinta y tantas horas, estaba por asistir a otras mujeres en sus partos. ¿Qué demonios es eso?, ¿por qué nadie ha reformado los horarios y roles de los médicos en este país?, ¿será que los que ahorita pueden decidir, quieren que los nuevos se jodan como se jodieron ellos y cuando éstos lleguen a ese punto van a pensar lo mismo? No sé de qué se trate, pero me parece francamente inhumano para todas las partes. Para quien se jode todas esas horas y para quien es atendido en esas condiciones.

En fin. Camila estaba bien. Cuando la doctora terminó de recibir y dar de alta a no sé si uno o más bebés, volvió con nosotros. Hola, dijo francamente agotada. Ahorita no tengo espacio para recibirlos en privado. Todo está lleno. Me disculpo si los tengo que atender así de rápido y sobre el pasillo. No, *mija*, mis respetos. No se disculpe, por favor. Gracias por entender. La paciente está fuera de peligro. Supuse que la insistencia en no llamar a la paciente por su nombre podría tener varias explicaciones: o tiene tantos pacientes que resulta estéril gastar energías en memorizar sus nombres o evita aprendérselos para que la práctica no se personalice y así impide establecer vínculos empáticos con quienes pueden morir pronto. El siguiente turno ya tiene indicaciones para darla de alta y ya no debe de tardar en hacerlo, dijo mientras veía su reloj. Sobre la denuncia, ya hemos dado parte al ministerio público y ellos deben hacerse cargo de las indagaciones de ahora en adelante. Ustedes pueden interponer una denuncia ante la fiscalía si así lo desean. No puedo darles más información sobre ese proceso, porque no es de mi competencia. Entiendo que debe ir la paciente a denunciar personalmente. Todo es allá en las oficinas que están por el panteón. Suerte. Le agradezco mucho, doctora. Por nada. Hasta luego.

A los cinco minutos, Camila bajó del elevador y se veía mucho mejor que el día anterior, pero tampoco estaba como nueva. Traía algunos puntos de sutura en las cejas y la boca le brillaba un poco a contraluz por la pomada que le habían puesto para desinflamarla. Al vernos en el pasillo caminó hacia nosotros poniendo primero la pierna izquierda y luego arrastrando la derecha para emparejarla. Izquierda rápida, derecha lenta. Izquierda rápida, derecha lenta. Supuse que le pasaba igual que a mí cuando me golpeo jugando basquetbol, o sea, que el dolor se intensifica cuando los músculos "se enfrían" al día siguiente. Camila se detuvo justo enfrente de mí y abrió tímidamente los brazos esperando que mi cuerpo llenara el espacio que había dibujado para él. La abracé con delicadeza para no lastimarla, pero ella no escatimó en la fuerza con la que me envolvió. No nos dijimos nada. Lo físico enmudeció a lo verbal del encuentro. Mi papá esperó pacientemente su turno y también la abrazó. *Mijita*, qué bueno que estás bien, *mijita*. Estábamos muy preocupados por ti, mi reina. ¿No se fueron? No, aquí estuvimos. ¿Y no tienen hambre? porque yo sí. ¿Qué quieres desayunar, bueno, casi comer? Gorditas. Se me antojan las gorditas. Pues claro. Un sábado pasadito el mediodía, ¿qué más se le puede antojar a una buena guadianense?

Antes de irnos a comer, Camila se acercó a una ventanilla para terminar algunos trámites que podrían ser más simples. Un papelito aquí, fírmele acá, va a subir la escalera de allá y va a contar una, dos, tres, cuatro puertitas y a la quinta se mete a que le sellen; cuando tenga el sello se va a ir a asuntos internos que está acá a su izquierda y le van a dar el pase de salida que le entrega al guardia del ingreso. Después de la mini aventura del mentado pase de salida, cruzamos la calle y nos sentamos en uno de los puestos de lámina que están en el parque frente al hospital. La mesa y las sillas eran parte del cemento irregular que forma el piso. Un ejército de mujeres de todas las edades se gritaban números que significaban el número de bolitas de masa que debían aplanar, calentar y rellenar. El ambiente olía a los eucaliptos que habitan el parque y que supuestamente consumen más agua de la que deberían, en un lugar que siempre anda batallando por sequías. Los tres estómagos rugían de manera armónica. Entre las mordidas desesperadas que le dábamos a nuestras respectivas gorditas, Camila nos hizo saber que estaba dispuesta a levantar una denuncia ante la fiscalía. Con su muñeca, porque la mano estaba llena de la grasa que desprende el chicharrón prensado, mi papá le trazó pequeños circulitos sobre la espalda para hacerle saber que apoyaba su decisión. Yo me limpié las manos para retirar el sabroso aceite que deja en los dedos el picadillo rojo, tomé mi celular y revisé los horarios de la fiscalía, pues a fin de cuentas era sábado. Para lo que nos interesaba, o sea, levantar denuncias, la fiscalía estaba abierta hasta las tres de la tarde. Le sugerimos a Camila que se bañara en nuestra casa antes de irnos a la fiscalía, pero se opuso y pidió que fuéramos así como estábamos. Que mientras más pronto se hiciera la denuncia, mejor. Perfecto.

* * *

Cuando llegamos a la fiscalía nos sorprendió el poco movimiento que se apreciaba desde afuera. Unos diez o quince carros repartidos por todo el estacionamiento y ni una sola persona a la vista. Solo faltaba la aparición de una de esas bolas que cruzan por el desierto en las caricaturas y que, dicho sea de paso, tienen nombre: estepicursor. Está cerrado, dijo Camila. Si bien realmente parecía estarlo, yo interpreté su resignación como un intento por convencerse a sí misma de que había tratado de denunciar, pero los horarios de la burocracia no se lo habían permitido. Yo no iba a dejar que mi amiga se atormentara toda la vida con una mentira autocompasiva como esa.

Pues voy a ver. Igual y está abierto. Nada perdemos. Como efectivamente el edificio estaba abierto, a Camila no le quedó de otra: abrió la puerta, bajó el seguro del carro y acompañó con su mano a la lámina de la puerta hasta colocarla en su sitio. Estaba ganando todo el tiempo que le fuera posible. Al caminar pateaba todas las piedritas que se encontraba, como si no pudiéramos entrar a aquel edificio hasta que terminara de patearlas todas. La entrada a la fiscalía era custodiada por un guardia de seguridad que no traía esposas, gas pimienta, macana, pistola ni radio. Traía su teléfono celular entre las manos y desde lejos pudimos ser testigos de que cayó en uno de esos nefastos videos de gemidos. Su descaro era tan grande que no tuvo la reacción típica ante esa broma, sino que dejó el video hasta que se terminó, a pesar de que notó que tres ciudadanos se aproximaban. Buenas tardes, joven. *Susórdenes*, dijo en un tono retador que en realidad se parecía a un "¿qué chingados quieren aquí en sábado?". Venimos a interponer una denuncia. ¿De qué tipo, oiga? Camila se avergonzó y estuvo a nada de arrepentirse. Si así iba a ser todo, mejor no quería nada. ¿Importa? Le pregunté yo para verme "huevuda", como diría Santiago. Sí, *mija*. Sí importa, porque si no sé de qué tipo es su denuncia, no sé a cuál de las fiscalías derivarla, porque ahí le va: está la fiscalía general, está la fiscalía central, también está la fiscalía para personas desaparecidas, la fiscalía para la prevención y la erradicación de la violencia contra las mujeres, la que se llama algo así como fiscalía del combate contra la corrupción y la fiscalía para la persecución de los delitos ambientales. Usted dirá. La de prevención y erradicación de la violencia contra las mujeres, dije. Ah, pues esa está en el octavo piso. Nomás regístreseme uno de los tres, ahí de *favorsote*.

Sale. Ya está. Hora de entrada, por favor, señorita. Le ayudo, para que vea. Es la una con veinticuatro. Un *garabatito* ahí donde dice "firma". Ándele. Suerte. Gracias.

El elevador estaba clausurado con una cinta amarilla, así que fue necesario subir los ocho pisos por las escaleras. Otro pretexto para que Camila desertara. No lo hizo. Llegamos al octavo piso y aquello daba la apariencia de estar fuera de servicio. El primer objeto a la vista era un mostrador largo, cuya cubierta estaba hecha de un material parecido al mármol para los ojos y similar al aserrín comprimido según el tacto. Detrás de él no había nadie. ¿Buenas tardes? ¿Buenas tardes? Nada. Mi papá y yo seguimos caminando por el corredor para encontrarnos con cualquier persona. La primera voz apareció al cabo de unos diez metros, pero todavía se escuchaba algo lejana. Como nadie salía, abrimos puertas que estaban emparejadas y que revelaban conjuntos de cubículos llenos de papeles. Aquellas salas tenían divisiones hechizas con la forma del signo de número. En vez de círculos y tachas, como en el juego del gato, habían colocado personitas. Una computadora vieja, un aparato con forma de CPU que nunca había visto y que al parecer se llama *no-break*, una mesa de trabajo con dos cajones, un ventilador polvoriento por cada tres cubículos, un teléfono en el centro, una máquina de copiado multifuncional al fondo y una televisión colocada sobre una mesa tubular para ver los partidos de la selección mexicana en la Copa Mundial (o sea que se usa cada cuatro años). Nadie nos escuchó cuando les hablábamos, pero como sabuesos, los servidores públicos olieron que estábamos en su territorio y salieron a nuestro encuentro. *Susórdenes*, dijo otra mujer que asomó la mitad de su cara por una de las puertas al fondo del piso.

Venimos a hacer una denuncia, dije. Pensé en saludar primero y en preguntar de manera sumisa si nos podían hacer el favor, muy al estilo nuestro. Algo así como: buenas tardes, oiga, fíjese que queríamos ver si nos podía apoyar por favor para hacer una denuncia, si no es mucha molestia. Aquella vez no. Debía solicitar nuestro derecho a la denuncia de forma directa y sin titubeos, porque si pedía que me apoyaran, me podían rechazar más fácil. Cómo no. ¿Quién es la agraviada? No se crea. Olvídelo. Ya vi quién es. A ver reina, pásate para acá. Siéntate ahí y ahorita te atienden. La mujer volvió a su guarida y se escuchó que llamaba a otra persona. Hola, señorita. Mira, yo me llamo Florencia y mi compañera es Rocío, dijo la segunda persona mientras se sentaba de su lado del escritorio. Prendió su computadora por primera vez en el día a la una y media de la tarde, movió el ratón como calentando su muñeca, acomodó el teclado y esperó a que la máquina reaccionara después de hacer un ruidajo terrible. Mientras, platícame, hija. ¿Qué te pasó? Cuando Camila empezaba a relatar los hechos, una mujer de unos veintisiete años se sentó no muy lejos, pero no saludó a nadie. Será otra denunciante, pensé. Las dos mujeres voltearon a verla, pero tampoco le dieron la bienvenida. Camila prosiguió. Pues mi novio me pegó. Afuera del parquecito que está en la colonia Las Lomas, estábamos en su carro, bloqueó los seguros, me reclamó cosas y me golpeó varias veces por todo el cuerpo. Venimos del hospital, de hecho. Entiendo. Me da mucha pena. ¿Pena?, pensé. Rabia, señora. Lo que da es rabia. Ya prendió mi computadora. Vamos a ver. Nombre. Camila Reyna Flores. Edad. Veinte años. Sexo… pues mujer, ¿no? Pregunto porque han llegado a denunciar los prostitutos de allá de por el centro, con unas espaldotas y unos vozarrones.

Mujer, dicen los cabrones cuando les preguntas. Pues bueno, una qué les dice, ¿verdad? Mujer. Tú sí mujer. Sale. Tatuajes. Ninguno. ¿Tatuajes? ¿Es neta? Perforaciones. No, dijo Camila. No mames, pensé yo. La joven misteriosa apuntaba algo en una libretita y las otras dos la veían con desaprobación y hasta con un poco de odio. ¿Conoce al agresor? Sí, le dije que es mi novio. Nombre. Sebastián Domínguez Escobar. ¿No es el hijo de la señora ésta que se acaba de morir? Sí es. Pero no se murió. La mataron. Bueno, bueno, es lo mismo. Discúlpeme, señorita. Usted ha de ser la experta aquí. Le voy a decir algo ya que se puso bravita: aquí todos los días recibimos denuncias; adivine cuántas de esas denuncias no tienen pies ni cabeza. No sería usted la primera que viene aquí a tratar de bajarle lana a alguien que tiene de sobra, ¿eh? La chica misteriosa cerró su libretita de golpe, se levantó y se puso al lado de Camila. Estás amenazando a la denunciante, le dijo a la señora esa. No estás respetando su derecho no sé cuál, consagrado en no sé qué ley de no sé qué año. Ay, Elvia. Tú estás aquí todos los chingados días, en todos los pinches turnos. No te hagas tonta. Te consta que eso pasa. Sí pasa, pero no puedes sugerir de entrada que la víctima está mintiendo. Estás viciando todo el proceso. Está científicamente demostrado que su condición mental ya no es la misma después de que la… revictimizas, interrumpió Rocío. La revictimizas. Tan culta y la chingada, pero no te sabes otra palabra, *mija*. Revictimizaste, revictimizar, revictimización, *revictimishuevos*. Las viejas también somos cabroncitas. No somos puras víctimas. No es cierto, y si lo fuera, no es algo que pueden juzgar ustedes. Aquí su trabajo es respetar a la denunciante, tomar sus declaraciones y apegarse al debido proceso. Eso estamos haciendo, nomás que a huevo te tienes que meter a hacernos encabronar. Es mi trabajo. ¿Cuál pinche trabajo? Trabajo es el nuestro. Trabajo es cuando te pagan. Tú nomás eres una mocosa rica que no sabe cuánto cuesta la tortilla. A ver, mi licenciadita, ¿cuánto cuesta la tortilla? ¿Verdad que no sabe? Pregúntele a su muchacha, *ora* que llegue a su casa. Ella sí va a saber. Ella sí sabe lo que son el trabajo y la vida. Usted nomás estudió fuera, aprendió palabritas *rimbobantes*. Rimbombantes. Se dice rimbombantes. Aprendió palabritas rimbombantes y viene aquí nomás a ilustrarnos a las otras mujeres que ve para abajo. No veo para abajo a nadie. ¿Ya terminó? Sí. Bueno. Mucho gusto, señorita, señorita, señor. Mi nombre es Elvia Portillo. Soy abogada de la asociación civil Por Una Denuncia Digna en Guadiana. Somos una organización sin fines de lucro que acompaña a las mujeres que han sufrido algún tipo de violencia. La idea es evitar que las instancias de denuncia te traten como te han tratado hasta ahora. Para nosotras tu versión es verdadera, libre de vicios y, sobre todo, te creemos. Así que, si tú lo decides y no tienes inconveniente, estoy para acompañarte en este proceso y asesorarte sobre qué te pueden preguntar y qué no. Sí, sí quiero, muchas gracias, licenciada. Pues adelante. Prosiga por favor, Rocío. Muchas gracias, licenciada, con su venia.

A ver, entonces quedamos en que dizque le pegaron. Nárreme los hechos, por favor. Camila describía y Rocío solo respondía "bien". Bien. Bien. Bien. Ahora vamos a pasar a la inspección física de sus heridas. Con este papelito va a ir con el doctor Ramiro. Usted me le va a dar el papelito al doctor junto con este expediente y él la va a examinar. La puede acompañar una persona para que se sienta más tranquila. Usted decide si es su papá, si su amiga, si la licenciada o una de nosotras. Como era de esperarse, Camila no dudó ni un segundo en que fuera yo. Quizá la licenciada era mejor opción tomando en cuenta que ella conoce mejor el mecanismo ideal para inspeccionar a una mujer golpeada, pero a fin de cuentas era una desconocida que debía verla prácticamente desnuda. Obtuvimos el papelito y caminamos por un corredor iluminado a medias, rodeado de muros falsos, con poca ventilación y lleno de esas manchas en el piso que ya no se quitan con nada: de esas que son unas cosas redondas, negras, de consistencia desconocida y olor todavía más misterioso. Tocamos a la puerta y una voz masculina nos dio el pase desde adentro. Era un hombre de unos cuarenta y seis años. Ah caray, ¿pues qué le pasó, señorita? Bueno, ahorita lo voy a ver en su expediente. Entréguemelo, por favor. Siéntense. Mientras el doctor observaba las particularidades que le habían escrito sus compañeras en las hojas aquellas, procedí a la inspección del lugar. En la pared más cercana a nosotros había una de esas tiras largas que usan en los consultorios de los pediatras para medir a las criaturas. La diferencia es que aquella tira no tenía el logotipo de una marca de leche de fórmula ni la silueta de una jirafa de caricatura. La que vimos nosotras tenía el logotipo de alguno de los institutos de las mujeres y la cosa aquella no medía personitas, sino que medía formas de violencia en una escala del cero al treinta. Se llamaba *violentómetro*. En las primeras marcas de aquella regla estaban las bromas hirientes, los chantajes, las mentiras, los celos, las culpas, las descalificaciones, las humillaciones en público y otras. Ya en medio, donde la reglita pedía a la víctima que reaccionara y no se dejara destruir, venían otros comportamientos como los manoseos, las caricias agresivas, los golpes de juego, los pellizcos, las cachetadas y hasta las patadas. Ya en el segmento del *violentómetro* que indicaba la necesidad de ayuda profesional, había cosas como las amenazas con armas, los abusos sexuales, las violaciones, las mutilaciones y el asesinato. Camila notó que yo estaba estudiando el famoso *violentómetro* y lo repasó también. En ese momento quería meterme en su cabeza para saber si ella podía recordar algunas de las actitudes "leves" en Sebastián. Quizá así podría saber si aquello había sido algo que creció hasta que explotó o fue algo que pasó del cero al veinte. Yo me inclino a que fue la segunda: Sebastián trataba a Camila como reina, ayudó a su familia a recuperar a su hermano, siempre le abría la puerta del carro, no le prohibía vernos, nunca lo cacharon espiándola, nada. ¿Otra vez estoy defendiendo al agresor? No, Mariana. No empieces. Le pegó y es lo que importa. Ya está.

El doctor seguía leyendo los papeles. Cuando iba por la segunda hoja, nos ofreció gel antibacterial para las manos, porque decían por ahí que se necesitaba buena higiene con aquello del coronavirus. Al instante, el tal Ramiro aclaró que no estaba seguro del coronavirus y aseguró que no sabía de ningún caso de esa cosa de COVID. Más vale, dijo. La consistencia de la solución química no era la de un gel, sino líquida. Su olor no era penetrante como el del alcohol cuando se concentra en un buen porcentaje, sino imperceptible. Puedo jurar que ese gel se había comprado la última vez que se puso de moda, o sea, con la epidemia de la influenza AH1N1, que había ocurrido hace como quince años. El doctor terminó de leer y se puso de pie, se colocó a medias la bata sobre la espalda sin meter los brazos por las mangas y le señaló a Camila la mesita esa de inspección, que al parecer por norma oficial no puede tener otro color en las colchonetas que el azul rey.

Camila se sentó. El doctor, sin guantes y sin haberse lavado las manos, empezó a tocarle la cara. Dedo a ceja, pluma a papel. Dedo a boca, pluma a papel. Tocaba y escribía. Tocaba y escribía. Veo que le pegaron también en la región torácica. Sí, doctor. Le voy a pedir que se retire la ropa. Si no se siente cómoda retirándola por completo, no la puedo forzar. Si las heridas se encuentran en un lugar que no amerite el desnudo, solo señálemelas. Camila repasó las marcas en su cabeza y se dio cuenta que por más que quisiera tomarle la palabra al doctor, no podía hacerlo porque su caso era distinto. Se quitó primero un suéter holgado y con cuello de tortuga, luego una blusa de manga larga, después una playerita de tirantes y se quedó solo con el *bra*. El doctor dio dos pasos hacia atrás para dar un primer vistazo y comenzó por las marcas de la espalda. Va de menos a más, pensé. Ha de ser buena técnica la de no irse directamente al pecho de una víctima. De nuevo, dedo a herida, pluma a papel. Luego inspeccionó las heridas del costado. Dedo a marca, pluma a papel. Ya había terminado. ¿No la había visto o la había ignorado intencionalmente? Camila me frunció el ceño con extrañeza y bajó la mirada hacia su pecho. Yo moví la cabeza hacia donde el doctor se encontraba de espaldas para invitarla a que se lo dijera. Oiga, doctor. Disculpe. Creo que no inspeccionó una de las marcas. Bueno, de hecho, varias. No lo creo, señorita. Sí, doctor. Ante la insistencia, al médico no le quedó otra opción y volvió sobre su paciente. La de su pecho, señorita. Sí, doctor. La del pecho. Justo en la frontera de la copa y la piel, se distinguía una marca que a los milímetros se acompañaba de otra y luego de una más. Eran tres rayas que recordaban muy claramente al mismo número de uñas que las habían ocasionado. ¿Hay dolor, señorita? Sí.

¿Se extienden por todo su seno, señorita? Sí, doctor. Le muestro. No es necesario. ¿Podría verla por un momento y la podría describir para mí? Puede verla, doctor. En serio. ¿Las tres líneas rodean la areola o la atraviesan? La atraviesan, doctor. ¿Las marcas son rasposas al tacto? No, no tienen relieve. Bien. Es todo. Puede vestirse. ¿Y las heridas de la parte inferior? ¿Las hay? El expediente no dice que las tenga. Pues las puede añadir al verlas. Lamentablemente no puedo hacerlo, señorita. Tiene que regresar con las compañeras a que hagan un *adendum* a su declaración. Pero la puede hacer usted. No, señorita, no puedo. No puede ser. Es broma, ¿verdad? No bromearía con algo tan delicado, señorita. Por favor hágalo y ya. ¿Me puede dar una buena razón, aunque sea? La cosa es que podemos generar lo que viene siendo una inconsistencia en su proceso. Usted me trajo su expediente firmado con toda la información que usted creyó completa y veraz. Dentro de esa información no vienen las heridas en la parte inferior de su cuerpo. Si yo anoto que las tenía, vamos a darle paso a una inconsistencia que se le puede cargar a usted por no dar toda la información o a mí por exceder mis facultades. Si alguien agarra este expediente puede pensar que usted venía con heridas en la parte superior del cuerpo y yo la encueré toda y la exploré donde no debía. Es más: en una de esas me echan la culpa de que usted nomás tenía golpes arriba y aquí yo le acomodé los de abajo. Y luego trae compañía. Si quieren joderme, su hermana o su amiga o lo que sea de usted esta niña, declara en mi contra, me meten al bote en lo que averiguan y me echan a perder la vida. Dios Santo. Aquel hombre parecía un loco explicando teorías conspirativas como la del control mental por medio de la red 5G, o la que dice que la Tierra es plana o que las vacunas hacen daño. Pero por exagerada y sobredimensionada que parecía toda su ruta, también tenía algo de sentido. Quizá el hombre no estaba loco. Tal vez el sistema se ha construido en la desconfianza y ha dejado de lado la racionalidad para responder solo al miedo y a la sospecha hacia los demás. Seguramente al médico también le parecía ridículo el proceso, pero de ningún modo le parecía irracional. Por el contrario, el señor solo "se estaba protegiendo", como él mismo dijo. La situación, con todo y plan conspirativo en contra del médico, parecía salida de un *sketch* de esos que pasan en los programas de comedia. Estuve a punto de buscar la cámara escondida en el consultorio. A lo mejor salía de sorpresa uno de esos conductores gritones, caería confeti y nos iban a dar un premio por no perder la paciencia.

Cuando las amigas regresábamos al primer escritorio le puse más atención a los detalles de aquel sitio. En las paredes había un reloj checador cada cinco o diez metros, donde los empleados tienen que poner su dedo índice sobre el aparato y deben de acercar su cara a la camarita que les captura los rasgos. Lo hacen para comprobar que hacen lo que deberían hacer, o sea, presentarse en su lugar de trabajo. Ya no se diga a trabajar, porque eso ya es otra cosa. Los empleados deben odiar esa onda de "la checada". Pues sí y no, porque si todos los días del mes llegan dentro de los primeros veinte minutos posteriores a su hora de entrada, tienen derecho a faltar un día. Un premio por no llegar tan tarde, ya ni siquiera por llegar temprano. ¿Qué mejor signo del paradigma de la desconfianza se quiere? Pues lo hay. En cada segmento del piso había unas cajas blancas como de un metro y medio de altura, debidamente rotuladas con la palabra "acuses". O sea que en cada una de esas cajotas hay kilos y kilos de hojas de papel que solo sirvieron por un tiempo y esa función no era otra que la de "cuidarse" entre burócratas. Si un compañero necesita darle a otro una hoja de papel impresa con cualquier cosa, el remitente debe de ir primero a sacar una fotocopia de ese papel, le escribe o estampa la etiqueta "acuse" y ahora sí lo entrega. El destinatario toma una pluma azul o roja, porque con la negra no se distingue el original de la copia, y escribe en ambos papeles alguna leyenda: "recibí tal documento, fecha, hora, nombre y firma". Ahora sí. Millones de veces se repite este bello ritual en el que se pierden cantidades incalculables de tiempo, tinta y papel. Todo porque el sistema se basa en la desconfianza. En fin.

Aquellas mujeres habían desaparecido de nuevo de sus puestos de trabajo, pero mi papá y la licenciada Portillo seguían allí. ¿Qué pasó?, preguntó Elvia. Nos regresaron porque tengo golpes en la parte inferior del cuerpo, pero el expediente no los refiere. ¡Rocío! ¡Florencia! Las mujeres aparecieron al minuto y medio del llamado. *Susórdenes*, reinita. Necesito que me hagan un *adendum*. En la denuncia no vienen los golpes de las piernas y el doctor no quiere continuar si no lee que existen. "Ay, pequeña", dijo una de las empleadas del lugar con un tonito parecido al que usan para regañar a los niños como si fueran tontos. Le dije: lea todo con detenimiento y firme solo si está de acuerdo con la versión final. Y le firmó, mire, aquí está la firma de la reinita. Ya son las dos y media, chiquita. Si se hubiera tardado otros diez minutos, ya no nos encuentra y no sé cómo le hubiera hecho. Ah, *chingá*, ¿qué hora de salida son las dos con cuarenta? Ha de salir a las tres la huevona, pero veinte minutos antes se ha de poner a recoger sus cosas o se ha de meter al baño a ver memes. Rocío, ayúdala, por favor. Fue lo que pidió Elvia. Sí la ayudo, licenciada, ya se la sabe que aquí estamos para servir. Pero es que una también se cansa, honestamente. Parece que una les habla en chino, la mera verdad. Tenga. Aquí está su corrección. Córrale, que el doctor también ya se le va.

Listo, doctor. Por favor descúbrase la parte inferior. Vamos a darnos prisa porque salimos en diez minutos. ¿Qué horas de salir son las dos con cincuenta? Ha de salir a las tres el huevón. Veo que si no se quitó la ropa interior es porque no lo cree necesario, pero le pregunto para que no nos vuelva a pasar ya que hayamos terminado. ¿Tiene heridas en los genitales y/o en lo que vienen siendo sus zonas aledañas? No, doctor. No las tengo. Bien. Dedo a moretón, pluma a papel. Las veces que fue necesario. Pues es todo. Ya se puede vestir y ambas se pueden retirar. ¿Qué es lo que sigue?, pregunté. No lo tengo bien claro, la verdad, señorita. Yo entrego el parte médico en original, me quedo con mi acuse y atiendo a la que sigue. Gracias, doctor. Al salir del consultorio le acomodé el suéter a Camila y aproveché la cercanía de mi brazo para rodear sus hombros con él. Con la expresión de mi cara le hice saber que, en mi opinión, estaba haciendo lo correcto. Ella respondió encogiendo sus hombros, como diciendo: "supongo que sí". De vuelta en el escritorio aquel, la licenciada Portillo y mi papá se pusieron de pie en forma expectante, como si estuvieran en la sala de espera de un hospital y Camila y yo trajéramos noticias de su enfermo. Pues nada, que hay que esperar a que inicie el proceso. ¿Es así, Elvia? Sí, lo importante es darle seguimiento, porque aquí se pierden muchas cosas. Papeles. Papeles importantes, sobre todo. Pues gracias por su ayuda, señora Rocío.

Gracias también, señora Florencia. Por nada, hija. Cuídate mucho. Eso haré.

Elvia, sabiendo que el nuestro era el último caso del día, también tomó su libretita, su maletín y su botella de agua. Pues vamos para donde mismo. Eso parece, licenciada. Pues nos hacemos compañía. Con gusto. ¿Van a ir mañana? ¿A dónde, licenciada? Si mañana es domingo o al menos eso creo. Pues a la marcha. Antes de que mi papá preguntara a cuál marcha había que ir, recordé las noticias que había leído y escuchado en los últimos días. Aquel mañana era ocho de marzo y las mujeres planeaban salir a la calle. No tenía idea de si salíamos todas las mujeres, solo las jóvenes, las estudiantes, las trabajadoras, las violentadas, las familiares de las violentadas o cuáles mujeres. Tampoco sabía si el evento era organizado por un colectivo como el de Elvia o si se ponían de acuerdo entre varios. Menos sabía si la marcha era pacífica o no, o si se mezclaba con el asunto del aborto o eran independientes. No sabíamos nada, pero si ya había que bajar un montón de pisos a paso lento, pues había que informarse. ¿Pero cómo es la cosa, Elvia? ¿Cómo que cómo? Pues vamos a marchar por mujeres como tú, Camila. Para presionar y para que sepan que no estamos dormidas. Pues ya que lo pone así, sí me interesa. Si quieren las meto al grupo de WhatsApp y ahí leen todo. Así sirve que despejan algunas dudas. Todavía tienen de aquí a mañana para pensarlo y ver si les late. Que de entrada les digo que nuestros derechos no son algo que te lata o no te lata, pero se respeta también a quienes no quieren participar. Especialmente es comprensible la apatía si tienes fresco tu hecho violento, pues es probable que no hayas procesado bien tu duelo todavía. Pues sí invítennos al grupo, licenciada. Sirve que nos damos nuestros teléfonos. Va. Seis dieciocho uno veintitantos cincuenta y tantos ochenta y tantos. Seis dieciocho dos noventa y cuatro ochenta y tantos cuarenta y tantos. Sale. Yo las agrego y ya ustedes ven qué onda. Pues muchas gracias de nuevo. No hay nada que agradecer.

A los cinco minutos de habernos despedido, y sin haber salido del estacionamiento de la fiscalía, los dos celulares timbraron al mismo tiempo. "Has sido agregada al grupo 8M GDN", o sea, ocho de marzo en Guadiana. Bienvenidas, Camila y Mariana. Ese fue el primer mensaje que recibimos y venía de un número que iniciaba con uno y no con un cincuenta y dos. ¿Elvia es pocha? ¿Habrá estudiado en Estados Unidos? ¿Le sale más barato pagar su plan de telefonía en Estados Unidos que en México? Sabrá Dios. Gracias, Elvia, respondió Camila. Gracias, licenciada, respondí yo. Otras cinco o seis usuarias nos dieron la bienvenida y la discusión retomó su cauce. ¿Antes de invitarnos al chat les habrán advertido a las integrantes que se trataba de una chica recién golpeada y de su amiga? Da lo mismo, pensé. Si están aquí es por algo. Ultimadamente, a la primera cosita que no me guste, me salgo del chat. O no. Estoy aquí por Camila, y si ella no se sale, yo tampoco. Además, me da cosa con la licenciada. Si no cobra por sacrificar sus sábados asesorando a las mujeres violentadas, mínimo había que apoyarla con sus asuntos. Mi papá intuyó que ya estábamos en el famoso grupo aquel y quiso leer de reojo la conversación, pero con su limitada agudeza visual iba a ser imposible. El intento nada más sirvió para evidenciar que le tenía ciertas reservas al evento o al menos cierta curiosidad. Llegamos a casa y Camila no tuvo otra opción que la de presentarse por fin en la suya. Antes de separarnos me quedé parada en el carro para tratar de leer sus intenciones y así poder saber si alguno de nosotros era requerido para tranquilizar las reacciones que pudiera suscitar ese golpeado cuerpecito al entrar por la puerta de los Reyna. Camila no miró atrás. Quiso hacerlo sola. Mi papá avisó que estábamos en casa y mi mamá salió del cuarto para acompañarnos en la sala de televisión que da al patio. Me recosté en el sillón más largo con la cabeza apoyada en el descansabrazo, pero mi papá la retiró para sentarse en la orilla. Ahora sus muslos eran mi almohada. Guardé mi celular, lo vi a los ojos y después cerré los míos. Él dio un suspiro entrecortado que indicó algo de tristeza y se puso a jugar con mi cabello. De la raíz a las puntas y de regreso. Te quiero, hija. Yo también, papá. Todo esto que le pasó a Camila no… ¡Lo voy a matar! Lo que pudo haber sido un discurso memorable de padre a hija o una reivindicación involuntaria de la dañada imagen de mi papá, se convirtió en un grito espeluznante de otro padre del vecindario. ¡Hijo de su perra madre! ¡Ni de su perra madre porque ya ni vive la maldita que parió a este malnacido! La acústica de las casitas bajas y la ubicación de los patios centrales a cielo abierto permitieron que todo el barrio escucháramos los improperios que lanzó el tío Joaquín hacia el ex novio de su hija, y de paso, acreedor de sus más cuantiosas deudas. ¡Y luego hay que seguirlo viendo al mocoso pendejo ese! ¡Le debemos la vida, pero eso no le da derecho! ¡Para matarlo y ya terminar con todo esto! ¡Como para matarlo está el cabrón! ¡Ni mandado a hacer! ¡Ya que no hay justicia en este pinche lugar, me la hago yo mismo! ¡Y si me encuentro al Domínguez grande, también me lo voy a quebrar! Mi papá había dejado que su compadre se descargara, pero cuando Joaquín empezó a coquetear con la venganza, decidió intervenir personalmente. Supuse que mi papá llegó a la escena cuando el señor Joaquín dejó de gritarle al aire y se dirigió a su compadre. ¡Dime si no es para matarlo! ¡No, no, sí es! ¡No me chingues, compadre, ni que no te conociera! ¡Si la madreada hubiera sido la tuya, denuncia mis huevos! ¡El señorito ya estaría ante la corte, pero celestial! ¡Pues me vale madre, porque si no me la prestas tú, yo la consigo en otra parte! ¡Si conseguimos millones de pesos en unos días, una pinche pistola me la pela! ¡Hasta el pinche padrecito ha de tener una! ¡Aquí en este pinche pueblo todos están armados, nomás que se hacen pendejos! ¿Dónde están los tiempos aquellos en los que uno defendía a los suyos como pinche hombre? ¡Unos débiles que nos han hecho, compadre! ¡Nos quitaron los huevos y ni cuenta nos dimos! Aquella vez que atropellaron a uno de tus hermanos, ¿qué hizo tu papá? ¡Agarró la pinche camioneta, se despidió de su mujer, pasó por su hermano y se fueron los dos derechito a matar al pendejo de don Isidro! ¿Y qué pasó? Nada. Los hijos del pinche ruco y su viuda ya sabían que a su edad no debía andar manejando su troca el viejo pendejo. ¿Y qué le pasó a tu hermano? ¡Acuérdate! ¡Un pinche yeso le pusieron al escuincle y al día siguiente ya estaba pegándole a los otros morros! ¿Y al ruco? ¡Lo mataron! ¡Y qué bueno! ¡Ahora imagínate que te ponen a una hija así! ¡Mírala, compadre, como lazo de cochino!

Mi papá regresó a la casa después de unos minutos de silencio en el aire. Entró directamente a su cuarto, abrió el ropero que ha pasado por al menos cinco generaciones, sacó una cajita gris como las que usan las tienditas para guardar el dinero y descubrió una pistola. Era una escuadra. Tenía varias inscripciones: dos dígitos antecedidos por un punto, una marca compuesta por dos apellidos anglosajones y un número de serie. La dejó sobre la cama y siguió moviendo cajas y armarios con cierto grado de tranquilidad. De otro de los muebles, mi padre sacó una bolsa de plástico que tenía el estampado de un supermercado que ya ni existe. De esa bolsa salió otra y de esa otra salió el cargador del arma. Lo inspeccionó y se aseguró de que tuviera cartuchos útiles. Los tenía. Mi padre colocó la pieza en su lugar y confirmó que el seguro se accionara correctamente. Luego se dio media vuelta, se puso el arma en la espalda por debajo de la camisa y no cruzó miradas con nadie, aunque mi mamá, Gabriel, Isaac y yo hubiéramos visto lo que hacía. En ese momento me escandalizaron dos ideas. La primera fue la naturalidad con la que calzó el cargador en su cavidad, la manera en la que manipuló el arma en general y el estilo con el que se la escondió entre la ropa. Definitivamente no era la primera vez que mi padre veía o usaba un arma. ¿Habrá matado a alguien en aquellos tiempos del viejo oeste que acababa de añorar su compadre? Preferiría que fuera un cerdo con las alumnas a que fuera un asesino, honestamente. Ojalá no sea ninguna de las dos. La otra idea que me invadió la cabeza fue la sumisión con la que nos comportamos todos ante los hechos. Gabriel y yo tuvimos de frente a nuestro padre, y mi mamá a su esposo, preparándose para matar a una persona. A un joven que conocíamos. Durante varios minutos nadie cuestionó al hombre de la casa en su intento por quitar una vida. La esposa de este hombre al parecer no fue capaz de recriminarle que pudiera dejarla viuda, o peor aún, no viuda pero sí sola. Los hijos no pudimos cuestionar a nuestra figura de autoridad cuando tenía un arma de fuego entre sus manos. Ni siquiera le guardé un lugar al interés propio. No pensé en las necesidades económicas si mi padre llegara a faltar. Únicamente me limité a ver a aquel hombre con respeto mientras cumplía heroicamente con su deber de compadrazgo. Jesús Mendoza salió por la puerta y no volvió. De todas las cosas que pensé en su ausencia de aquel día, la única que tenía algo de claridad era que, pasara lo que pasara, yo iba a marchar.

* * *

Domingo ocho de marzo de 2020. Apenas abrí los ojos, fui al cuarto de mis papás a buscar al cincuenta por ciento de sus moradores. Solo estaba la otra mitad, quien llevó su cabeza ligeramente de un lado a otro para hacerme saber que don Chuy no había vuelto. Sentí el peor de los vacíos en mi corazón. Literalmente me dolió. Creí que todo aquello de los dolores del corazón eran recursos metafóricos, pero estaba equivocada. Aquello era físico y calaba hondo. No me había sentido así antes: ni cuando escuché la voz de Roncal, ni cuando Pedro no regresó del primer intento de rescate, ni cuando vi a Camila golpeada, ni cuando supe que Roncal era familiar de Cacho. Nada se compara a lo que sentí al no ver a mi papá amanecer en su cama un domingo. No había menudo en la mesa porque el encargado de comprarlo no estaba. El resumen deportivo no resonaba en el cuarto de la televisión, porque el único aficionado que vive en esa casa se había ido. La flora del patio y de los pasillos no había sido regada, porque el jardinero la había abandonado la noche anterior. A la flora y a nosotros. Ni modo. Ya me enteraré del destino de mi papá, pero hoy, marchamos. Espero que no literalmente, corregí al instante.

El chat grupal estaba más activo que nunca. Algunos mensajes eran para despertar a las "hermanas", como se decían entre ellas. Otros eran para animar al contingente electrónico que estaba por convertirse en uno físico. "A las nueve en el monumento al asesino", recordó una participante, por si alguna despistada no estuviese al tanto. Yo ya sabía cuál era el punto de reunión, pero si no lo hubiera tenido presente, me habría visto en la penosa necesidad de preguntar en cuál de los monumentos que se han erigido a algún asesino había que presentarse. Era en el del gran asesino. En el del genocida, vaya. Debo aclarar que esa idea no es mía, sino de mi abuela Licha. Ella aborrece al general Villa desde siempre. Doña Licha nació por allá de 1923 en el seno de una familia adinerada, y si me apuran, hasta latifundista. Por obvias razones, una latifundista y un Robin Hood no se pueden llevar bien. La cosa es que a ella afortunadamente no le tocó habitar este mundo cuando el general irrumpió en la hacienda más grande de su familia, donde aquel y sus Dorados abusaron de las mujeres, liberaron a los trabajadores oprimidos, ejecutaron a los opresores y prendieron fuego a los libros de la tienda de raya para beneplácito de la multitud y de sus soldados. Aunque Licha no estuvo presente, el odio ha vivido en su corazón desde que se enteró a temprana edad de aquella tragedia. Por fortuna, la abuela pudo escuchar la historia de viva voz de sus padres, pues aquel día "nadie verdaderamente importante" se encontraba en el lugar. De vuelta en 2020, recuerdo que me quité el uniforme viejo de basquetbol que uso como pijama, me metí a bañar y busqué una lista de cantos feministas para no hacer el ridículo con mis hermanas. Siempre quise hermanas, que al cabo. No me aprendí ninguno. A fin de cuentas, ni la razón por la que asistía a la marcha, ni la ausencia de mi padre eran eventos agradables que me permitieran mantener la mente despejada.

La razón por la que asistía a la marcha tocó a la puerta y mi mamá la dejó entrar. Como yo todavía no estaba vestida, pasé a Camila a mi cuarto y esperé a que entrara para copiar su atuendo. Ninguna de las dos sabíamos cómo se iba vestida a una marcha. Supusimos que debían evitarse los colores fosforescentes o vivos, pero no teníamos ninguna prueba. Eso sí, creo que ni ella ni yo planeábamos desnudar nuestros torsos como vimos en la televisión. Me puse un pantalón de mezclilla con tintura casi negra, una blusa de color gris oscuro y unos tenis blancos. Por si se soltaba el aire, como decimos aquí, me amarré un suéter negro a la cintura. ¿Lista? Lista. Ya nos vamos, mamá. Con mucho cuidado, hijas. Sí, tía. Paramos el primer taxi que pasó por el bulevar y le dijimos a dónde conducir. "Ah, van al *desmadrito*", dijo el conductor. No, señor. No vamos a hacer ningún *desmadrito*. A lo mejor ustedes no, pero las pinches *feminazis* a huevo que sí. Esas siempre quieren quemar lo que se encuentran y nomás son buenas para mandar todo al traste. ¿Quién le preguntó a este pendejo su opinión? ¿Por qué no se puede limitar a hablar del clima y de los pinches baches que el gobierno no repara? No sé en qué momento Diosito dijo: "órale, hay que ponerles a estos güeyes un chingo de confianza en sí mismos para que se sientan cómodos hablando de cualquier cosa sin tantita pena". Sí, ¿verdad? Se pasan, señor. No, nosotras no somos de esas. Nosotras dos nomás vamos a caminar por la avenida para que la gente pueda ver bien a mi amiga. Mírela, qué bonita. Estábamos aburridas y dijimos: oye, amiga, pues vamos a placearte un domingo para que vean cómo tu novio, politiquillo influyente de las planillas y joven empresario reconocido por la alta sociedad, casi te mata a madrazos. ¿Cómo ve, señor? No estamos enojadas, ni nada. *¿Feminazis?* Mucho menos. Acá venimos tranquilas a caminar un domingo cualquiera, amigo. Ah, de veras, señorita. Ya le vi su cara. Qué mala onda, la verdad. Así hay de hijos de la mañana también, ¿eh? Uno aquí ve de todo. Sí me imagino. ¿Cuánto le debemos? Cincuenta pesos, señorita. Tenga. Gracias y mucha suerte, ¿eh? Con cuidado. Seguro.

Su servidora no había puesto un solo pie en el punto de reunión y ya iba calientita. Un señor regordete que al parecer ni quería hacerme enojar, lo consiguió. Pero como dije, ese es el problema: que los hombres de su edad pueden decir lo que sea y nadie les decimos nada. Yo fui sarcástica y a lo mejor el güey ni me entendió, pero si levantaba otro pasaje que fuera al punto de reunión ese día, estoy segura que le iba a decir lo mismo que a nosotras. ¿Y quién puede educar a un hombre en sus cincuentas en lo que dura su viaje de taxi? Nadie. En fin. El ambiente de aquel lugar ya era simbólicamente muy poderoso. Grupitos pequeños, otros más grandes, mujeres solas, madres acompañadas de sus hijas y una que otra ancianita. Un megáfono por aquí, una bocina por allá. Pláticas de quienes se conocen bien, combinadas con presentaciones y primeras vistas. Cabellos negros, cafés, rubios, verdes, azules, morados, rojizos y rosados. Cuerpos esbeltos, robustos, medianos, altos, bajos, firmes y flácidos. ¿A quién nos acercamos? No sé si tengamos que registrarnos en alguna parte. A ver si nos encontramos a Elvia. ¿Como cuántas crees que seamos? Ni idea, amiga. Pues cuenta grupos de a diez y échate un cálculo a ver cuántos de esos hay. Un, dos, tres, veinte, treinta. Pues unas seiscientas, yo creo. Fácil. ¿Cuántas de esas serán Camilas y cuántas serán Marianas? ¿Cómo? Sí, o sea, cuántas podemos suponer que han sido víctimas de algo y cuántas vienen a acompañarlas. Pues no creo que solo existamos esos dos especímenes aquí. Yo creo que hay unas que vienen por solidaridad con las mujeres en general, pero con ninguna en particular. A lo mejor hay unas a las que no les ha pasado nada, pero aquí están por las demás. Puede ser, pero no creo que haya una sola mujer aquí a la que no le haya pasado nada. Y si la marcha fuera de hombres, también. No creo que exista un solo habitante de esta ciudad, así tenga un año de vida, que no haya sufrido al menos un episodio de violencia. Pues sí, pero es diferente con nosotras. No tengo la menor duda. Oye, a propósito de los hombres. No sé si vayamos a seguir fingiendo que no sabemos nada de lo que hicieron los hombres de nuestras casas ayer. Pues yo tampoco sé, Mariana. Tu papá se metió a tu casa, salió y prendió su carro. Mi papá se subió y ya no supe qué pasó. Lo escuché llegar como a las dos de la mañana y roncó hasta que salí para tu casa. No mames. ¿Tu papá durmió en tu casa? Sí, llegó tarde, pero sí. El mío no. ¿Cómo crees? Pues ni modo que mi papá se haya regresado solo a las dos de la mañana. A huevo lo trajo tu papá, ni modo que no. Pues no sé. Desde que lo vi sacar un arma del ropero, ya siento que no lo conozco. ¿Traía un arma? Traían. Los dos. No mames. ¿Pues a qué crees que salieron? Pues no sé, a pistear, supongo. Iban por Sebastián. Qué bueno. Digo, qué bueno y qué malo. Qué bueno porque ese animal debe estar muerto, pero qué malo porque en una de esas nos quedamos sin papás. En vez de marchar los domingos, vamos a ir a visitarlos al reclusorio. Yo no. Si hizo alguna estupidez, yo me olvido para siempre de mi papá. No mames, Mariana. Y también me olvido del tuyo, porque él animó a este otro bestia. Estoy temblando. Así estuve yo todo el rato, pero ya se me pasó. En una de esas mi papá se fue con uno de sus hermanos para no discutir con mi mamá por llegar tarde. O para no darnos explicaciones a quienes lo vimos salir de la casa con un arma. Mira, ahí está Elvia. Pues vamos a que nos den indicaciones.

A lo lejos, la licenciada se veía contenta. Guapísima no es, pero traía una finta que imponía a cualquiera: un pantalón negro entallado que se le quedaba bien, una blusa del mismo color y unas botas de tipo militar con algunos brillantes en plateado. Lista para partir madres, la mujer. Hola, Elvia. ¡Hola, chicas! ¡Qué bueno que vinieron! A nosotras también nos da gusto haber venido, pero estamos un poco perdidas. Pues no hay que hacer nada, solo dejarse llevar. Y no lo digo como en onda hippie. Me refiero a que griten lo que quieran gritar y a que sientan lo que quieran sentir. Ahorita todavía es temprano, pero de todos modos en un ratito las líderes van a dar indicaciones. Igual y ahí despejan otras dudas. Por mientras pueden ir escribiendo sus pancartas, les pueden leer la carta astrológica feminista, pueden platicar con otras hermanas y también está por iniciar un taller en aquella tiendita de campaña. Si nada les late, solo esperen a que iniciemos. Bueno. Ahorita nos vemos. Seguro. Pues ya oíste todo lo que podemos hacer. Lo de la carta está medio raro, ¿no? La verdad nunca esperé que hubiera astrología aquí. Eso sí, reconozco que es pura ignorancia mía y no es muy distinta a la del taxista que nos trajo. No sé cómo se ve una feminista, ni en qué cree o en qué no cree, pero dentro de las cosas en las que no cree, yo hubiera jurado que la astrología era una de las principales.

Ve a Elvia: toda profesional, toda apegada al saber, al conocimiento y a la ciencia. ¿A poco le entra a la lectura de cartas y esas cosas? Pues sabrá Dios si crea o no, pero se ve que respeta. Míranos a todas, Mariana. Seguramente aquí hay unas que creen en la astrología y unas que no. Por ejemplo, mira a aquella señora de la carriola. Esa se ve que hasta se escondió de los hombres de su casa para venir. Claro, mujer, si esa es toda una esposa trofeo: saliendo de aquí se va a ir bañar, se pondrá un vestidito floreado que le llegue a las rodillas, va a abrir la puerta corrediza de su jardín que da al campo de golf y va a criticar a la gente mientras su *chacha*, que vive en su cuarto de servicio, vigila a los chamacos en el chapoteadero. Pues mal debut como feministas, amiga. Ya nos acabamos a media marcha. No estamos siendo *sororas*, o como se diga eso. Pues hay que distraernos. Unas pancartitas no vendrían mal. Y son gratis. Nos acercamos a una mesa que tenía cartulinas de todos los tamaños y de varios colores: blanco, amarillo, verde, morado, azul cielo, rosa, etcétera. La variedad de los plumones andaba por las mismas. Hola, amiga. ¿Podemos tomar algo de material para hacer unas pancartas? Claro, hermana, si para eso son. Oye, hermosa, ¿te puedo preguntar qué te pasó? Me golpeó mi novio. ¿Novio? Ex. Exnovio. Ah, menos mal. Ya me habías asustado. Maldito. Por cosas como esas es que marchamos. Lo sé. Por eso estoy aquí. Bienvenida. Gracias. Oigan, ¿no traen pañuelos? Vayan por los suyos a aquella mesa de enfrente. Está bien. ¿Será forzoso lo de traer los pañuelos? Pues yo no lo sentí como a fuerza. Creo que de verdad nos quieren integrar lo más posible a la onda y con mayor razón si la hermana ya te vio la cara. Tienes razón. Hola, hermanas. ¿No traen sus pañuelos? Aquí les damos unos nuevecitos.

Uno morado para ti, uno morado para ti, uno verde para ti, uno verde para ti. Su servidora titubeó un poco al momento de amarrar el pañuelo verde a mi muñeca después de haber atado el trapo morado alrededor de mi cuello. La chica que los entregaba notó el titubeo y se aventó una frase célebre: "el movimiento es verde o no es, querida". Sí, no, no tengo problema yo con eso, amiga. La verdad sí lo tenía. Si bien me estaba contagiando del movimiento, no le había dado la vuelta al tema del aborto lo suficiente en mi cabeza. Tal vez solo estoy desinformada. No sé. No sé. Igual me pongo el pañuelo verde porque no me avergüenza tampoco. O para que no me juzguen. No me gusta ser rechazada. Por lo que sea, el caso es que yo ya tenía el pañuelo y Camila también. Si le hubieran colgado una imagen de San Malverde ahí mismo a mi amiga, se la hubiera dejado. Ella estaba comprometida al cien por ciento con lo que se venía.

Volvimos a la mesa de las pancartas, tomamos el material y nos sentamos en el piso junto con otras ochenta mujeres, como si estuviéramos en el salón del preescolar. Unas dibujaban y otras escribían. Eso sí, nadie se copiaba. Mujer que tomaba material de la mesa, mujer que estampaba el plumón en el papel de inmediato. ¿Habrán meditado su frase poderosa antes de venir? ¿O será que traen la onda tan bien pensada en su cotidianidad que saben perfectamente qué escribir cuando quieren protestar? Pues ni modo. Si nadie copia, yo sí. La cosa es que nadie escribía algo parecido a lo que yo sentía. Cada caso era diferente. "Justicia para mi amiga", pensé. ¿Y nada más para mi amiga? Ni modo que el resto de las mujeres se jodan. Pues no. "Justicia para las mujeres". Pues sí, eso sí queremos, ¿pero eso qué? Está muy equis. Otra vez a espiar algunas pancartas para ver si alguna me representaba. "1265 días sin justicia para mi hija", escribió una madre de unos sesenta y cinco años. "Mi violador está en libertad", escribió una chica de unos veinticuatro años. "Se llevaron a mi hija y nunca regresó", escribieron unos padres de la edad de los míos. "Si no regreso, búsquenme en la fiscalía", anotó una joven de unos treinta años. "Te seguimos buscando, mamá", escribieron tres hijos varones que no superaban los doce años. Al ver los problemas del resto de la concurrencia se me quitaron las ganas de escribir algo sobre mi caso, que, en sentido estricto, ni era mi caso. Me había podido en el alma que le pegaran a Camila, pero todo parecía tan pequeño comparado con el dolor que sentían aquellas personas. Cuando mi amiga empezó a escribir sobre su cartulina, los trazos eran firmes y continuos. No se alejó ni un poco del lienzo para apreciar la simetría de la letra ni para medir el espacio que le quedaba para el resto de sus ideas. La mujer escribió lento para que quedara bien, pero no despegó el plumón del papel acartonado por más de un segundo entre cada letra. "Esto me lo hizo mi ex novio, Sebastián Domínguez Escobar". Al terminar de escribir la última erre, Camila prosiguió a dibujar una flecha apuntando hacia abajo, o sea, hacia su cara. Para que la pancarta tuviera sentido, debería llevarla por encima de su cabeza y con los brazos firmes en todo momento. Y así lo hizo. Sin flexionar los codos y sin miedo.

Para el momento que Camila terminó de rellenar el interior de la flecha con el plumón, ya no quedaba mucho por decir en mi pancarta, la cual seguía igual de rosita que al inicio. Pues ya que le habíamos puesto nombre al maldito aquel, decidí sumarme a la iniciativa. "SEBASTIÁN DOMÍNGUEZ

ESCOBAR, AGRESOR". A lo mejor el letrero no era la gran cosa. A lo mejor la palabra agresor no le decía mucho a alguien que no estuviera sensibilizado con el tema. ¿Agresor de qué o qué?, pudo pensar cualquiera. Todos somos agresores y agredidos en algún momento, podría decirse. Pues ya estaba escrita mi declaración con todo y sus defectos. Si la fiscalía no llevaba el mensaje, lo traeríamos nosotras por las calles de una ciudad que adora y protege a los de la estirpe de Sebastián. Mientras devolvíamos los plumones a la mesa, nos dimos cuenta que un grupo de mujeres se tapó la cara por completo. Será parte del *performance*, dije. Luego esas chicas tomaron algunas latas de pintura en aerosol y caminaron hacia el monumento erigido en honor al general Villa, mientras agitaban sus herramientas. El monumento, por sí mismo, tiene lo suyo. Me refiero a una belleza que no es difícil de apreciar. Es una escultura ecuestre que, como indica la regla no escrita, refleja las condiciones en las que murió el personaje. En este caso, las dos patas del caballo en el aire le hacen saber al espectador que Villa murió en batalla, aunque a la descarga de cientos de balas que le rociaron, difícilmente se le podría dar el nombre de batalla, porque batalla batalla lo que se llama batalla, Pancho no dio ese día. La realidad es que aquel hombre fue masacrado en vida, pero las leyendas nunca mueren. Mi abuela Licha lo odia, como ya dije, pero muchos otros guadianenses y fuereños lo reconocen como un héroe. Lo mismo se habla de un xenófobo inclemente que de un patriota que solo quería a México para los mexicanos. Sea como sea, esta tierra se vanagloria de haber germinado a uno de los personajes más grandes de la historia nacional. Si apuras a uno que otro, te dirá que Villa es el más grande, por encima del cura mujeriego que funge como padre de la patria o del montón de niños héroes que al parecer ni eran niños ni fueron tan héroes. A fin de cuentas, no ha habido otro ser humano que haya pisado este planeta y que haya invadido los Estados Unidos de América. La distinción solo le pertenece a un hombre nacido en Guadiana: al gran Francisco Villa, bueno, Pancho Villa, bueno, Doroteo Arango. Pues ahí estaba el héroe: montado en su caballo brioso y fornido, mientras el general, que ha perdido su color dorado con el tiempo, dirige su mirada hacia el horizonte. Sobre el cuello, cerca de donde se cruzan las carrilleras, una mujer trepó la escultura y le colgó al general un pañuelo verde y otro morado. El hombre que había exterminado a pueblos enteros llenos de mujeres y que tuvo, o mejor dicho retuvo, a casi treinta doncellas para su placer, ahora era feminista. Quién lo viera, mi general. Nunca es tarde para arrepentirse. Ni siquiera para un hombre de su grandeza. Me da gusto por usted.

Después de algunos aplausos y de lo que debió haber sido una magnífica fotografía para la primera plana del periódico del lunes, comenzaron las pintas. *México feminicida. Guadiana feminicida. Vivas nos queremos. La policía no me cuida, me cuidan mis hermanas. Ni una más. Ni una menos. Presidente encubridor. Peleamos como niñas. Estado represor. Ya no tenemos miedo. Tu silencio es cómplice. Si los medios callan, los monumentos van a seguir hablando. Deuda histórica.* Desde luego no son todas las frases, pero sí las que mejor recuerdo. Ya cuando el monumento tenía poco espacio libre de pintura, el grupo se dispersó. Una de las chicas tomó un megáfono y volvió a los aposentos del general para colocarse en un sitio elevado que atrajera la atención del público. ¡Atención! ¡Atención! Gracias. Estamos por salir a marchar. ¡Miren qué hermoso cielo, hermanas! Hasta el clima le hace justicia a quienes la buscan. Vamos a dejar bien claras las reglas. Primero que nada, hay que tener bien presente la esencia del movimiento, ¿sale? Ahora, hay que ubicarse donde les corresponda. Las líderes vamos a ir al frente, así que dejen un espacio considerable con nosotras. Luego van a venir los familiares de las personas desaparecidas aquí atrás de la señora Consuelo. En esta parte del contingente no importa el género. Si viene por una persona desaparecida y es hombre *cis*, trans, *gay*, o lo que sea, adelante. En un tercer grupo se van a ir todas las demás. De preferencia no se permiten hombres, pero si quieren acompañar de manera respetuosa, deben caminar al final del grupo. Si vienen acompañados de una mujer, ella va a caminar con sus hermanas y ustedes lo harán detrás de todas nosotras. Si se extrañan mucho, se salen y se meten a un café. Esto va para las hermanas del último contingente: a esta marcha no se viene a tomarse fotos, ni a hacerse *selfis* ni a grabar sus historias para subirlas a las redes sociales. Si no van a documentar nada serio, absténganse de ser las protagonistas para su vanidad. Aquí hay familiares de mujeres asesinadas, violadas, desaparecidas y de todo. Incluso van a caminar con ustedes los testimonios vivos, como aquí la hermana. En ese momento, la oradora señaló a Camila y todos la voltearon a ver. Tuvo un segundo de fama inesperado. Y esto va para todas y todos: en los últimos días, las líderes del movimiento hemos recibido amenazas anónimas para evitar que esta marcha se celebre. No nos amedrentaron a nosotras y no les van a amedrentar a ustedes. Si escuchan detonaciones, protéjanse. Hagan oídos sordos a los insultos que vamos a recibir. Si alguien responde con violencia a los insultos, le estará dando lo que quiere al pendejo que lo haga. Si son agredidas físicamente durante la marcha, reúnanse pronto y avancen. Recuerden que la policía no las cuida, las cuidan sus hermanas. Para quienes traen niños o niñas, cuídenles en todo momento y háganles saber qué es lo que hacen aquí. También nos han amenazado con lanzarnos ácido durante la marcha. En cuanto vean que esto sucede, hagan todo lo contrario a lo que acabo de decir y dispérsense. Mientras menos mujeres salgan lesionadas si llegara a ocurrir, mejor. Para cuando dijeron lo del ácido, ya temblaba de miedo. ¿Ácido? ¿En serio pueden ser tan bestias? Estuve a punto de pedirle a Camila que nos fuéramos a casa, pero mientras la oradora daba las indicaciones finales, Renata nos abrazó a ambas por la espalda. Después de que su papá le había prohibido asistir porque él también escuchó los rumores del ataque con ácido, nuestra amiga apareció. Seguramente lo hizo a escondidas, pues al arquitecto no le tiembla el puño a la hora de golpearlo contra la mesa. Pues hazte una pancarta en friega, Renata. Ni modo que vayas así nomás. "SEBASTIÁN DOMINGUEZ, GOLPEADOR. Punto y aparte. SISTEMA ENCUBRIDOR". *Ámonos.* ¿Listas? Listas. Fórmense como quedamos. ¡Avancen!

* * *

Estaba de pie, pero las rodillas me temblaban. Rascaba la plantilla de mis tenis con las uñas. Agitaba mis brazos como si estuviera calentando para una carrera. A lo lejos ya se escuchaban los primeros cantos del grupo que había empezado a marchar. El vagón de los familiares de las personas desaparecidas permanecía en su lugar para marcar la distancia con las maquinistas. A los minutos, el segundo vagón también avanzó.

Nosotras seguíamos quietas. Miré hacia arriba y el cielo estaba más brillante de lo normal. El azul de ese día era la versión más hermosa del cielo más hermoso. No había una sola nube. El sol calentaba sin quemar. Por fin se puso en marcha el tercer vagón de aquella locomotora. Ninguna mujer se mostró ansiosa por avanzar. Hasta que la persona de adelante había dado al menos tres pasos, la de atrás hacía lo propio. Cuando la mujer que se encontraba enfrente de mí dio su primer paso, conté en mi mente: una, dos, tres. Allá vamos. *¡Señor, señora, no sea indiferente; se mata a las mujeres enfrente de la gente! ¡Señor, señora, no sea indiferente; se mata a las mujeres enfrente de la gente! ¡Señor, señora, no sea indiferente; se mata a las mujeres enfrente de la gente!* No tenía ninguna referencia de ese grito, pero lo repliqué las veces que duró. La primera vez lo hice con cierta timidez. La segunda lo repetí con más fuerza. Para la tercera ya había adoptado el ritmo de una porra de futbol. La cuarta y las siguientes fueron acompañadas de movimientos bruscos de mis brazos.

Los primeros quinientos metros sirvieron como calentamiento. Era un bulevar grande en el que los carros se mantenían a cierta distancia de la marcha. No se oyó un solo claxon. Ni en tono de apoyo ni el famoso ti-ti-ti-ti-ti, que en este país se conoce como mentada de madre. Una vez que tomamos la avenida Veinte de Noviembre, todo el escenario cambió. Se trata de la vía más importante de la ciudad, si no es que del estado. El ancho es de dos carriles y medio, pero el largo es de varios kilómetros. Ya había corrido por esa calle varias veces. Ya había sentido antes las miradas de las personas desde el camellón que divide los sentidos de circulación. Aquellas otras veces las miradas eran de franca aprobación, o en su defecto, de completo desinterés. Cuando corres, los espectadores te chocan la mano, te ofrecen agua, fruta y hasta dulces. Esta vez las miradas reflejaban todo tipo de sentimientos. Había algunas de repulsión y otras de asombro, como la de un niño que ve al león del zoológico por primera vez. La presencia policial era casi nula. La protección que nos ofrecieron aquel día se limitó a colocar cercas de metal en las calles para evitar el paso de los carros. Los y las agentes ni siquiera veían la marcha de frente. Algunos jugueteaban con sus teléfonos celulares y otros aprovecharon la quietud de su patrulla para darse el refrigerio. No sé si haya sido por eso o porque simplemente eso es lo que se canta en algún momento de la marcha, pero el megáfono despidió otro canto. *¡Policía, escucha, tu hija está en la lucha!* Uno de los policías que custodiaba una de las calles perpendiculares comenzó a aplaudir y a agitar sus brazos en señal de apoyo. A lo mejor su hija sí estaba en la marcha.

A las cinco o seis cuadras de haber tomado la avenida principal se empezaron a hacer notorios los ritmos de caminata. La señora Consuelo, que lideraba al segundo contingente, de pronto se vio en medio del tercero. Nadie alcanzaba todavía al primer grupo, que por lo visto no había roto o pintado nada. Eso sí, ese vagón gritaba con fuerza. Vivas se las llevaron, decía la líder del canto; vivas las queremos, respondía el grupo. Vivas se las llevaron, vivas las queremos. Una y otra vez hasta que no quedara duda de lo que se pedía. Y es que, al parecer en la mayoría de los casos, las familias de las personas desaparecidas se tienen que conformar con dar seguimiento a una carpeta de investigación o a recibir pistas a cuentagotas. Muchas veces, las pistas y los hallazgos los consiguen los propios familiares. Lo que pide ese canto no es una respuesta. Lo que se pide es a una persona. Que la desaparecida vuelva porque nunca debió de haberse ido. Además, no sabemos si el término desaparecida sea el correcto. O quizá es el correcto en sentido técnico, pero no se adecúa a la realidad. Esas personas están en alguna parte. Tal vez muertas, pero están en alguna parte. La hija de la señora Consuelo terminó en algún lugar. No se evaporó. Y ni siquiera más de mil días de búsqueda incansable han podido dar con ella. Todo el tiempo se descubren fosas clandestinas. Algunos meses se descubre más de una en la misma ciudad. Ha habido casos en los que se descubren dos en el mismo día. ¿Qué sentirán las personas que buscan a sus seres queridos, sobre todo a sus mujeres, entre los restos de los seres queridos de alguien más? Sencillamente, las desapariciones son el horror más grande que se puede experimentar en este país. Y lo peor de todo es que padecer esta experiencia no tiene las mismas probabilidades que las que se tienen de ser golpeado por un rayo o las de sacarse la lotería. Cualquiera puede ser desaparecido. Y la camioneta que nos puede sustraer, bien puede ser un vehículo oficial que pagamos con nuestros impuestos. "Pueblos mágicos". Así les llaman a los que se llenan de turistas de piel clara que usan sombreros de Indiana Jones, abrigos largos, botines de piel y pantalones ajustados. Pueblos mágicos en realidad son todos los rincones de este país, en los que la gente desaparece por arte de magia y no regresa.

Por lo visto caminé en automático y perdí a mis amigas. Me abstraje del mundo real por unos minutos. No sé si por cinco, diez o cuántos, pero me fui. Ahorita las encuentro, pensé. A los pocos metros, una voz masculina gritó: "ahí les va el ácido, perras". El contingente rompió filas. Había sido una falsa alarma. A un estúpido le resultó divertido asustarnos de esa manera. Ese grado de empatía tienen algunos cuando ven a una mujer como Consuelo, marchando con sus chanclas desgastadas y con cartelones cubriéndole el cuerpo desnudo, mientras cuenta los días que no sabe nada de su hija. Desde luego, el grito fue tremendamente eficaz, porque muchas mujeres ya no volvieron a la marcha después de la falsa alarma. Ya había sido demasiado. Yo pensé en unirme a quienes claudicaron, pero no lo iba a hacer, o al menos no sin consultarlo con mis amigas. El reencuentro se dio después de buscarlas por unos quinientos metros, cuando el ambiente ya era mucho más tenso. Los cantos eran mucho más frontales y dirigidos hacia las autoridades. Estado represor. Estado feminicida. Guadiana feminicida. Nos están matando. La presencia policial aumentó considerablemente cerca de la Plaza de Armas. El quiosco estaba rodeado de policías y la entrada a la Catedral también estaba sitiada. La estaban resguardando de nuestros aerosoles. No era para menos, si ese edificio es el gran orgullo del estado. Al ver que la situación escalaba, mis amigas y yo decidimos salir del grupo, pero ya no era posible. La policía montó un cerco alrededor de nosotras, lo cual según investigué después, es completamente ilegal. La marcha estaba siendo pacífica y de repente nos encontrábamos rodeadas por granaderos. Los elementos fueron dando pequeños pasitos y una de las líderes usó el megáfono para exigirles que no siguieran cerrando el cerco. Los policías la ignoraron. Por medio de pasitos casi imperceptibles pero repetitivos, se encontraban cada vez más cerca de nosotras. Las cien mujeres que quedábamos nos vimos forzadas a pararnos espalda con espalda hasta que terminamos casi encimadas. Aquello pendía de un hilo, mismo que se rompió cuando el escudo de uno de los granaderos empujó a una de las encapuchadas. Esta trató de liberarse y unas cuantas detectaron la ventana de oportunidad y pudieron salir. El cerco retomó su forma cuadrada y empezaron los golpes. Al principio eran pocos y se propinaron de la manera más discreta posible. Un macanazo en el estómago como quien no quiere la cosa por aquí. Un rodillazo accidental en la cara de una chica que estaba aterrorizada en cuclillas por allá. Pronto, la vergüenza se perdió y los golpes se dieron a diestra y siniestra. A Camila le abrieron de nuevo la ceja que apenas estaba sanando. A Renata le dieron un macanazo por la espalda. A mí me patearon el muslo derecho y caí de rodillas, donde recibí otro golpe con un objeto contundente que no pude identificar. Mientras estaba en el suelo, vi las cámaras de los canales 14 y 16 apuntando hacia el otro lado. Hacia el lado en el que la policía no estaba golpeando a cientos de mujeres desarmadas e indefensas. La lente se dirigía a donde unas cuantas manifestantes llenaban de grafitis la Catedral. Porque eso es lo que importa. Había que enmarcar a las villanas para beneficio del gobierno. Había que ponerles cara a las salvajes que destruyen el patrimonio de la humanidad por sus caprichitos. Los golpes me hicieron enojar, naturalmente, pero el asunto de las cámaras me hizo perder el control por completo. En cuanto me pude levantar, busqué a mis amigas. Estaban a salvo. Camila se había quitado su pañuelo verde para hacer presión en la herida de su ceja y Renata se dolía de la espalda. Ambas estaban sentadas en la banqueta de la calle que corre por un costado de la Catedral, que por cierto se llama Pérez gracias al benemérito, quien, según el mito, no quiso pasar por la calle del templo. Por ridículo y por masón, dice mi abuela Licha. Ellas estaban a salvo, pero no en paz. Me aseguré de que me vieran bien para despreocuparlas y las dejé en ese lugar para correr por detrás de las cámaras. Me estrellé lo más fuerte que pude contra sus operadores, quienes perdieron el control de estas y las dejaron caer contra el piso. No miré atrás, evidentemente no pedí perdón por el descuido ni bajé la velocidad. Fui con aquellas que se dicen mis hermanas, me até el pañuelo verde para cubrir mi rostro y logré liberar a una de ellas del policía que la tenía sometida con el uso de una fuerza bruta que desconocí en mí misma. Luego, como si me encontrara en una película, me detuve ante la fachada de la Catedral, la contemplé por unos segundos y seguí caminando con pies de plomo. A mi izquierda, dos manifestantes pintaban frases de protesta en el monumento que esa cosa llamada el pueblo erigió al penúltimo Papa, por haberse tomado la molestia de venir a un lugar que ha sido olvidado por su patrón celestial. De espaldas a mí, el caos. Frente a mí, un vitral hermoso con la imagen de la Inmaculada Concepción. Una mujer blanca, con una aureola estrellada, usando como tapete a unos querubines. ¿La mirada? De franca víctima. ¿Qué le afligirá?, pensé. Lo que nos aflige desde siempre a todas. A las deidades y a las mortales. Le duele lo mismo que a doña Consuelo. Y cuando muera Consuelo, ella también será elevada a la categoría de divinidad. En vida buscó a su hija hasta el cansancio y nadie la ayudó, pero luego que también la maten, le van a hacer su vitral y va a ser venerada por su pueblo tan contradictorio. Ya vi la foto de doña Consuelo en todas partes con la misma expresión que la de la Inmaculada. Porque parece que así quieren que suframos. "Mi madrecita santa", dicen los pinches hijos que no atienden a sus madres y las llenan de problemas. Mejor que no nos santifiquen ni nos traten como víctimas. Tampoco que nos pinten como deidades compungidas. Mucho menos que nos representen con las manitas juntas en señal de que no sabemos hacer nada con ellas. Con que nos respeten basta. Y no estoy enojada contigo, virgencita. Al contrario, te entiendo perfecto, nomás que ya estoy harta. Que no debemos romper cosas, pero a nosotras sí nos pueden romper la madre. Pues a la mierda.

IV

Y POR DONDE VAYA TE HE DE RECORDAR

El vitral se rompió de un solo tronido. La lata de aerosol, o sea el proyectil, quedó adentro de la Catedral. No esperé a contemplar cómo los pedacitos caían sobre el suelo. Tampoco traté de esconderme de inmediato, porque ni siquiera fui enteramente consciente de lo que acababa de hacer. No es justificación para eludir mi responsabilidad, ni espero que al declararlo aquí me envíen al psiquiátrico en lugar de al bote. Simplemente lo hizo mi *alter ego*. Era yo misma, pero al mismo tiempo no se trataba de mí. Mis manos tomaron el envase y lo arrojaron contra el vitral y sé que mi cerebro razonó todo lo que acabo de narrar, pero no supe cómo lo hice. La adrenalina era tan alta que perdí el sentido. A pesar de que el estallido no fue ensordecedor, logró traer el silencio y consiguió una tregua entre represores y reprimidas. Por un segundo, todos dirigieron sus miradas hacia el lugar en el que hasta hace unos momentos habitaba la Inmaculada Concepción. Ni la más radical de las radicales se hubiera atrevido a reventar esa imagen en especial, y yo que no sé nada de nada sobre el movimiento, la quebré todita. Por lo visto nadie me vio hacerlo. Quizá caminé con tanta naturalidad después del acto que nadie supuso que pudiera haber sido yo. Primero hubieran sido las manifestantes que estaban pintando la estatua del Papa en ese instante. Pero, ¿yo? Yo no. Yo pasé como quien camina casualmente por allí. Nadie me señaló. Ni con la voz ni con un dedo. Me quité el pañuelo verde, lo tiré en uno de los botes de basura de la Plaza de Armas, caminé sobre el andador, crucé el bulevar usando el puente peatonal recién remodelado y llegué a mi casa. En el camino tuve la mente en blanco. Estaba en paz.

Abrí la puerta y Valentina saltó a mis brazos. La acaricié como cualquier otro día de la vida. Pedimos pizza, hija. Qué rico, mamá. ¿Te caliento unos pedazos de una vez? Sí, porfa. ¿Cómo te fue? Bien, *ma*. ¿Y mi papá? Ahí está en el cuarto de la tele viendo el futbol. ¿Así nomás? ¿Llegó en el transcurso del día y ahorita está viendo el futbol? Pues sí. ¿No lo puede ver o qué? No, sí, sí lo puede ver. Es su casa, digo. Pero no sé si vamos a hacer de cuenta que ayer no salió con una pistola bajo la ropa después de haber escuchado que su compadre quería matar a su yerno por golpear a su hija. No sé, mami, loqueras mías. Ya sabes cómo soy. A ver, hija. No seas sarcástica conmigo. Si yo no cuestioné a tu papá es porque confío en él. Es un hombre bueno. Y si hizo algo de lo que deba hacerse responsable, se hará responsable. Mientras, yo no voy a dejar que la duda me invada. ¿Ya le preguntaste expresamente si hizo algo con esa pinche pistola? No, no le he preguntado. ¿Por qué? Es tu esposo. Tienen *veintinosecuantos* años de casados. ¿No le puedes preguntar? Te ayudo. Te lo escribo. Oye, Chuy, nomás ahí *pa´* saber. ¿Mataste a alguien entre ayer y hoy? No es tan difícil. Él sabe lo que hace, hija.

¿Y si no? ¿Te han demostrado los hombres de este lugar que sepan lo que hacen? Pedro seguro sabía lo que hacía; el pinche golpeador de Sebastián seguramente también; el pinche Judas del Cacho ha de haber tenido sus razones. Ellos siempre saben lo que hacen. Si matan a alguien, por algo ha de haber sido. Si les pegan a sus novias, hay que dejarlos que lo hagan. ¿Qué chingados contigo, mamá? No, no llores. No te quiero regañar ni insultarte, pero no creo que no puedas ver que tengo algo de razón. Con lo que ganas en el hospital no mantienes a tus tres hijos. ¿Santiago merece interrumpir sus estudios por las decisiones de mi papá? Él pone de su parte. Yo igual. Gabriel ni a la universidad ha entrado. Necesitamos a mi papá, mamá. Si no dependiéramos de él, órale. Que mate a quien quiera si así lo decide porque es una autoridad incuestionable en esta casa. Ya, hija. Ya no hables. Termina de comer y acuéstate un ratito. ¿Acostarme un ratito? Así no se resuelven las cosas. Porque lo que tengo seguramente es cansancio y no rabia. Lo que me pasa a mí es el *mal del puerco* y no todas las tragedias que han venido pasando por culpa de una cultura de violencia que no tiene freno. No me acuesto nada. Termino de comer y voy directo a la sala de televisión a joder a mi papá hasta que me diga lo que hizo con la pistola.

Al entrar en la sala, el televisor no estaba transmitiendo el futbol. Tampoco las carreras de autos, ni la corrida de toros ni el béisbol. Era un enlace especial de los noticieros nacionales. Por primera vez en varios años, Guadiana era la noticia más importante del día. Se trataba de un enlace en vivo con la Catedral de fondo: una figura femenina, de unos treinta y cinco años, comenzó a hablar. Buenas noches, Gabino. A mis espaldas se observa la Catedral Basílica Menor de la Inmaculada Concepción, emblema del estado de Guadiana y del norte de México. Lamentablemente, al igual que otros edificios de esta ciudad, recientemente catalogados como patrimonio de la humanidad, esta hermosa Catedral fue vandalizada por las manifestantes que se congregaron el día de hoy con motivo del día internacional de la mujer. Pero diga por qué nos congregamos primero, pinche muñequita, interrumpí enojada. Además de los edificios céntricos, Gabino, también fue destruido el monumento a Pancho Villa, caudillo inmortal y héroe de la revolución mexicana que nació en esta entidad. No fue destruido, nomás lo pintaron tantito y le colgaron un pañuelito que se le veía genial, volví a intervenir bastante encabronada. Hasta el momento hay quince mujeres detenidas y se espera que en las próximas horas se abran las carpetas de investigación correspondientes. Si me permites, Gabino, vamos a entrevistar a algunos ciudadanos que están por aquí. Buenas tardes, señora. Buenas tardes. ¿Qué opinión le merece que hayan destruido el patrimonio cultural de la humanidad? Pues muy mal, señorita. La verdad es que aquí todos queremos mucho a nuestra ciudad y la cuidamos. Y sobre todo a la virgencita. Yo desde niña he venido a misa todos los domingos, a la de una y media, porque tengo una hermana sordita y aquí le dan su misa en su lenguaje de señas. Entonces pues sí, muy triste, pero también entiendo que las mujeres están enojadas porque la violencia sí está fuerte. Conmigo no, gracias a mi Padre Dios, pero sí hay muchas a las que sí les va muy mal. Señora, pero ¿no cree usted que hay formas de protestar? ¿En verdad cree necesario que se destruyan las cosas? Pues no, la verdad no entiendo bien por qué lo hacen, pero también está la autoridad para cuidarlas, yo pienso, ¿verdad? O sea, cuidarlas a las cosas, digo. Pues sí intentaron cuidarlas, señora, pero las manifestantes golpearon a los policías, de hecho, se sabe que hay al menos ocho elementos heridos y una de ellas es mujer. ¿Cómo ve usted eso de que vengan a protestar en contra de la violencia hacia las mujeres y ellas mismas hayan golpeado a una hasta que casi la matan? No, pues muy mal la verdad, señorita. En eso sí no estoy de acuerdo. Oiga, ¿y con quién viene? Con mi esposo: mírelo, allá está en el puestito de elotes aquel. A ver, vamos con el señor.

Buenas tardes, señor. Ah, caray. Buenas tardes. ¿Son de la tele? Sí, señor, estamos en vivo en cadena nacional. Órale, y ¿para qué soy bueno? Estamos preguntándole a los verdaderos guadianenses sobre los destrozos causados en las manifestaciones del día de hoy. ¿Y cuál es la pregunta? Pues esa. Queremos saber su opinión sobre los destrozos. Pues nada, yo creo que se puede limpiar, ¿no? La pintura tal vez sí, señor, pero el vitral que rompieron de la Inmaculada Concepción no se puede recuperar, caballero. Esa obra de arte tiene cientos de años de antigüedad. No, pues sí es una lástima, pero también no quieren que se enojen y yo vi que las estaban golpeando. Y había de todo, fíjese. Unas chavitas bien jovencitas y los policías les daban de macanazos y hasta vi que le tocó a una señora un codazo en el mero estómago. Pero buenos los chingadazos. Con rencor. ¿También a qué le tiran? A lo mejor la virgencita no tiene la culpa, como dice usted, pero pues ni modo que no se encabronen, oiga. Dios me bendiga a ese señor, dije mientras le echaba una cruz en el aire a la tele. La molestia de la reportera fue evidente. Ella esperaba encontrar a la ciudadanía llorando por los edificios y odiando a las mujeres, pero quienes en realidad habían visto el desarrollo de los hechos, no tenían elementos para ponerse del lado de las autoridades. La mujer se colocó otra vez de manera estratégica para tener de fondo la parte más borroneada de la Catedral y le dijo al conductor del noticiero que ella no había visto nada de esa violencia en ningún momento y que había llegado a las once de la mañana al lugar. Pues esa es la realidad, Gabino. Como puedes ver aquí, una imagen vale más que mil palabras. El patrimonio de la humanidad ha sido destruido en una rabieta sin sentido por parte de un grupo muy pequeño de mujeres que no saben apreciar el valor arquitectónico y cultural de uno de los centros históricos más hermosos de la república mexicana. Hasta aquí mi reporte, Gabino. Vuelvo contigo.

¿Tú anduviste ahí, Mariana? Sí. Vengo de ahí. ¿Ayudaste a hacer algo de eso? También. ¿Por qué lo hacen? Pregunto bien. No quiero pelear contigo. No sé, nos parece divertido, yo creo. Unas quinientas mujeres estábamos aburridas y nos pusimos de acuerdo para salir en las noticias. Ya en serio, hija. Te pudiste haber metido en problemas. Aunque sea yo no iba armada. ¿Eso qué quiere decir? Ah, ¿tú también vas a fingir que ayer no saliste armado de esta casa y no dormiste aquí? No tiene nada que ver con lo que estamos hablando. No, nada, papá. Nada que ver. Pues no. Aunque lo digas con sarcasmo, no creo que una cosa tenga relación con la otra. Está bien. Ya que te da mucha curiosidad saber qué hay adentro de la cabeza de esas mujeres, te lo voy a decir: en promedio, en este país mueren diez mujeres al día. Al menos una de ellas todavía era una niña. O sea que los feminicidios sí son un tipo real de homicidio. Qué notición, ¿verdad? En gran parte de los casos, el feminicida es el esposo o novio de la víctima. Ah, pues como Camila, papá. ¿Te acuerdas de Camila la vecinita? Su novio la mandó al hospital de una madriza. Ahí la lleva gracias a Dios, pero le pegó su propio novio, ¿puedes creerlo? No, hombre, y eso no es todo. Chínguese ésta, ingeniero: en el país, 97 % de los feminicidios quedan impunes. Qué belleza, ¿sí o no? Entonces estas mujeres están haciendo, como bien dijo la reportera, una rabieta sin sentido. Pero se le ha de ofrecer a la cabrona, ya verá. Cuando el puerco de su productor le pida que se levante la falda o la quiera obligar a tener sexo con él para darle la conducción del noticiero de las cuatro, se va a acordar de nosotras. Está bien. Por lo pronto, que se joda por vendida. ¿Y tú desde cuándo eres feminista? Pues no sé si soy. Si me hicieran un examen de feminismo, lo reprobaría. ¿Entonces? ¿Entonces qué? ¿Por qué marchaste? Pues por Camila, ¿cómo que por qué? Tú te subiste a una ambulancia con ella porque no podía respirar y creíste que se iba a morir. Tú estuviste con ella en el hospital. Tú la llevaste a la fiscalía a denunciar. Tú escuchaste la reacción de su papá cuando la vio. ¿No se te hace que caminar unos kilómetros con una pinche pancartita era lo menos que podíamos hacer? Eso no lo discuto, pero ¿qué ganaron pintando los edificios y rompiendo las cosas? Pues, de entrada, a ti ya te pusieron a pensar los *desmadritos*. Los monumentos se limpian y quedan como antes, papá, pero a Camila le puedes limpiar la cara las veces que quieras, puedes hacerle cirugías y no la vas a regresar a como era. Las paredes *grafiteadas* no van a necesitar terapia, papá, pero Camila... TOC. TOC. TOC.

Mi argumento se quedó a medias cuando tocaron a la puerta con violencia. Era Camila. Traía su celular en una mano y empezó a señalarlo una y otra vez. Sin emitir un sonido, me dijo con los labios "grábalo, grábalo, grábalo". Corrí por mi celular. ¡Más te vale que me estés escuchando! ¿Sebastián? ¿Pues quien más, pendeja? Camila sabía perfectamente quién era su interlocutor, pero quería que él mismo se identificara en la grabación. Ya valiste madre, chiquita. Ahora sí. Si no te maté aquella vez del parquecito, ahora sí te cargó. Tranquilo, por favor, Sebastián. Tranquilo mis huevos. De pura casualidad prendí la tele y saliste en primer plano con las cabronas de Renata y Mariana. Mi nombre completo y toda la cosa en sus pancartitas. Muy valientes, trío de pinches viejas argüenderas. ¿Cuánto quieres, Camila? Descuéntalo de lo que me debe el pendejo de tu papá. Y ya me dijo el velador de mi fraccionamiento que había dos señores aquí afuera de la casa esperándome. Hubieran timbrado, los culos. Diles que a la próxima pueden timbrar, a ver si muy huevudos. ¿Me estás amenazando, Sebastián? No, nada de eso. Te amenazaría si quisiera darte la oportunidad de arrepentirte. Te estoy advirtiendo que ya valiste madre. Y no te voy a volver a pegar, ni te voy a matar, ni te voy a levantar, ni voy a hacer que te den una calentadita y te tiren por ahí. Si hiciera algo de ese tipo ahora sí las pinches viejas aquellas te hacen santa, si es que creen en Dios. Te voy a dar en la madre. No debes temer porque te hagan un solo rasguño. Nadie te va a tocar. Tú eres la que te vas a querer morir solita. La llamada se interrumpió, yo corté la grabación y noté a mi papá furioso. ¿Qué pasó, papi? ¿Te enojaste por lo que acabas de escuchar? Tú no te preocupes y a Camila ni la consueles, ¿eh? Ve a llorarle a tus paredes y a tus monumentos. Pinche ridículo.

* * *

El día siguiente, lunes nueve de marzo de 2020, las cosas entre mi papá y yo estaban fracturadas por completo. Nunca lo había insultado. Y no solo fue el hecho de que le haya dicho una grosería, porque le dije la más suave. La cosa es que dije aquello con un desprecio enorme. Como si ese hombre me diera asco. Aquellas dos palabras fueron sonidos, pero en sentido metafórico fueron un escupitajo a la cara. Le hice saber a mi padre que su repentina preferencia por los monumentos sobre la vida de las mujeres era despreciable. La mesa del desayuno guardó silencio y solo se escuchaba el noticiero matutino. *Se espera que millones de mujeres se unan al paro de actividades conocido como "Un día sin nosotras"… El presidente de la república felicitó a todas las mujeres que participaron en las marchas de ayer. También hizo un reconocimiento a las policías encargadas de evitar la violencia, pues a pesar de que recibieron todo tipo de provocaciones, se mantuvieron firmes en el deber… Las autoridades de salud a nivel federal actualizaron la cifra de contagios por coronavirus a siete, cuyas edades van de los 19 a los 71 años. Solo un paciente presenta un cuadro grave… El consumo en los hogares registró su alza más débil en diez años… Italia entra en zona de pánico por el nuevo coronavirus… Líbano se declara en default por primera vez… En las noticias locales, la fiscalía de Guadiana presentó a las primeras diez detenidas por los disturbios suscitados el día de ayer en la marcha feminista… El comandante de la secretaría de seguridad entregó diplomas y estímulos económicos a los elementos que resguardaron a la ciudadanía el día de ayer ante la amenaza inminente de las inadaptadas manifestantes… El secretario de Cultura estima que el vitral destruido ayer no puede ser valuado en términos económicos, ya que su importancia se encontraba en lo artístico… El director de servicios públicos afir-*

Camila tocó a la puerta para irnos a la escuela. Tomé mis cosas sin haber terminado mi desayuno y salí derechito para la calle. ¿Ya no te habló este idiota? No, ya no. Y ni falta hace que me hable para decirme más cosas. ¿Qué más me puede decir? Pero tú estás tranquila. No, no se puede estar tranquila así. Tú sabes que ese enfermo no se detiene. Y ahorita no es él. Es una bestia. Y tiene poder y muchos medios para hacerme daño. ¿Por dónde vendrá el ataque? Quién sabe. ¿Hará que me expulsen de la escuela? Tal vez. ¿Va a difundir alguna foto mía? A lo mejor. ¿Tiene fotos tuyas de ese tipo? Pues no sé. Yo llegué a mandarle algunas. No mames, Camila. Pues era mi novio, Mariana. Pues ya sé, pero no se puede confiar en este cabrón. Pues yo sí confiaba. Tanto confiaba que anduve varios meses con él. No siempre fue el golpeador amenazante que es ahorita. ¿Cómo sabes que no? A lo mejor y ya lo traía y nomás fue cosa de que le prendieran la mecha para que explotara. Pues ni tú ni yo tenemos manera de saberlo. Pues no. Bueno. Nos vemos a la salida. Muy bien.

Transcurrieron los días y no circulaba ninguna foto de Camila ni la habían corrido de la escuela. Tampoco parecía que alguien la vigilara. Todo marchaba en aparente calma hasta el 23 de marzo de 2020. Las autoridades mexicanas cambiaron repentinamente el discurso y aquel nuevo coronavirus ya no era una enfermedad inofensiva, que no ameritaba la cancelación de eventos masivos ni la suspensión de ninguna actividad. El mentado bicho ya había cobrado muchas vidas alrededor del mundo y México empezaba a sentir cerca la crisis. Nos hicieron saber por todos los medios posibles que ese día comenzaba una política llamada Jornada Nacional de Distancia Razonable. Una de las disposiciones principales era la cancelación de todas las actividades consideradas como no esenciales en todos los niveles: gobiernos, empresas y organizaciones sin fines de lucro. Todo. Se mantendrían abiertos los supermercados, pero no los tianguis; los gimnasios, pero no los parques; los restaurantes, pero no los bares. Salimos un viernes de las escuelas y de los trabajos para disfrutar de un puente vacacional por el nacimiento del benemérito Pérez, pero el martes ya no volvimos. Ni el miércoles ni el jueves. Ni el lunes de la otra semana. Ya no volvimos a la vida como la conocíamos. Los negocios comenzaron a cerrar, las personas se quedaron sin sustento, millones entraron a la pobreza, mucha gente murió y otras tantas no se recuperaron de las secuelas del virus.

Días más tarde, el jueves santo para ser exacta, que cayó en 9 de abril, me unieron a un chat grupal. Solo éramos tres participantes: Elvia, Camila y yo. Hola, chicas. Hice este grupo después de ir a la fiscalía. ¿Y cómo le fue, licenciada? Mal. Tu expediente fue cerrado, Camila. Las acusaciones que hiciste fueron desestimadas por falta de pruebas. Pedí la carpeta y me la negaron, entonces creo que nos vamos a amparar, si es que tú estás de acuerdo. No sé por qué lo hayan hecho, pero tu queja ya no existe. Yo sí sé por qué, licenciada. Estoy segura que le avisaron al acusado que existía una denuncia en su contra y su familia ordenó que se cerrara esa carpeta. Así nada más. ¿Falta de pruebas, licenciada? Si mi prueba era yo misma. Tengo copia de la inspección que me hizo el doctor Ramiro en la que da cuenta de todas mis lesiones. Pues así con todo y lo que tengas, la desestimaron. Pero eso no es lo peor, Camila. El acusado además contraatacó y promovió una orden de aprehensión en tu contra. Obviamente, Sebastián Domínguez no es el rostro visible de la denuncia, sino la mano que mueve los hilos de la fiscalía. En ese momento dejé de respirar y me dolió el pecho de una forma inexplicable. ¿Cómo que una orden de aprehensión en mi contra? ¿De qué se me acusa? ¿De haber sido golpeada casi hasta la muerte? Mi fuente no me quiso decir más, pero sé que te están poniendo un cuatro. Van a tratar de inculparte por lo del policía que está grave en cuidados intensivos y por lo del vitral que rompieron. ¡Pero yo no hice ninguna de las dos cosas! Estoy segura que no lo hiciste, pero ellos van a tratar de culparte a como dé lugar. No lo puedo creer. ¿Y qué podemos hacer? Pues prepararnos. ¿Quieres que te represente? Sí, licenciada, por favor. Pues vamos a estar en comunicación por este medio. No es el más seguro, pero sí es mucho más confidencial que las llamadas. ¿Sabían que el gobierno de Guadiana paga por un servicio de espionaje sin tener las facultades para intervenir las comunicaciones de los particulares? No, no sabía, pero no me sorprende. Háblalo con tus papás, Camila. Si quieren contratar a otro despacho, yo puedo trabajar con ellos sin cobrar honorarios. Muchas gracias de verdad, Elvia. De nada. Para eso estamos. Mariana: en medida de lo posible trata de estar cerca de Camila todo el tiempo. Si llegaran a detenerla, asegúrate de que lean sus derechos y que todo se haga conforme a la ley. Incluso, si puedes grabarlo con tu celular y enviarlo a este grupo, mejor. Sí, licenciada. Mientras tanto, voy a insistir para ver si puedo acceder a los documentos y ganar algo de tiempo. Bien.

No pasaron ni dos minutos cuando Camila ya estaba tocando en mi puerta. Maldito infeliz, Mariana. La pobre no podía controlar el llanto y yo tampoco. A la cárcel, Mariana. A la cárcel. Sebastián tenía razón, Mariana. Prefiero estar descuartizada en una zanja, que estar intacta, pero en prisión por cosas que yo no hice. Te lo juro que yo no golpeé al policía. Yo sé, Camila. Te lo juro que yo no rompí el pinche vitral ese. Yo también juro que tú no lo hiciste. Pero tampoco tenemos tiempo para seguir odiando a este animal. Debemos conseguirte una defensa. No sé si con Elvia baste. Confío en ella por su generosidad, pero no sé qué tan buena abogada sea. No, Mariana. Ni siquiera voy a sugerir que necesito de abogados. ¿Con qué crees que les vayamos a pagar? Le debemos millones al maldito que está detrás de todo esto. No tenemos nada, Mariana. Nada. No podemos pagar una defensa. Voy a tener que confiar al cien por ciento en Elvia. Está bien.

Afortunadamente no teníamos que ir a la escuela, entonces le ahorraron la pena a Camila de ser detenida a medio patio, en pleno salón o en cualquier lugar en el que la gente pudiera verla. Fueron por ella el quince de abril de 2020 a las dos y media de la tarde. Los Reyna estaban comiendo. Cada vez que se sentaban a la mesa disfrutaban al máximo el momento por no saber si se trataba de la última ocasión. Pedro ya no estaba. Él ya se había ido a Querétaro a buscar trabajo, lejos de la mirada del cártel. No sé si vivía en la calle o si alguien le hacía el favor de hospedarlo. Ya no supe nada de él. Los Mendoza mudamos la sala de televisión al primer cuarto de la casa para no perdernos el momento de la detención y la estrategia funcionó. Mi papá estaba reposando la comida mientras veía el noticiero vespertino. *México llega a los mil contagios por coronavirus y registra 28 defunciones… Difunden carta entregada por la madre del líder de uno de los cárteles más grandes del mundo al presidente de la república… El presidente asegura que los conservadores solo quieren hacerlo quedar mal después de que se le vio en distintos aeropuertos sin respetar las medidas sanitarias…* ¡Llegaron! ¡Ya llegaron! ¡Voy! Una camioneta blanca con los dígitos de las placas remarcados en color rojo estaba haciendo las últimas maniobras para lograr estacionarse frente a nuestra casa. En las puertas se podía apreciar un logotipo con la imagen de Temis al centro: una dama vistiendo una túnica, con los ojos vendados, una espada en una mano y una balanza en la otra. Buenas tardes, nos dijeron dos hombres vestidos de civiles al ver que habíamos salido a recibirlos. Buenas tardes, señores. Con su permiso. Propio. *Ding, dong.* Buenas tardes, señor. Buenas tardes. Venimos a cumplimentar una orden de aprehensión en contra de la ciudadana Camila Reyna Flores. Se le acusa del delito de daños y de homicidio en grado de tentativa. A continuación, procederé a dar lectura a sus derechos: tiene derecho a la salvaguarda de su integridad física, a estar comunicada y a ser presentada ante el Ministerio Público. Además, se presumirá su inocencia, no será expuesta ante terceras personas ni ante los medios de comunicación, podrá defenderse por medio de un abogado, escuchará al acusador para conocer los motivos que le son imputados, tendrá acceso a las constancias de investigación y estará en posibilidades de ofrecer las pruebas necesarias para defenderse. ¿Está todo claro, señorita Reyna? Está todo claro. Me voy a despedir de mis padres. No demore, por favor. Tranquila, mamá. Yo no lo hice. Yo no hice nada de lo que dijeron. Tú sabes que soy incapaz. Papá: por favor no me dejes quedarme en la cárcel. Haz todo lo que puedas por mí. Haz como hiciste con Pedro. Yo soy inocente y no merezco todo esto. Te lo suplico. Listo, señorita. Tenemos que irnos. Adiós. Los amo.

Aquella escena superó por mucho al resto de las tragedias que habíamos vivido en los últimos treinta o cuarenta días. Camila estaba yendo a prisión por algo que yo cometí. Pude haberle dicho a ella misma que yo sabía que no rompió el vitral porque fui yo, pero no lo hice hasta ahora porque no estaba dispuesta a pagar también por la condena del homicidio en grado de tentativa que yo no cometí. Si me inculpo, hay de dos sopas: o a mí me dejan en la cárcel por lo del vitral y a Camila por el homicidio, o me achacan a mí las dos. La primera me parece injusta porque Camila no rompió nada y la segunda también lo es porque ninguna de las dos intentamos matar al policía. Ni siquiera sabemos de qué policía hablan. Probablemente ese policía ni siquiera existe. Sea como sea, ya estábamos enterados de los cargos y Elvia podía empezar a trabajar en la defensa. En ese mismo instante, la abogada comenzó a diseñar los argumentos y puso todo lo que había de su parte.

Elvia hizo lo que tenía que hacer para que se le reconociera como la abogada defensora de Camila: obtuvo expedientes, los analizó y se preparó lo mejor que pudo.

La audiencia inicial se fijó el 17 de abril de 2020 a la medianoche. En esa audiencia, atípica desde la hora, el Ministerio Público acusó a Camila de lo que ya dije: golpeó brutalmente al C. Juan Aristeo Perales Carmona, elemento de la policía municipal. Los impactos se realizaron en repetidas ocasiones con objetos contundentes sobre el rostro de la víctima. La acusada inmovilizó a la víctima por medio de la fuerza y asestó varios golpes críticos sobre el cráneo, ocasionando derrames severos que mantienen al C. Perales Carmona en estado delicado de salud. Con el mismo artefacto, que se presume pudo haber sido una piedra o un pedazo de banqueta, la acusada habría roto el vitral que se encontraba en el frontispicio de la Catedral Basílica Menor de la Inmaculada Concepción. Juan Aristeo Perales Carmona. Juan Aristeo Perales Carmona. Ese nombre me suena de alguna parte. Incluso cuando lo repito en mi mente, lo hago con un tonito en particular, como si en algún momento hubiera tenido que memorizarlo. Así como el A, B, C, D, E, F, G o el "pollito, *chicken*; gallina, *hen*; lápiz, *pencil*; y pluma, *pen*". ¿Por qué puedo decir Juan Aristeo Perales Carmona una y otra vez? Ya sé. Es uno de los tres policías que se llevaron a Pedro. O sea que a este cabrón lo usan para todas las cochinadas. ¿Qué le deberá el pobre diablo al sistema de justicia y a los cárteles, si es que hay diferencia entre uno y otro, como para que lo traigan en puras marranadas? Cada vez me dan más asco.

Elvia hizo lo que pudo con el poco tiempo que tuvo para preparar argumentos sólidos, pero la decisión estaba tomada desde antes de que la audiencia misma tuviera fecha. Se le preguntó a la defensa si quería la resolución de la vinculación a proceso en ese momento o si quería recibirla en una audiencia posterior. ¿Qué más daba? Pues de una vez. Ya sabemos a dónde va, dijo Elvia en tono sarcástico. Le pido respeto, licenciada. No lo estoy faltando en ningún momento, señoría. Pero está en lo correcto. He decidido vincular a proceso a la acusada por el delito de daños y por homicidio en grado de tentativa. Como medidas cautelares, la acusada no podrá llevar su proceso en libertad y estará bajo la custodia del honorable sistema penitenciario del estado libre y soberano de Guadiana. *Clac, clac*. Se levanta la sesión.

Camila fue escoltada por dos hombres que le sacaban al menos veinte centímetros de estatura. Ellos la tomaron con firmeza de los brazos, como si esa muñequita pequeña y débil fuera a liberarse para huir de su destino. Leti lloraba desconsolada. Joaquín se pasaba los dedos entre los pocos cabellos que le quedaban después de haber perdido gran parte del total durante marzo y abril. ¿No habrá visto el juez que una persona de ese tamaño simplemente no podría someter a un varón adulto y con entrenamiento policial? La acusación era completamente inverosímil. Incluso la licenciada Elvia soltó unas risas burlonas cuando describieron los hechos, hasta que el juez tuvo que pedirle que se comportara con seriedad. La falta de seriedad era de ellos. De ese pinche sistema de la basura. ¿El juez de pura casualidad no será uno de los amigos del golf del papá de Sebastián? ¿O del tenis? ¿O de los toros? ¿O de la logia masónica? ¿O de todo lo anterior? Al salir de la sala, Elvia habló con nosotros para tranquilizarnos. A ver, familia. Ya sabíamos que esto iba a pasar. Ya vieron ustedes cómo va a ser esto. Lo que digan de Camila en esta sala es falso y vamos a pelear hasta el último recurso para demostrarlo. Van a tratar de quebrarnos y desmoralizarnos, pero a Camila no le ayudan los fatalismos. Si queremos verla en libertad vamos a necesitar mucho carácter. Aquí vamos a venir las veces que sea necesario y nos vamos a tragar las chingaderas que nos tengamos que tragar.

Efectivamente, volvimos varias veces a aquellas flamantes salas de juicios orales y la cosa no fue distinta. En una de las audiencias más críticas, después de que Camila había estado más de un mes en prisión preventiva, conocimos a la víctima y a sus testigos. El señor Perales Carmona resultó ser un individuo de un metro con noventa y cuatro centímetros. El diámetro de sus bíceps era equiparable al torso de Camila. Su voz era grave y aguardentosa. Si lo veías con detenimiento, se parecía un poco al actor Michael Clark Duncan. Así de grande e imponente era el hombre aquel. En el rostro no tenía marca alguna. Sí, señoría. Sí la reconozco, dijo al ser cuestionado por la autoridad de la sala. Ella me golpeó el ocho de marzo de 2020 cuando yo estaba cumpliendo con mi deber de resguardar el orden. No, señoría. Nadie más la ayudó. Solo ella. Sí. La acusada puso sus rodillas sobre mis brazos, recogió un pedazo de banqueta que estaba próximo y me golpeó una y otra vez con él hasta que perdí el conocimiento. Tengo entendido, porque me dijeron mis compañeros, que uno de ellos la empujó y por eso no pudo continuar golpeándome, pero sin duda su intención era matarme, señoría. Es por eso que, si me pregunta a mí y espero no estar excediéndome en lo que vienen siendo mis facultades, debe de considerarse como delito de homicidio en grado de tentativa y no de lesiones. Ahí está bien tipificado en el Código Penal, que, si ella tenía la intención de matarme, pero un evento externo se lo impidió, se trata de un homicidio en grado de tentativa. Sí, sí están aquí el día de hoy, señoría. Son dos. El Ministerio los trajo como testigos. Sí, es todo. Permiso para hablar, juez. Concedido. ¿No le parece poco creíble y hasta ridículo que la acusada haya sometido a la víctima? A mí me parece que se trata de un montaje para que… Permiso denegado. Tome asiento, abogada. Puede el ministerio público presentar al siguiente testigo. Sí, juez. Por favor llamen al testigo Donasiano Montes Ocaña. Ese nombre también me sonaba y lo podía repetir con la misma entonación. Desde una puerta trasera salió uno de los policías que detuvieron a Pedro. Todos lo reconocimos y comenzamos a cuchichearnos, cosa que irritó al juez. ¿A qué se debe el desorden de la parte acusada? ¿De verdad puedo responder, juez? No. La pregunta era retórica, abogada. Señor Donasiano, ¿a qué se dedica usted? Soy policía municipal, señor. ¿Desde hace cuánto tiempo? Veintidós años, señor. ¿Conocía al señor Perales con anterioridad? No mucho, señor. De repente nos saludábamos en la base, pero no tenemos una relación más allá de eso. ¿Usted estuvo presente en los hechos del ocho de marzo? Es correcto, señor. ¿Vio usted a la acusada mientras atacó al señor Perales? Sí, señor. Claramente. ¿Está seguro que se trata de ella? Sí, señor. Su cara es inconfundible. ¿Usted defendió al señor Perales del ataque? Sí, señor. Él ya estaba inconsciente, verdad, incluso yo pensé que ya estaba muerto pero la atacante no se detenía. Fue entonces que choqué contra ella para liberar al compañero y ya pudieron entrar a atenderlo, porque quedó bien grave, la mera verdad. Gracias, señor. Su testimonio es muy valioso. Ándele, por nada. Pueden ahora presentar la evidencia que hubiesen reunido, empezando por la parte acusadora. Mire, señoría. Estos son los testimonios escritos. Estas son las fotografías de las lesiones. Y, además, con su venia, quiero presentar un audio en el que la acusada manifiesta sus intenciones previamente al delito. En ese momento una vieja grabadora echó a andar un casete y la voz de Camila salió de las bocinas. "¿Crees que puedo volver a ver una patrulla? ¿Crees que confío en los policías?... Ojalá que se murieran los hijos de perra… Ojalá que Dios los castigue y se mueran… Es más, si yo pudiera, yo misma los mataría…" Juzgue usted, señoría. ¿Es esa la voz de la acusada? Sí, sí es mi voz, pero está fuera de contexto. Malditos. No lo puedo creer. De verdad tienen un sistema de espionaje. No tendremos agua potable en un montón de colonias, pero bien que se avientan todas tus conversaciones. Y luego pinche Sebastián qué memoria tiene, qué bárbaro. ¿Cómo se acordó de eso? ¡Qué perverso es! ¿Cómo pudo traer aquel momento de tanta desesperación para usarlo en contra de Camila? Mientras el Ministerio presentaba otras pruebas igual de falsas y alteradas, Camila le explicó a Elvia el contexto en un santiamén.

Cuando la parte acusada tuvo el uso de la voz, la licenciada Portillo se permitió aclarar algunas de las pruebas presentadas por los acusadores, que más bien eran acosadores. Esas palabras que usted acaba de escuchar, juez, son parte de una conversación que la acusada tuvo con quien en aquel entonces era su novio. La señorita Reyna dijo todo eso porque, irónicamente, la presunta víctima y su testigo, junto con un policía más, se llevaron a su hermano unos días antes por una infracción menor y lo entregaron al cártel, quienes lo tuvieron captivo durante unos días hasta que se entregó el rescate solicitado. Luego, este individuo la golpeó. Cuando la licenciada estaba narrando los hechos, el juez ordenó con la mirada que la sesión dejara de grabarse. La cámara del fondo de la sala se apagó por completo y se cubrió con una funda negra. El operador tomó asiento y fingió que era indispensable pulir el lente en ese momento. Los micrófonos también se apagaron, pero Elvia continuó hablando sin ayuda de los amplificadores de sonido. La abogada todavía alcanzó a mencionar la golpiza de Sebastián a Camila y la conclusión prematura de la carpeta de investigación en contra del primero. Cuando la licenciada Portillo se disponía a ejecutar el gran final, el juez dio varios golpes sobre la mesa y declaró que no había condiciones para continuar con la audiencia. Su señoría citó a una nueva audiencia dentro de un mes, mismo que Camila debía permanecer en prisión preventiva. Tú aguanta, querida, le dijo Elvia a Camila. Ya los tenemos. Eso parece, licenciada. Eso parece.

* * *

Un mes era más que suficiente para trabajar en el caso. ¿Así funciona el sistema? Así decidimos jugar. ¿La justicia está subordinada a la presión política y mediática? Está bien. O bueno, no está bien, pero así es. Sebastián había lanzado todas sus armas, sobre todo la grabación, que se imaginó como la más contundente de sus pruebas. Su problema fue haber dejado varias piezas sueltas y nosotros ahora teníamos la oportunidad de armarlas. Después de meditarlo seriamente con Elvia, ambas familias decidimos escalar el asunto a la nueva suprema corte de justicia. No me refiero a la que está conformada por ministros que ganan más de cien mil pesos mensuales y que resuelven controversias de vez en cuando. Me refiero a la nueva suprema corte en la que todos estamos, pero nadie tenemos cara: en donde se puede acusar a quien sea de lo que sea y su vida puede verse arruinada en un instante por el castigo no vinculatorio de millones de avatares, que bien pueden representar a una persona real o no.

"Justicia para Camila", se llamó el arma. Un perfil en esta red social, uno en esta otra, uno más en aquella. Redacté una primera publicación que hubiera indignado a cualquiera. Y así lo hizo. Hablé de ella, del secuestro de Pedro que no era secuestro, del rol de los policías, de la golpiza, de la amenaza, de las audiencias, de todo. Se hizo el gran chisme, pero dentro de ese gran chisme que el ochenta por ciento vio con morbo, hubo un veinte por ciento que de verdad se indignó. Cada publicación que subía a las redes recibía más de mil reacciones y quinientos comentarios. La mayoría de esos comentarios eran menciones a las cuentas oficiales del presidente de la república, del gobernador, del fiscal, del presidente municipal, del secretario del ayuntamiento, de los ochenta y tantos regidores, del comandante de la policía, de las comisiones de derechos humanos, de los periodistas nacionales, de los conductores de noticias locales y de medio mundo. Alguna vez escuché que los políticos son como los perros: solo aprenden a *periodicazos*. Y así se los estábamos recetando. Uno tras otro. Y no eran *periodicazos* literalmente, porque ya nadie lee los periódicos. Era mejor que eso. Y tuvieron que ceder.

Domingo 19 de julio de 2020. La liga de futbol experimentaba con volver a las canchas en plena pandemia, así que el televisor no estaba en el tradicional juego del mediodía. Estaba en el noticiero. *Las autoridades de la Ciudad de Mé-*

xico aseguran que ya pasó lo peor de la pandemia… Continúa la trama de corrupción en el caso de Petróleos… Se negocia la entrega de uno de los exfuncionarios del sector energético implicados en el caso Orobrech… En México ya hay más de trescientos mil contagiados de coronavirus y cerca de cuatro mil defunciones… Los gobiernos estatales han manifestado su descontento con el semáforo epidemiológico del gobierno federal. Acusan que los que están peor, son mejor evaluados y viceversa. La razón podría estar en disputas políticas entre el gobierno central y los subnacionales… En el marco de la conmemoración del fallecimiento del benemérito Pérez, el presidente de la república se ha comparado con el mismo al afirmar que ambos han sufrido los embates de los conservadores, quienes se oponen a la transformación… TOC. TOC. TOC. ¿Abres, Mariana? Sí, papá. Hola, tío. ¡Es mi tío Joaquín! ¿Puedes venir a la casa, Mariana? ¿Yo? Sí, tú. También los demás, pero tú en especial. Ah, caray, sí. ¿Qué será? Papá, apúrate. Mamá, apúrate. Pues adelántate, hija, ni modo que nos perdamos. Es cierto. ¡Gabriel, me llevo tus llaves! ¡Ok!

Al llegar a la casa de los Reyna, vi a una persona sentada de espaldas. Era un hombre de unos cuarenta y tantos años, de piel blanca, vestía de pantalón de mezclilla, zapatos y cinturón cafés, peinado de ladito, portaba un reloj caro, pero no ostentoso y el infaltable chaleco. Esta vez era del color del partido en el poder. Seguro viene a pedirme que le baje a mi pedo. Hola, Mariana. Soy Enrique Basaldúa. ¿Quién lo diría? Después de todo sí había un apellido vasco por acá en la Nueva Vizcaya. No es mi casa, pero te invito a que te sientes. Verán: yo trabajo en el despacho del presidente del partido. Este asunto ya está yendo muy lejos y creo que podemos encontrar una solución por el bien de todos. Quiero dejarles bien claro que no estamos tratando de manera oficial, porque yo no soy ningún representante del pueblo. No soy funcionario público ni mucho menos. Yo voy a mediar entre ustedes y el poder. No sé si queda bien claro eso. Sí, licenciado. Lo escuchamos. Gracias. Pues ya nos traen asados con lo de las redes sociales. La popularidad de los miembros del partido está bajando un día sí y otro también. Nosotros no podemos publicar nada sin que nos pongan ahí en los comentarios algo sobre Camila. Ya necesitamos una tregua de ese tema porque se vienen las pre-campañas y no podemos arrancar así. Soy abogado, creo que no les dije. No, no nos dijo. Pues litigué como diez años. Lo digo porque ya me aventé todos los expedientes sobre su caso. Es una mamada. Perdón por el lenguaje, pero es una mamada. En eso no les voy a discutir. Pero también ustedes tienen que entender que no podemos exhibir la mamada así nomás. Yo no puedo sugerirle al partido y a los gobernantes que salgan y digan: querido pueblo de Guadiana, todo fue un cochinero y el sistema no sirve para nada. No puedo. Lo que sí puedo ha-cer es poner un pacto sobre la mesa. El sistema está dispuesto a retirarle a Camila lo del homicidio en grado de tentativa. Leti casi se desmayó cuando lo escuchó. ¿Y qué quieren a cambio? Que se quede adentro por lo del vitral. La verdad no es tanto tiempo. Según el Código Penal, ese delito amerita entre cinco y diez años de prisión, además de la reparación financiera del daño. La verdad es que no se va a quedar ni los cinco años que son el mínimo, porque nosotros salimos del poder en dos años. Antes de irnos la dejamos libre. Eso sí, no antes. Aunque se porte bien y hagan marchas y lo que sea, se va a quedar dos años. Piénsenlo bien. No es nada comparado con las décadas que se va a aventar si le dejamos lo del homicidio en grado de tentativa. Pues sí, interrumpió Leti. De que es un buen trato para ella, lo es. El detalle es que yo estoy segura de que mi hija es inocente. Entonces, si acepta, de todos modos estaría presa por algo que no hizo. Lo mejor será que ella decida. Hoy nos toca ir a visitarla y le voy a plantear la situación. Le agradecemos por venir, licenciado. Les dejo mi tarjeta para cuando tengan una respuesta. Gracias. Lo acompaño a la salida.

En cuanto el licenciado cruzó la puerta y arrancó su carrazo último modelo, color blanco para variar, todos sonreímos. Dos años no son nada. Obviamente lo decimos quienes estamos en libertad, pero dos años en prisión no se comparan en nada con *diecitantos* o *veintitantos*. Por favor convéncela, tía. Por lo que más quieras. Suplícale a Camila hoy que la veas. Dile que por favor acepte el trato. Dile que es lo mejor. Que solo diga que sí y que nosotros nos encargamos del resto. No, Mariana. No voy a tratar de convencerla de nada. Le voy a plantear el asunto tal y como es. Ella va a decidir, porque tome el camino que tome, yo la voy a apoyar. Si prefiere tener la conciencia tranquila de que es inocente, aunque esté adentro, adelante. Si tiene el valor de fingir que es culpable para estar libre en poco tiempo, también.

* * *

Camila aceptó el trato. Le costó trabajo hacerlo, supongo. Dice mi tía Leti que no lo decidió en el instante. Hizo falta un silencio que se prolongó por todo el espacio de la visita familiar para tomar un camino. No la culpo. No debe ser sencillo darle la razón a un sistema corrupto que te ha encarcelado por algo que no hiciste y luego pretende ser tu salvador al ofrecerte un trato. La ventaja es que Camila no va a pagar por nada si todo sale bien. Mañana, viernes 24 de julio de 2020 a las once de la mañana, es la audiencia en la que todos vamos a simular un juicio apegado a derecho. Todas las partes sabemos lo que debemos decir y ya hasta ensayamos la escena en la que Camila se declara inocente de un cargo y se inculpa del otro.

La cosa es que Elvia me ha puesto como testigo. Voy a subir al estrado a reconocer a la acusada, diré que es mi mejor amiga y que la conozco prácticamente desde que nací. Voy a sostener repetidamente que ella no pudo haber golpeado a ese policía, porque ella estaba sentada en la banqueta junto con Renata, quien también estará entre la audiencia. El Ministerio Público llevará las imágenes de las cámaras de videovigilancia que muestran a Camila lejos del supuesto lugar de la golpiza. Se abrirá un expediente contra el policía que declaró mentiras en las audiencias anteriores y este será tirado a la basura a los dos o tres días para no afectarlo. La sesión será grabada y quedará como precedente de un buen juicio en el que se hace justicia para una mujer, de tal forma que las autoridades se mostrarán como sensibles a los problemas públicos y muy probablemente se autonombrarán como el gobierno más feminista de la historia. El juez será promovido por sus actos de valentía y honestidad, derivados de un juicio en el que se evitó una condena errónea. La acusada sufrirá un desgaste momentáneo de su imagen por haber roto aquel hermoso vitral y, para algunas otras, se convertirá en una heroína. La marcha del próximo año llevará pancartas con su rostro, al lado de las grandes sufragistas y otras promotoras del movimiento en México. Todo eso ocurrirá salvo lo último.

Hoy es el último día que escribo en este archivo que he venido haciendo. Mañana me pondré un vestido blanco que ya he planchado desde hoy. Me ataré un pañuelo morado a la muñeca izquierda. Me pondré los tenis más cómodos que tengo. Mi cabello estará alaciado y mis labios pintados de un discreto color durazno. Cuando Elvia me pregunte sobre los hechos, voy a recordarlos tal y como fueron: Camila y Renata efectivamente estaban sentadas en la banqueta, pero yo no me les uní. Yo caminé hasta la fachada de la Catedral, tomé una lata de pintura en aerosol que se encontraba tirada en el suelo y la arrojé contra el vitral. Me voy a inculpar, como debe ser. Camila no va a pagar por algo que yo hice.

Y me muero de miedo. Nunca he pisado una cárcel. Ni siquiera conozco la barandilla, a diferencia de Santiago y de Gabriel. El primero estuvo adentro por orinar en la vía pública y el otro por actos impúdicos, o sea, por besarse con su novio en el parque. En fin. No sé qué me voy a encontrar allá adentro. No sé si la cláusula no oficial de salir libre a los dos años antes de que la administración deje sus funciones, también aplica para mí. Ojalá que sí, pero si no, pues que me toquen los cinco o diez años. No los acepto con mucho cariño, porque después de todo, la incongruencia sigue ahí. Yo voy a pasar hasta diez años en la cárcel por romper un pinche vidrio, mientras el 97 % de los feminicidios quedan impunes y mientras existen ex funcionarios acusados de robarse más de mil doscientos millones de pesos. Mil doscientos millones de pesos. ¿Dónde cabe ese dinero en billetes de a quinientos? Ni siquiera puedo dimensionar esa cantidad de dinero. Luego hay otros que les dieron agua a los niños con cáncer en vez de su tratamiento para robarse ese recurso. Y aquí estará su pendeja en la cárcel por romper un vidrio. Como estudiante de leyes, entiendo que cometí un delito y debo pagar por él. De eso no tengo ninguna duda, y si no lo reconociera, sería una hipocresía de mi parte. Si los últimos meses lo único que he pedido es que se haga justicia, pues debería empezar por mí. La cosa es que Sebastián Domínguez también debería de pagar por un delito. El delito de lesiones como mínimo, porque con las llamadas telefónicas le podemos añadir más añitos de cárcel. Pero él no debe preocuparse. Seguramente se la está pasando de maravilla en Cancún, donde su familia tiene una casa frente a la playa. Cuando se aburra del calor, nada más se va a pasar a la cabañita que tienen en Aspen. Lo único que tiene que hacer es esperar a que el tema se enfríe un poco para que él pueda volver. La razón que le hicieron saber a la comunidad estudiantil y a los medios sobre su ausencia, fue que Sebastián iba a estar tomando cursos sobre el nuevo sistema de justicia penal. ¿Qué tal esa? Pero bueno, yo también me quedo un poco más en paz, de hecho, ya ni quiero que se muera. Ya solo quiero que sea mañana, pararme en esa sala y liberar a Camila de su calvario. Hace un rato le dije a mi mamá que se me antojaba un caldillo guadianeño, sin hacerle saber que es mi última cena. Me hice de tres botellas de mi cerveza favorita, que me voy a saborear como nunca. Fui a casa de Renata solo a darle un abrazo, que seguro le pareció raro, pero que mañana mismo entenderá. Y es así como volví por última vez a esta computadora y a este documento de Word. Al teclear su punto final, voy a guardar este archivo en una memoria y lo voy a rotular con un papelito que, de mi puño y letra, dice: "Mariana, Guadiana". Voy a sacar el dominó cubano para jugar un rato después de cenar y cuando terminemos, voy a dejar que Valentina duerma conmigo y la voy a acariciar hasta quedarme dormida.

Ha sido una vida fantástica hasta ahora. He tenido una familia amorosa. Tengo dos amigas increíbles. Dios me dio talentos y dones que aproveché mientras pude. Los treinta todavía son una buena edad para regresar a la escuela de Derecho y graduarme con honores. Voy a obtener la medalla al mérito académico, igual que mi mamá. Cuando termine la licenciatura no me iré a ninguna parte. Seguiré estudiando en este lugar. Voy a ejercer la abogacía en esta misma ciudad. Si Elvia todavía anda en las mismas ondas cuando yo retome mi libertad, me voy a unir a ella. Nos vamos a dedicar a defender los casos como el de Camila. Total, famosas ya somos desde ahorita. ¿Que si esperaba algo de esto? Claro que no, no esperaba que mi vida tomara este rumbo. Nunca llegué tarde a una clase, nunca rompí un plato y de repente estoy a punto de declararme culpable del delito más mediático que este pueblo ha conocido. Pero qué linda es la vida, ahora que lo pienso: está llena de obstáculos y de cambios de planes. Eso sí, no todo es caos e incertidumbre, pues también hay algunas constantes. En mi caso son dos: la familia y el terruño.

Hablando de este último, no le guardo rencor a este lugar. Nada. Ni un poquito. Al contrario, si me preguntan cuál es la mejor ciudad de este hermoso país, siempre diré que es Guadiana. A lo mejor quien mida la grandeza de un lugar por la altura de sus rascacielos no lo va a entender. Tampoco lo va a compartir quien sostenga que la gran vida es la cosmopolita, aunque se pasen cinco horas diarias en el tráfico. La grandeza de este lugar más bien está en las cosas sencillas: en los pinos que perfuman el ambiente, en el azul brillante del cielo despejado, en los atardeceres rojizos, en la paz que se siente al caminar por la calle, en el saludo de la gente, en la facilidad de no ver a los amigos solo en fines de semana, en las ligas deportivas en las que siempre juega la misma gente, en sacar una silla al jardín para leer un rato sin padecer frío ni calor, en el sabor de sus guisos, en no preocuparse por desastres naturales, en no salir en la tele porque afortunadamente no pasa nada que amerite la mención y hasta en que existan chistes sobre nuestra supuesta irrelevancia, que lejos de ser irrelevancia, no es otra cosa que la tranquilidad que tanto escasea en estos tiempos. Y habrá quien no encuentre la felicidad en esas pequeñas grandes cosas, se irá para no volver y será completamente válido. A fin de cuentas, dice la canción que ya nadie va a Guadiana, que estamos solos, que el horizonte ya no es un potro bronco y que pepitas de oro ya no hay tan a la mano. Y es cierto: este lugar ya no es el que era antes, pero a pesar de que se van más de los que llegan, siempre habrá alguien que pise este suelo, y mientras lo haga, habrá de saber que este es un lugar muy especial, a pesar de que no tenga nada que lo distinga del resto, porque quizá aquí no hay algo que no se pueda ver en otra parte, pero no puede haber mejor lugar para vivir una vida feliz. Aquí la justicia no existe, pero la bondad sí. Y en todos estos meses horribles siempre hubo alguien para darnos una mano. Si bien existen por montones los Roncales y los Sebastianes y los malandros y los corruptos y los malos gobernantes y los violentos, no están ni cerca de ser la mayoría. Guadiana es un lugar de gente buena. Como la oficial que nos dio los pormenores de la patrulla que se llevó a Pedro. Como la funcionaria que proporcionó los nombres de los policías aquellos. Como el ingeniero que nos mostró las cámaras de vigilancia. Como la feligresía de Analco que cooperó con monedas para el rescate de Pedro. Como la licenciada Elvia Portillo, quien llevó un caso sin recibir honorarios, pero sí arriesgando su vida.

* * *

Quiero decirte, quien quiera que seas, que este lugar está lleno de bondad y que por eso no me voy de aquí. Por eso soy y seré feliz aquí. Guadiana siempre estará en Mariana. Nacimos el mismo día y hasta rimamos: Mariana, Guadiana. A pesar de todo sigo amando a este lugar con sus virtudes y defectos. Mi tierra querida. Callada y tranquila ciudad colonial. Yo por defenderte daría hasta mi vida. Y por donde vaya te he de recordar.

Mariana Mendoza Vázquez
Guadiana, Guadiana, México
23 de julio de 2020

MARIANA, GUADIANA
de *Aquiles Coronado*

Se terminó de imprimir en febrero de 2022 (año en el que continuó la vacunación contra el COVID-19) en México. Se tiraron 500 ejemplares. Para su diseño se usaron fuentes de la familia Adobe Garamond Pro a 9-20 puntos. Cuidó de la edición el autor. El diseño editorial fue por cuenta de Punto&Coma Editores, distribuido bajo el sello editorial Galaxia Literaria.

hola@galaxialiteraria.com
www.galaxialiteraria.com
informes@puntoycomaeditores.com
www.puntoycomaeditores.com

Tel. y WhatsApp: +52 33 14822765

DISPONIBLE EN RÚSTICA, POD Y EBOOK